Valentina F. war fünfzehn, als ihr erster Roman über ihre sympathische Heldin erschien. Nun legt sie schon den vierten Band vor – mit umwerfendem Erfolg! Sie lebt in Rom und arbeitet bereits an weiteren Romanen.

Von Valentina F. sind bei FISCHER in dieser Reihenfolge bisher erschienen:

›HDGDL – Hab dich ganz doll lieb‹
›ZDOZM – Zu dir oder zu mir?‹
›SGUTS – Schlaf gut und träum süß‹
›2L8 – Too late‹

Weitere Informationen zum Kinder- und Jugendbuchprogramm der S. Fischer Verlage, auch zu E-Book-Ausgaben, gibt es bei *www.fischerverlage.de*

Valentina F.

2L8

TOO LATE

Aus dem Italienischen
von Ulrike Schimming

FISCHER Taschenbuch

FSC
www.fsc.org
MIX
Papier aus verantwortungsvollen Quellen
FSC® C083411

2. Auflage: März 2016

Deutsche Erstausgabe
Erschienen bei FISCHER Kinder- und Jugendtaschenbuch,
Frankfurt am Main, Februar 2015

Die italienische Originalausgabe erschien 2009 unter dem Titel
›TVUKDB – M'ama o non m'ama‹ bei Fanucci Editore, Rom

Satz: Pinkuin Satz und Datentechnik, Berlin
Druck und Bindung: CPI books GmbH, Leck
Printed in Germany
ISBN 978-3-7335-0060-3

Für die Menschen, die wir lieben,
und für die, die uns leiden ließen.

Dieser Roman spielt zu einem kleinen Teil in den Abruzzen.
Alle Menschen, die von dem Erdbeben 2009 betroffen sind, möchte ich herzlich grüßen.

1

Es ist halb neun an einem Dienstagmorgen, und eigentlich müsste ich zusammen mit den anderen in der Schule sein. Wahrscheinlich setzt sich meine Englischlehrerin gerade ans Pult, nachdem sie ihre Tasche neben sich auf die Erde gestellt hat, schlägt das Klassenbuch auf und schaut, ob alle anwesend sind. Dann hängt sie ein paar Minuten irgendwelchen Gedanken nach. Was sie wohl mit meinen Mitschülern macht? Ruft sie die Leute vorne an die Tafel, oder lässt sie einen Überraschungstest schreiben? Sie liebt solche Scherze.

Dass ich heute nicht zur Schule gehe, schmeckt irgendwie lecker, aber auch verboten. Der Vormittag verwandelt sich in etwas Neues und Unbekanntes. Vier, fünf Stunden Freiheit liegen vor mir, in denen ich nach Hause gehen könnte, aber dann wäre es mit dem Spaß vorbei. Meine Mutter wäre da, und ich müsste mir irgendwelche Erklärungen ausdenken. Ich könnte stattdessen lieber ins Kino gehen, was im Grunde eine verlockende Idee ist. Aber ich glaube nicht, dass es ein

Vormittagsprogramm gibt, außerdem macht es mich traurig, allein einen Film zu sehen. Die dritte und einfachste Möglichkeit ist, ziellos durch die Stadt zu streifen. Ich mag den Gedanken total, dass die Leute glauben, man sei an einem bestimmten Ort, dabei ist man ganz woanders. Das ist wie in einem Krimi, in dem die Polizei während der Ermittlungen zu einem Mord oder einem Überfall entdeckt, dass die Verdächtigten nie dort sind, wo sie sein sollten, oder nie mit denen zusammen sind, mit denen man sie vermutet hat. Ich muss kichern und ziehe mir den Rucksack zurecht. Heute bin ich irgendwie durcheinander. Der Albtraum der vergangenen Nacht schwirrt mir noch im Kopf rum. Verrückt. In diesem Traum hat mich mein Freund Mirko mit in sein Geheimversteck nach Ostia genommen, das er mir schon lange zeigen will. Und dann hat er sich plötzlich in einen schrecklichen Vampir verwandelt, und ich konnte mich gerade noch in die Arme von meinem Exfreund Marco retten.
Ich schüttele den Kopf, lasse die Schule hinter mir und gehe zum Tiberufer. Die Vögel scheinen mit dem Wind zu spielen. Ich überquere die Brücke und tauche in die engen Straßen des Zentrums ein.
»Achtung! Achtung! Der Messerschleifer und Schirmmacher ist da. Wir schärfen Messer, Scheren, große, kleine … Achtung! Der Messerschleifer ist da«, tönt es aus einem Lautsprecher auf einem kleinen Transporter, der langsam durch die Gassen zuckelt. Wer lässt

sich denn heute noch die Messer schleifen oder einen kaputten Regenschirm reparieren? Das ist ja wie der Mann, der die Strohstühle flickt. Manchmal sehe ich vor dem Nachbarhaus einen alten Herrn auf einem Stuhl sitzen, der die kaputten Stühle repariert. Das ist irgendwie lustig, und ich muss jedes Mal an einen alten Schwarzweißfilm denken.
Die Straße steigt an, und ich halte vor einem Laden mit einem antiken Schild, auf dem *Weine und Öle* steht.
Papa hat mir mal erzählt, dass seine Mutter ihn als kleinen Jungen immer zum Weinhändler in der Straße geschickt hat, um einen Liter von dem offenen Wein zu kaufen. Der Besitzer war ein fetter Mann gewesen, der den Gürtel über seinem dicken Bauch trug. Er hatte ein paar Fässer im Keller, und sobald mein Vater die Nase in das Geschäft steckte, musste er sich fast übergeben, so stark roch es nach Most.
Auf der Piazza Navona setze ich mich auf die Stufen der Kirche und beiße hungrig in ein Stück heiße Pizza, das ich mir vorher schnell gekauft habe. Nachdem ich mich fast den ganzen Vormittag in der Sonne geräkelt und mir die neuesten Songs von Katy Perry angehört habe, mache ich mich wieder auf den Heimweg, entscheide mich aber für eine andere Strecke.
»Signorina, soll ich Ihnen die Karten legen?«, fragt mich eine Frau mit dichten roten Haaren.
Ich lächle verlegen.
»Nein, danke.«

»Warum nicht? Kommen Sie, haben Sie keine Angst.«

»Nein, danke, ich hab kein Geld.«

»Macht nichts. Setzen Sie sich, ich lege sie Ihnen gratis.«

Misstrauisch und unentschlossen bleibe ich stehen. Und wenn ich hinterher doch bezahlen muss?

»Heute ist ein guter Tag. Machen Sie sich keine Sorgen. Ich tue Ihnen nichts. Trauen Sie sich: Hier erfahren Sie Ihre Zukunft«, redet die Frau weiter und macht eine ausladende Handbewegung. Vielleicht liest sie ja meine Gedanken.

Ich sehe mich immer noch verunsichert um. Dann zucke ich mit den Schultern, lasse mich von ihrem offenen Lachen überzeugen und setze mich auf den Hocker vor ihr. Ein kleiner Campingtisch steht zwischen uns. Sofort nimmt die Frau einen Stapel Karten und mischt sie. Die Karten sind abgegriffen, an den Rändern sind sie schon ganz schwarz. Während sie mischt, fragt sie mich nach meinem Namen und wie alt ich bin. Sie bittet mich, einen Teil vom Stapel abzuheben, dann dreht sie langsam eine Karte um.

»Du hast ein gutes Verhältnis zu deinen Eltern«, sagt sie mit einem Lächeln.

Ich sehe sie unschlüssig an.

»Du hast eine Schwester, ich würde sagen, sie ist jünger als du. Richtig?«

»Ja, wie haben Sie das erraten?«, frage ich.

Sie lacht.
»Das steht hier. Schau mal, siehst du diese Karte hier? Das ist die Familie, und sie zeigt an, ob du Brüder oder Schwestern hast.«
»Okay, aber woher haben Sie gewusst, dass meine Schwester jünger ist?«
Sie lächelt und zwinkert mir zu.
»Ich kann dir doch nicht all meine Geheimnisse verraten! Willst du etwas Besonderes wissen?«
Eigentlich möchte ich sie auf der Stelle danach fragen, was aus Marco und Mirko wird, aber es ist mir irgendwie voll peinlich. Also zucke ich mit den Schultern und versuche, nicht so neugierig zu wirken.
»Tja, keine Ahnung.«
»Verstehe. Mal sehen, wie viele Verehrer du hast.«
Ich werde rot. Die Frau betrachtet die Karten vor sich auf dem Tisch und denkt nach. Mir kommt es nicht so vor, als ob dort etwas Passendes steht. Da liegt vielmehr eine gruselige Figur, die wahrscheinlich nichts Gutes verheißt.
»Hm … ich sehe, dass du gelitten hast. Es gab einen Jungen, der dir wehgetan hat. Bist du vielleicht verlassen worden?«
Stumm sehe ich die Frau an.
»Dieser Junge muss sehr wichtig für dich gewesen sein. Aber er ist nicht ganz aus deinem Leben verschwunden. Es sieht eher so aus, als ob er immer noch auf dich aufpasst. Ja, ja, diese Geschichte scheint noch

nicht beendet zu sein. Aber neben dir, das hier bist du«, sie zeigt auf eine Frauenfigur, »sehe ich einen anderen Jungen, diesen Ritter auf dem Pferd. Interessant. Dein Liebesleben scheint alles andere als langweilig zu sein«, sagt sie und kichert.

Unschlüssig sehe ich sie an und weiß nicht, was ich sagen soll.

»Also … das stimmt«, erwidere ich schließlich.

»Aber du kannst dich nicht entscheiden.«

Die Frau dreht noch mehr Karten um.

»Die Situation wird scheinbar noch komplizierter, siehst du diese Figur? Da gibt es eine andere Frau.«

Das ist bestimmt Martina, Marcos neue Freundin.

»Eine Person, die dir nahesteht.«

Dann kann es nicht Martina sein.

»Kenn ich sie?«, frage ich und bin jetzt total neugierig.

»Scheint so, und zwar schon lange.«

Na, hoffentlich heißt das nicht, dass die Schlange Federica wieder auftaucht.

»Und wie geht es aus?« Ich bin ganz gebannt.

»Das ist nicht klar. Aber einer der beiden Kavaliere wird zurückkommen. Ich kann dir nur sagen, dass das ein komplizierter und schmerzhafter Weg wird.«

Ohne ein Wort zu sagen, sehe ich sie an … Wie viel muss ich denn noch leiden?

»Aber wer von beiden zurückkommt, kann man nicht erkennen?«

Sie schüttelt den Kopf.
»Da ist ein großes Durcheinander um dich herum. Die Karten sagen nur, dass du eine Entscheidung wirst treffen müssen, die sehr viele Tränen mit sich bringt.«
»Aber wie soll ich mich denn entscheiden?«
Sie sieht mich liebevoll an, streckt ihre schmale Hand aus und drückt meine sanft.
»Hör auf dein Herz.«
Als ob das Herz reden und die richtige Entscheidung treffen könnte.

Ich verabschiede mich von der Frau und komme noch verwirrter und niedergeschlagener zu Hause an. Keiner der beiden Jungs hat auf meine SMS geantwortet, in der ich ihnen geschrieben habe, dass ich von ihnen geträumt habe. Das ist ein schlechtes Zeichen. Aber was erwarte ich auch? Im Grunde weiß ich das selbst nicht. Einen Augenblick lang hat mich der Gedanke, Marco wiederzuhaben, begeistert, und der Traum, besser gesagt der Albtraum, hat seinen Teil dazu beigetragen. Dabei hat Marco mich nur gebeten, mich noch einmal mit ihm zu treffen, mehr nicht. Und ich darf ja nicht vergessen, dass er immer noch mit Martina zusammen ist, und ich mit Mirko. Genau, Vale, pass bloß auf, dass du nicht noch das kaputt machst, was du hast. Was hat die Kartenlegerin noch mal gesagt? Die Situation wird komplizierter. Stimmt. Aber vielleicht hat sie sich das ja auch alles nur ausgedacht. Sie hat irgendwas gesagt und an meiner Reaktion gemerkt, dass sie ins Schwarze getroffen hat. Ich hab mal gehört, dass, wenn man die Gesichter der Leute ganz genau beobachtet, schon kleine, anscheinend unbedeutende Bewegungen der Augen oder der Lippen viel mehr verraten als Worte. Ich mag das Kartenlegen eigentlich nicht, ich denke immer, dass diese Leute Menschen ausnutzen, die in Schwierigkeiten sind.

»Gut gemacht, Vale, du bist echt ein Hirni!«, sage ich zu mir, während ich den Schlüssel im Schloss herumdrehe.

Cocco, mein süßer Hund, kommt schwanzwedelnd auf mich zu und vertreibt sofort alle blöden Gedanken.

»Bist du das, Vale?«, ruft meine Mutter aus dem Wohnzimmer.

Wer sollte es sonst sein?

»Ja, Mama, ich bin's.«

»Ich telefoniere gerade mit deinem Vater. Wenn du den Tisch deckst, können wir in zwei Minuten essen.«

Ich habe keinen Hunger mehr. In meinem Zimmer lasse ich den Rucksack auf den Boden fallen, ziehe die Jacke aus und mache mich auf die Suche nach meiner Schwester. Giulia ist unauffindbar. Wo steckt sie bloß? Normalerweise begrüßt sie mich immer zusammen mit Cocco, aber heute bleibt sie verschwunden. Für den Mittagsschlaf ist es noch ein bisschen früh.

»Mama, wo ist Giulia?«
Meine Mutter springt auf und kommt mir entgegen.
»Vor einer Minute war sie noch hinter mir und hat mit Cocco gespielt. Giulia?«, ruft sie ängstlich, während sie das Gespräch mit meinem Vater ohne ein weiteres Wort abwürgt. Na, den möchte ich später nicht erleben! Ich versuche, meine Mutter wieder zu beruhigen, aber irgendwie ist meine Schwester wie vom Erdboden verschluckt. Sie kann auf gar keinen Fall rausgelaufen sein, denn seit ich da bin, ist die Wohnungstür zu. Außerdem ist Giulia noch zu klein, um die schwere Klinke herunterzudrücken. Meine Mutter ist bleich wie ein Betttuch.
»Mama, reg dich nicht auf. Du weißt doch, dass sie gerne Verstecken spielt und ihre Späße mit uns treibt.«
Sie nickt angespannt. Aber sie scheint mich nicht zu sehen, ihr Blick geht ins Nirgendwo.
»Giulia, komm sofort raus. Cocco, wo ist Giulia? Los, Cocco, such Giulia.«
Cocco, der ihre Worte für ein Spiel hält, holt den Ball und legt ihn meiner Mutter vor die Füße.
»Nein, Cocco, nicht den Ball. Giulia, such Giulia. Kann dieser Hund auch was anderes, außer spielen?«
Cocco bellt, aber er scheint nicht zu begreifen, was wir von ihm wollen. Wir suchen weiter, überall, unter den Betten, in der Küche, in meinem Zimmer. Dann im Bad und auf dem Balkon. Armer Cocco, er ist schließlich kein Spürhund! Zur Sicherheit laufe

ich die Treppe bis zur Haustür hinunter und gehe durch den Hof. Dann laufe ich wieder hoch, bis zum obersten Stockwerk. Als ich wieder in die Wohnung trete, sieht es aus, als ob eine Bombe hochgegangen wäre. Meine Mutter hat alles durcheinandergeworfen. Jetzt mache auch ich mir langsam wirklich Sorgen … Da kommt mir eine Idee: Ich sause ins Schlafzimmer meiner Mütter und reiße den Kleiderschrank auf.

»Mama, ich hab sie!«

Giulia liegt auf den Koffern, die ganz unten verstaut sind. Sie schläft mit dem Kopf auf einem Arm, ihr Mund ist halbgeöffnet, eine Hand verdeckt ein Auge. Sie ist wunderschön. Die Farbe kehrt ins Gesicht meiner Mutter zurück, wir sehen uns an und lachen los.

Eine Viertelstunde später sitzen wir am Esstisch, während Giulia in ihrem Bettchen Mittagsschlaf macht.

»Was habt ihr heute in der Schule durchgenommen?«

»Das Übliche, nichts Besonderes.«

»Was hattest du für Stunden?«

»Englisch, Bio und Philo.«

»Was macht ihr gerade Philosophie?«

»Aristoteles.«

»Kommt das nicht später dran?«

»Kann sein. Aber der Lehrer hat da seine eigenen Vorstellungen.«

Wir reden eine gefühlte Ewigkeit über die Unterschiede zwischen Aristoteles und seinem Lehrer Platon.

Das Klingeln der Haustür unterbricht uns.

»Ich gehe«, sage ich und stehe auf.

Es ist Marta, die sich unserer philosophischen Unterhaltung anschließt. Wir sitzen in der Küche, und während ich sie beobachte, fällt mir der Abend wieder ein, an dem ich sie von der Party abgeholt habe, als sie nicht mehr allein nach Hause konnte.

Nachdem Giacomo mit ihr Schluss gemacht hatte, hat sie eine ganz schlimme Zeit durchlebt, so dass ich schon fürchtete, sie als Freundin zu verlieren. Sie war total verändert, sie redete mit niemandem mehr und traf sich mit so fiesen Typen. Es kommt mir vor, als wäre das gestern gewesen. Wie ich sie mit Marco von dieser Party geholt habe und sie total betrunken auf dem Boden gelegen hat. Wie ich in die Wohnung kam, als mein Vater sie auf dem Arm trug, und ich den Blick von meiner Mutter sah und dachte, dass sie mir nie im Leben verzeihen würde, dass ich mitten in der Nacht die Wohnung verlassen hatte, um Marta von sonst woher abzuholen. Offensichtlich haben wir nicht viel Vertrauen in unsere Eltern, wir denken immer, dass sie sofort schimpfen und uns gleich bestrafen. Aber meine Mutter hat völlig anders reagiert und mich komplett überrascht. Und so wie sie meine Freundin jetzt anschaut und lacht, weiß ich, dass sie auch Marta verziehen hat.

»Okay, Mädels, es ist spät, ich muss los. Ich komm sonst zu spät zu meiner Yoga-Stunde.«

»Wann kommst du wieder?«, frage ich.

»In eineinhalb Stunden. Musst du weg?«

»Vielleicht«, sagte ich und lächele.

»Der Schwarzhaarige mit den Katzenaugen?«, fragt sie und grinst.

»Mama!«

»Was hab ich denn Schlimmes gesagt? Nur, dass er ein hübscher Junge ist. Was meinst du, Marta?«

Meine Freundin lacht.

»Sie haben vollkommen recht, Signora. Schade, dass Vale zuerst da war, sonst hätte ich ihn mir geschnappt.«

»Na gut, ich hab verstanden, ich geh dann mal in mein Zimmer«, sage ich und tue beleidigt.

Eine Stunde später sitzen wir vor dem Computer und chatten mit Sara und Giò. Dann muss Giò weg, und ich unterhalte mich wieder mit Marta.

»Findest du es nicht sonderbar, dass weder Marco noch Mirko auf meine SMS von heute Morgen geantwortet haben?«

»Auf die, in der du beiden gesagt hast, dass du von ihnen geträumt hast?«, fragt mich Marta.

»Genau.«

»Keine Ahnung. Marco hatte heute Wasserballtraining. Nächste Woche findet ein wichtiges Turnier statt. Und Mirko war heute gar nicht in der Schule.«

»Echt? Und das sagst du mir jetzt erst?« Ich springe auf und greife nach dem Handy.

Ich wähle seine Nummer. Er meldet sich mit belegter, weit entfernter Stimme.
»Mirko, ich bin's. Geht's dir gut?«
»Ja, warum? Ich bin vor der Glotze eingeschlafen. Außerdem sollte ich das viel eher dich fragen.«
»Wieso?«
»Warum warst du heute nicht in der Schule? Ich habe versucht, dich in der Pause anzurufen, aber du warst nicht zu erreichen.«
Ich drehe mich empört zu Marta, die sich vor Lachen kringelt. Sie und ihre blöden Scherze!
»Ehrlich gesagt, habe ich deinen Anruf nicht bekommen. Merkwürdig. Hast du denn meine SMS bekommen?«
»Nein, welche SMS?«
O mein Gott! Wem habe ich die SMS geschickt? Fehlt nur noch, dass Marco sie auch nicht bekommen hat.
»Vale, bist du noch dran?«, fragt Mirko.
»Ja, ich bin da. Macht nichts, war nicht wichtig.«
»Gehen wir später ins Kino?«
»Okay, ich warte hier auf dich. Aber frühestens in einer Stunde, ich kann erst weg, wenn meine Mutter zurück ist.«
Ich beende das Gespräch und setze mich auf den Boden.
»Marta, ich hab die SMS an irgendjemand anderen geschickt. Jetzt ist auch klar, warum keiner von den beiden geantwortet hat.«

»Vale, solche Klopper kriegst aber auch nur du hin. Vielleicht denkt jetzt jemand, dass du ihn anmachen willst. Haha, das ist zu komisch!«
Ich schmeiße ein Kissen nach ihr. Gott, was bin ich für eine Null, ich kann nicht mal eine SMS an die richtigen Leute schicken. Das hat mir grad noch gefehlt.
»Komm schon, Vale, mach nicht so ein Gesicht. Du hast ja schließlich nicht ›Ich liebe dich‹ geschrieben ... Vielleicht ist es auch besser so. Das Schicksal wollte dir helfen, dein Leben nicht noch komplizierter zu machen.«
Sie hat recht: Heute Morgen war ich wirklich zu schnell. Manche Dinge lässt man einfach besser so, wie sie sind, denn im Grunde war es ja nur ein Traum. Ich entspanne mich und frage Marta nach den Unterrichtsstunden von heute Morgen und was wir als Hausaufgaben aufhaben. Besonders viel habe ich nicht verpasst, die Biolehrerin hat eine Forschungsarbeit über die Struktur der Zelle aufgegeben. Die machen wir natürlich zusammen.
Dann erzählt mir Marta, dass sie sich für einen Tanzkurs anmelden will, der ihr empfohlen wurde. Er findet in der Sporthalle gleich hinter Mirkos Haus statt. Der Lehrer ist ein Amerikaner, der von der *School of American Ballet* in New York kommt. Sie ist so begeistert davon, dass ich mich zu einer Probestunde überreden lasse. Ich bin zwar mit den Theaterstun-

den schon ziemlich beschäftigt, aber Tanzen ist so schön ... Und außerdem wäre ich dann ganz nah bei Mirko und hätte nach der Stunde eine gute Ausrede, ihn zu besuchen. Wer weiß, vielleicht könnte er ja auch mitmachen. Doch noch während ich das denke, merke ich, dass diese Idee völlig hirnrissig ist. Mirko und Tanzen, das passt so gar nicht zusammen. Wieso mögen Jungs eigentlich immer nur Fußball? Das ist doch so was von langweilig ... Marco mag immerhin Wasserball und Skifahren. Mirko ist an Sport scheinbar nur wenig interessiert. Nur beim Snowboardfahren habe ich ihn mal begeistert gesehen, das war, als wir mit Giorgio und seinem Freund in den Bergen waren. Mirko redet nicht mal vom Fußball, so wie die anderen in unserer Klasse. Dafür malt er gerne und spielt Klavier oder Gitarre. Ich muss schon wieder an den Traum von vergangener Nacht denken, als er gesungen hat. Das war alles so echt: Er, seine Worte, meine Gedanken. Ich kann einfach nicht glauben, dass ich ihn in einen Fiesling verwandelt habe. Wenn ich genau darüber nachdenke, wollte er mich nur zu seiner Braut machen, um für immer mit mir zusammenzuleben. Wie bei Bella und Edward in *Twilight*.
»Erde an Vale! He, an was denkst du grad? Du siehst aus ...« Marta reißt mich aus meinen Gedanken. Sie sitzt mit Giulia, die wieder wach und ganz aufgedreht ist, auf dem Fußboden.
»Ich dachte an gestern Nacht.«

»Lass es sein, das war nur ein Traum, ein schlimmer Traum.«

»Du hast ja recht. Übrigens, was Mirkos Einladung in sein Geheimversteck angeht, ich hab meine Meinung geändert. Ich will diesen Samstag da hin. Nur weil ich geträumt habe, dass es schlimm endet, muss es ja in Wirklichkeit nicht auch so sein, oder? Außerdem glaube ich nicht an prophetische Träume.«

»Da bin ich ganz deiner Meinung.«

»Gut. Wie ist es? Kommst du mit uns ins Kino?«, frage ich.

Sie sieht mich kaum an, während sie mit Giulia weiterspielt.

»Und was soll ich mit euch beiden machen? Nein, danke. Vielleicht rufe ich Sara an und frag sie, ob sie Lust auf einen Spaziergang hat. Ach, übrigens, was ist eigentlich aus Giorgio geworden?«

Seit Giorgio mir gestanden hat, dass er schwul ist, sind wir dicke Freunde geworden. Wir haben keine Geheimnisse voreinander, er weiß alles über mich, die Geschichte mit Mirko und meine Liebe zu Marco. Und er erzählt mir seine Geschichten, von seinen Lovern und von seinen Ängsten. Als ich ihn damals im Theater kennengelernt habe, hätte ich nie gedacht, dass ich so einen besonderen Menschen treffen könnte. Er ist sensibel, lustig und tiefgründig. Manchmal telefonieren wir den ganzen Nachmittag lang, so lang, dass Mirko immer ganz eifersüchtig wird. Er hat das mit unserer Freundschaft noch nicht so richtig begriffen. Er meint ja, dass meine Freundschaft mit Marta schon was Krankhaftes hat, weil wir nie einen Schritt ohne die andere tun. Meine Freundschaft mit Giorgio muss ihm daher noch viel merkwürdiger vorkommen. Das kapiert er einfach nicht, weil er eben nicht so viele Freunde hat. Und die wenigen, die er hat, stehen ihm nicht so nah. Er ist halt ein Einzelgänger, aber er gefällt mir und fasziniert mich ziemlich. Dieser schöne und geheimnisvolle Typ …

»Giorgio steckt mitten in der Vorbereitung auf eine Prüfung. Hab ich dir erzählt, dass er letzten Samstag einen Typen in einem Club kennengelernt hat?«

»Nein, echt? Krass! Was ist das für einer?«

»So ein Hübsch-Hässlicher.«

Marta lacht los.

»Was soll das wieder heißen?«

»Das weiß nur Giorgio. Scheinbar ist er vom Äußerlichen her gesehen eher hässlich, aber für Giorgio ist er eben hübsch. Schwarze Haare, dunkle Augen, mittelgroß, muskulös. Du wirst es nicht glauben, aber einen Tag, nachdem sie sich kennengelernt haben, war Giorgio schon ganz verrückt nach ihm. Kaum hatte ich ihn am Telefon, war mir klar, dass er mir etwas total Prickelndes erzählen wollte.«

»Willst du damit sagen, dass sie schon am selben Abend im Bett waren, an dem sie sich kennengelernt haben?«

Ich nicke, und Marta schlägt die Hand vor den Mund.
»Giorgio verliert aber auch echt keine Zeit!«
Ich lache über ihr entsetztes Gesicht.
»Er meinte, dass es für sie nichts Besonderes ist, schon am selben Abend Sex zu haben. Und wenn man drüber nachdenkt, ist das durchaus verständlich. Sagen wir nicht ständig, dass die Jungs uns immer nur ins Bett kriegen wollen? Und jetzt stell dir mal zwei Köpfe vor, die auf genau dieselbe Art ticken: Warum sollten die warten?«
Meine Logik bringt sie zum Lachen.
»Zugegeben, da ist was dran. Und wie ist es ausgegangen?«
»Scheinbar ist der Typ sehr phantasievoll«, erzähle ich und zwinkere Marta zu.
»So kommst du mir nicht davon! Ich will alle Einzelheiten wissen, ich weiß doch, dass Giorgio ausführliche Beschreibungen liebt.«
Ich lasse mich aufs Sofa fallen, und während Giulia, die von all dem hier nichts versteht, mit bunten Pastellfarben große Blumen malt, winke ich Marta zu mir und erzähle ihr leise von der Liebes-Performance der Jungs, so dass sie ganz rot wird. Das sind mal echte Männergeschichten!

2

»Hm, du riechst gut«, flüstert Mirko, wobei er sein Gesicht in meinen Haaren vergräbt. Wie im Traum, als er mir seine Zähne in den Hals geschlagen hat.
Ich rücke etwas ab und sehe ihm in die Augen. In Beziehungen muss man sich immer alles sagen, oder ist es in Ordnung auch mal Dinge für sich zu behalten?
»Hast du Geheimnisse?«, frage ich ihn geradeheraus.
»Wie meinst du das?«
»Gibt es Sachen, die du mir nicht erzählst oder die ich nicht wissen sollte?«
Seine grünen Augen werden ein winziges bisschen schmaler. Das Thema gefällt ihm offensichtlich nicht.
»Hast du mir was zu sagen?«, fragt er misstrauisch.
»Nein, ich mein das nur so allgemein.«
Er sieht mich an, ohne zu antworten. Die Stille ist total unangenehm, und ich rutsche hin und her. Mirko mustert mich weiter, es scheint ihm nicht im Geringsten peinlich zu sein.
»Was willst du wissen?«, sagt er schließlich.

»Nichts Besonderes«, antworte ich, weil ich gerade nicht weiß, was ich ihn eigentlich fragen könnte. Nur eine Sache würde mich interessieren.
Vielleicht liegt es an seinem fast dunklen Zimmer oder daran, dass wir allein sind, oder einfach daran, dass er da ist, dass diese merkwürdigen Gefühle in mir hochsteigen. Ich kann es gar nicht so genau sagen, aber ich nehme allen Mut zusammen und überwinde den Abstand, der zwischen uns liegt.
»Eigentlich will ich dich besser kennenlernen und mehr über dich wissen«, sage ich und küsse ihn auf die weichen Lippen.
Er reißt seine Augen völlig übertrieben auf, und ich lächele zufrieden.
»Was grinst du so? An was denkst du?«
»Hab ich dir schon mal gesagt, dass deine Augen mich an einen großen Tiger erinnern?«
Er lächelt ziemlich scheinheilig, während ich mich in seinem Netz verheddere.
»Hältst du mich für gefährlich?«
»Kommt drauf an, was du unter gefährlich verstehst. In gewisser Weise könntest du das sein. Wenn ich mit dir zusammen bin, begreif ich gar nichts mehr. Mein Mund wird ganz trocken, ich kann gar nicht mehr richtig atmen, und wenn du mich berührst, fang ich an zu zittern. Was meinst du, muss ich mir Sorgen machen?«
Er umarmt mich fester und zieht mich aufs Bett.

»Nein, im Gegenteil, du musst diese Symptome pflegen.«
»Also bin ich krank, Herr Doktor?«, frage ich.
»Es sieht nicht so aus, doch bevor ich ein Diagnose stellen kann, muss ich Sie genauer untersuchen, Fräulein.«
Ich lache, obwohl ich erschaudere.
»Meinen Sie?«
Er murmelt irgendetwas und steckt den Kopf unter mein T-Shirt. Ich keuche mit geschlossenen Augen und genieße seine Küsse auf meinem Bauch. Als Mirko merkt, dass ich mich nicht wehre, öffnet er meine Jeans und zieht sie mir herunter. Dann entfernt er sich von mir und zieht sich seine Hose aus.
»Herr Doktor, was tun Sie da? Das ist aber nicht professionell«, schimpfe ich mit einem Lächeln.
»Aber nein, mein Fräulein, seien Sie unbesorgt, das ist eine innovative Untersuchungsmethode, die man mir im vergangenen Monat auf dem Kongress in Chicago gezeigt hat. Scheinbar fühlen sich die Patienten viel wohler, wenn sich auch der Arzt auszieht.«
Seine Phantasie ist echt großartig. Unglaublich, was sich Jungs alles so ausdenken, um ans Ziel zu kommen.
»Interessant. Und wie waren die Ergebnisse?«
»Total überraschend. Die Patienten zeigten nach so einer Behandlung keine Symptome von Unwohlsein mehr«, antwortet er und legt sich wieder auf mich.

»Ich hab verstanden. Zwischen eins und zehn der Gefährlichkeitsskala liegst du bei hundert!«

Seine Küsse überwältigen mich. Er ist so zärtlich, dass ich noch ganz benommen bin, als sein Handy klingelt und wir hochschrecken.

»Hey Eddie«, meldet sich Mirko. Danach kann ich ihm nicht mehr folgen. Denn obwohl ich Englisch kann, spricht er viel zu schnell für mich. Ich verstehe nur einzelne Wörter wie »really?« oder »oh shit!«. Ich bleibe auf dem Bett liegen, wo er mich weiter streichelt. Nach fünf Minuten merke ich, dass das ein längeres Telefonat wird. Ich stehe auf und ziehe mich an, obwohl Mirko ganz traurig guckt. Aber offensichtlich ist er doch nicht so erregt, denke ich etwas enttäuscht.

Er versucht, mich an sich zu ziehen, aber ich winde mich aus seinem Arm und gehe in die Küche. Mit zwei Gläsern und einer Tüte Saft kehre ich zurück. Jetzt scheint Mirko mich völlig vergessen zu haben, und am liebsten würde ich gehen, ohne mich zu verabschieden. Aber ich will nicht die Beleidigte spielen, sonst denkt er womöglich noch, dass ich eine blöde Zicke bin. Er steht vor dem Fenster und sieht hinaus. Mittlerweile hat auch er sich wieder angezogen. Als er lacht, werde ich eifersüchtig auf den Teil seines Lebens, den ich gar nicht kenne. Sein Rücken ist so gerade aufgerichtet, dass ich es nicht wage, zu ihm zu gehen. Irgendetwas bewegt ihn. Mirko streicht sich durch die Haare, dann schlägt er mit der flachen Hand gegen die Wand. Unwillkürlich kreische ich auf und mache einen Schritt zurück. Da merkt er, dass ich noch da bin, und lächelt mir zu. Verunsichert lächele ich zurück und gehe langsam zu ihm.

»Entschuldige, ich wollte dich nicht erschrecken«, flüstert er mir ins Ohr.

»Wer war das?«, frage ich leise, nachdem er das Gespräch beendet hat.

»Ein Freund, der in Prag lebt. Er ist der Einzige, mit dem ich öfter telefoniere.«

»Ist was passiert?«

»Eine ganz schlimme Geschichte. Er ist mit einem drogenabhängigen Mädchen zusammen. Jetzt hat er mir gerade die neuesten Katastrophen erzählt.«

»Ich hör dich gern auf Englisch reden.«

»Magst du mich dann mehr?«, fragt er und küsst mich.

Meine Worte sind nicht zu verstehen.

»An Weihnachten will er mich besuchen kommen. Aber ich weiß noch nicht, ob ich ihn dir dann vorstelle. Die Mädchen sind nämlich alle ganz verrückt nach ihm«, sagt er, ohne sich von mir zu lösen.

»Ach wirklich? Du könntest ihn Marta vorstellen, was meinst du?«

»Er mag alle Mädchen, er ist nicht besonders wählerisch.«

»Na, dann lieber nicht. Solche Typen haben wir zuhauf hier in Italien. Sag mal, warum hast du gegen die Wand geschlagen?«

Er erzählt mir, dass dieses Mädchen sich mit einer absurden Begründung Geld von Eddie geliehen hat und dann verschwunden ist. Tja, besonders schlau ist er also auch nicht. Das scheint der klassische Typ zu sein, der sich von den Mädchen um die Finger wickeln lässt. Vielleicht ist Federica die Richtige für ihn, denke ich hinterhältig, während ich einen großen Schluck Saft trinke.

Ich kann das Glas gar nicht leeren, weil Mikro mich schon wieder aufs Bett schiebt. Er zieht mir das T-Shirt aus, küsst mich leidenschaftlich und drückt mich fest an sich. Ich rolle auf ihn und ziehe ihm Hemd und Hose aus. Zärtlich küsse ich ihn. Weil ich aber immer noch ein bisschen beleidigt bin, wie er mich vorher missachtet hat, schnappe ich mir wenig später meine Sachen, flüchte und zeige ihm eine lange Nase. Mirko ist eine Sekunde lang verwirrt, dann gibt er sich geschlagen.

Dienstagnachmittag: Ich gehe mit den anderen zum Tanzen. Sara zu überreden ist nicht einfach gewesen, aber am Ende haben wir gewonnen. Sie ist in letzter Zeit immer ganz depri drauf, die Dinge zwischen ihr und Andrea laufen nicht so gut. Auch wenn sie nicht darüber reden will, ihre dunklen Augenringe zeugen von Nächten, die sie eher über Büchern verbracht oder in denen sie ihre Lieblingsfilme gesehen hat. Matteo hat erzählt, dass sie im Unterricht nie aufpasst, und wenn sie nicht der Typ wäre, der nicht besonders viel lernen muss, dann würde das ganz schön schiefgehen. Daher haben Marta und ich beschlossen, sie mal auf andere Gedanken zu bringen. Und weil sie Giorgio nett findet, haben wir ihn in den Plan mit eingeweiht.

»Wann ist deine nächste Prüfung?«, fragt Marta ihn auf dem Weg zum Tanzstudio.

»Ich will es im Januar versuchen«, sagt er.

»Da hast du ja noch Zeit. Warum regst du dich so auf?«

»Das ist eine schwierige Prüfung. Es geht um englische Literatur aus dem 19. und 20. Jahrhundert.«

»Hört sich doch interessant an. Warum hast du dich für Literatur an der Uni eingeschrieben?«, fragt Sara.

»Mein Italienischlehrer an der Schule hat mich mit seiner Begeisterung für Literatur angesteckt. Also war das für mich nach dem Abi ganz klar.«

»Und was liest du so am liebsten?«

»*Die Pickwickier* von Charles Dickens sind echt der Hammer. Aber am liebsten mag ich russische Literatur. Die ist so völlig anders als unsere, vielleicht deshalb. Ihr habt bestimmt schon von Michail Bulgakow gehört, oder?«

Wir sehen uns fragend an.

»Das ist der Autor von *Der Meister und Margarita*. Mädels, jetzt schaut nicht so.«

Wir kichern und schütteln die Köpfe.
»In dem Roman geht es um den Besuch des Teufels in der Sowjetunion in den dreißiger Jahren, als dort noch der Atheismus herrschte.«
Wir reißen die Augen auf. Wovon redet er bitte?
»Okay, schon verstanden. Ihr habt überhaupt keine Ahnung. Das hört sich vielleicht nicht besonders interessant an, ist es aber total. Wenn ihr das jemals lest, werdet ihr es nicht bereuen. Schon beim Motto begreift man die Genialität des Werkes. Es stammt aus Goethes *Faust*.«
Ich sehe meine beiden Freundinnen erstaunt an: Noch nie haben wir so viel Feuereifer und Leidenschaft für ein Unithema erlebt. Aber vielleicht muss man sich genau so ein Thema suchen, wenn man sich für die Uni entscheidet.
»Und wie lautet es?«, frage ich vorsichtig.
»›Ein Teil von jener Kraft, die stets das Böse will und stets das Gute schafft‹«, rezitiert Giorgio.
Von uns sagt keine ein Wort, aber er scheint unser Schweigen gar nicht zu bemerken.
»Aber ihr habt doch bestimmt was von Alexander Puschkin, Leo Tolstoi oder Fjodor Dostojewski gehört?«
Wir starren ihn weiter stumm an. Dann rettet uns Sara. Zum Glück.
»Du musst uns verzeihen, Giorgio, in dem Fach kennen wir uns leider überhaupt nicht aus. Aber das hört

sich alles superinteressant an. Hast du einen Lesetipp für mich?«

»*Der Idiot* von Dostojewski. Aber zuerst musst du was über Russland in der Zeit von damals lesen. Wir machen das so, ich leih dir was.«

Sara nickt ernsthaft, während Marta und ich uns belustigte Blicke zuwerfen.

»Und was willst du nach der Uni machen?«, mischt sich Marta ein und versucht, das Thema zu wechseln. Unser Unwissen scheint Giorgio nicht besonders toll zu finden.

»Kann ich noch nicht sagen. Im Januar bewerbe ich mich für ein Erasmus-Stipendium fürs Ausland. Dann überlege ich weiter. Ich bin ja erst ganz am Anfang«, erklärt er und hebt die Arme.

Wäre meine Mutter in diesem Moment dagewesen, wäre sie völlig ausgetickt und hätte stundenlang mit ihm weitergeredet. Sie ist verrückt nach klassischer Literatur und findet nie jemanden, mit dem sie darüber quatschen kann. Ich muss Giorgio in den nächsten Tagen mal zu uns einladen, aber nur, wenn mein Vater nicht da ist. Denn der bekommt Ausschlag, wenn er nur die Worte *klassische Literatur* hört!

Isidor, der Tanzlehrer, stellt sich als ein menschliches Wunder heraus. Er ist klein, sehnig und besteht nur aus Muskeln. Er ist schwarz und schön. Er trägt eine Leggins und ein Unterhemd, das seine dünnen, aber wohlgeformten Arme frei lässt. Als Giorgio ihn sieht, erzittert er. Die dichten Haare sind kurzgeschnitten, nur ein paar extralange Locken hat er stehengelassen. Beim Hereinkommen grüßt er mit einem starken amerikanischen Akzent. Der hell erleuchtete, große Tanzsaal ist rappelvoll. Wir suchen uns einen Platz, wo wir vier zusammenbleiben können. Es ist ein gemischter Kurs, auch wenn man die Jungs an einer Hand abzählen kann. Während ich mich umsehe, überkommt mich ein leichter Anflug von Scham wegen meiner nicht besonders stylischen Klamotten: Ich trage eine Jogginghose und irgendein T-Shirt, das mir in die Finger gekommen ist. Nun muss ich feststellen, dass es vorne Flecken und an einem Ärmel ein Loch hat. Doch der Anblick meiner Freundinnen beruhigt mich. Wir sehen echt uncool aus.

Die Stunde scheint lustig zu werden, eine Mischung aus funky Aerobic und irgendetwas Salsa-Ähnlichem. Aber schon nach den ersten Schritten ahne ich, dass es hart wird. Während die anderen sich synchron bewegen, weil sie jeden Schritt schon auswendig können, hampeln wir unkoordiniert herum, so dass Sara und ich ein paarmal mit den Köpfen zusammenstoßen. Die ganze Stunde über können wir überhaupt nicht ernst bleiben, weil Giorgio, der noch tollpatschiger ist als wir, ständig Witze über den Trainer, die Musik und unser Gehopse macht.

Aufgedreht und gut gelaunt stehen wir später vor der

Tür und haben keine Lust, den Tag schon so früh enden zu lassen. Also treffen wir uns noch mit Filippo und Mirko. Den restlichen Nachmittag verbringen wir mit Giorgios Witzen und Filippos Berichten über die neue Freundin von Giòs Vater.

»Also ist das der eigentliche Grund, warum sie nach Florenz gezogen sind«, sagt Sara.

»Meinst du, dass sie schon vorher zusammen waren?«, fragt Marta, die für dieses Thema ganz feine Antennen hat.

Sara und ich werfen uns einen kurzen Blick zu. Auch wenn ihre Leidenschaft für Giacomo scheinbar vorbei ist und sie nicht mehr über ihn redet, wissen wir, dass Marta immer noch glaubt, dass er sie wegen einer anderen verlassen hat, mit der er sich schon traf, als sie noch zusammen waren.

»Hätte das angefangen, als ihre Eltern noch zusammen waren, hätte Giò uns davon erzählt.«

Marta nickt, scheint aber nicht besonders überzeugt davon.

»Warum besuchen wir sie nicht am nächsten Wochenende in Florenz?«, schlage ich vor. »Jungs, würdet ihr mitkommen?«

Alle sind von der Idee begeistert.

»Hättest du Lust? Wir könnten zwei ganze Tage zusammen verbringen«, flüstere ich Mirko ins Ohr.

»Auch die Nächte?«, fragt er.

Ich ziehe ihn an den Haaren.

»Was ist denn?«
»Du bist wie alle anderen Typen, du denkst nur an das eine!«
»Das stimmt nicht. Und wenn schon, was ist denn so schlimm daran, dass ich dich begehre?«, sagt er und nimmt mich in den Arm.
Ich kitzele ihn und winde mich heraus.
»Ist das ein Ja?«, frage ich ihn.
»Okay, aber wir schlafen alle am selben Ort.«
»Träum weiter. Wir Mädels können bestimmt bei Giò pennen, aber ihr müsst euch was anderes suchen.«
»Immer diese Privilegierten.«
»Wenn das euer Freund wäre, würde es andersrum genauso sein, oder?«
Mirko zwickt mich.
»Hör auf, Mirko, reiß dich zusammen«, sage ich leise.
»Ich könnte meine Cousins fragen. Die wohnen auch in Florenz, vielleicht können wir bei ihnen schlafen«, sagt Giorgio.
Zufrieden über diese Idee verabschieden wir uns, und Mirko bietet sich an, mich nach Hause zu bringen.
»Schade ist es aber schon. Diesen Samstag wollte ich dir doch mein Geheimversteck zeigen.«
»Können wir das nicht an einem anderen Tag machen?«
»Klar, aber am Samstag lassen dich deine Eltern abends länger weg.«

»Dann machen wir es den Samstag danach. Gib mir doch einen Tipp, wo das ist«, sage ich.
»Ich kann dir nur verraten, dass es in Rom ist.«
Wow, nicht in Ostia wie in meinem Albtraum. Dann wird er also nicht wahr.
»Und was ist so besonders an diesem Ort?«
»Das kann ich dir nicht sagen«, antwortet er geheimnisvoll.
Meine Neugierde wird immer größer, und fast bereue ich es, die Reise nach Florenz vorgeschlagen zu haben. Ich bohre weiter, aber Mirko bleibt hart. Er will mir nicht mehr verraten.
»Übrigens, ich muss dich etwas fragen«, sagt er da.
»Was?«
»Glaubst du, dass Marta mich doof findet?«
Ich sehe ihn verblüfft an.
»Überhaupt nicht, wie kommst du denn darauf? Ist was passiert, wovon ich noch nichts weiß?«
»Nein, gar nicht. Das ist nur so ein Gefühl. Mehr nicht. Sie kommt mir so abweisend vor.«
»Denk dir nichts dabei. Seit Giacomo sie verlassen hat, ist sie Jungs gegenüber vorsichtig geworden. Aber sie findet dich sehr nett, mach dir keine Sorgen.«
Denn wenn das nicht so wäre, hätte sie es mir gesagt … Ich kenne sie doch. Wenn irgendetwas vorgefallen wäre, hätte sie es mir ganz sicher erzählt. Aber vielleicht muss ich sie mal fragen.
»Was kümmern dich eigentlich meine Freundinnen?

Habe ich Grund zur Eifersucht?«, frage ich scherzhaft.

Mirko lacht aus vollem Herzen los, während wir schon fast bei mir zu Hause ankommen.

»Versprich mir, dass wir morgen den ganzen Nachmittag zusammen verbringen«, sagt er und drückt mich an die Wand neben der Haustür.

»Machen wir zusammen Hausaufgaben?«

»Wenn es unbedingt sein muss.«

Ich nicke und betrachte seine kleine Narbe, die über seiner Lippe zuckt.

»Wenn sie dir gefällt, kann ich mir noch weitere zulegen.«

Ich küsse ihn.

»Du würdest dir noch mehr Narben für mich schlagen lassen? Du bist verrückt«, sage ich und fühle mich geschmeichelt.

»Das weiß ich schon seit langer, langer Zeit«, erwidert er.

Schweren Herzens trennen wir uns. Es ist spät, und ich muss nach Hause.

In meinem Zimmer rufe ich als erstes Giò an und erzähle ihr, dass wir sie am nächsten Wochenende besuchen wollen. Sie ist total begeistert. Wir könnten ihr kein schöneres Geschenk machen, sie wünscht sich das schon so lange, dachte aber immer, dass niemand von uns Lust dazu hätte. Ich ziehe sie damit auf, dass sie aus allem ein Drama macht. Giò antwortet, dass sie mich an ihrer Stelle sehen wollte, allein in einer fremden Stadt, ohne Freunde, die mir Gesellschaft leisteten.

»Zum Glück ruft Filippo mich jeden Tag an.«

»Er hat übrigens erzählt, dass dein Vater eine neue Freundin hat. Stimmt das?«

»Ja, die ist aber eigentlich ganz nett.«

»Wohnt sie bei euch?«, frage ich.

»Nein. Aber sie kommt oft vorbei.«

»Und wie war das am Anfang für dich?«

Sie erzählt, dass sie schon lange begriffen hatte, dass ihr Vater etwas mit einer anderen Frau hatte. Und als sie umgezogen waren, wurde diese Frau so wichtig für ihn, dass er ernsthaft mit Giò über sie sprechen wollte.

»Weißt du, jetzt stört es mich überhaupt nicht mehr, dass mein Vater eine andere Frau liebt. Hätte ich das vor einem Jahr erfahren, hätte ich mir die Pulsadern aufgeschnitten. Aber als ich verstanden hatte, dass er nie mehr mit meiner Mutter zusammenkommen würde, habe ich meinen Frieden damit gemacht. Ich will nicht mehr leiden, und deshalb lasse ich mich da nicht mehr reinziehen. Als ich dann meinen Vater mit seiner neuen Freundin gesehen habe, kam mir das fast … ich will nicht sagen, normal vor … aber immerhin annehmbar.«

Ich weiß nicht, was ich sagen soll. Der Gedanke, dass

meine Mutter oder mein Vater andere Partner haben könnten, kommt mir unerträglich vor. Also wechsele ich das Thema und frage sie, wie es mit Filippo läuft. Da scheint sie nicht besonders glücklich zu sein. Ich kann es ihr ja nicht mal verdenken, eine Fernbeziehung muss frustrierend sein: nur stundenlange Telefonate, ohne sich sehen zu können. Wie ätzend. Aber was Giò viel mehr beunruhigt, ist Filippos Eifersucht und sein besitzergreifender Charakter. Aber wie kann das über so eine Entfernung überhaupt möglich sein?

»Und du? Wie ist es mit Mirko?«, fragt sie.

Ich erzähle ihr von der Kartenlegerin.

»Ah, also hast du dir Marco immer noch nicht aus dem Kopf geschlagen«, neckt sie mich.

»Ich weiß es nicht, Giò. Es ist so merkwürdig. Wenn ich mit Mirko zusammen bin, denke ich an nichts anderes. Er ist so überwältigend, lieb, zärtlich, und wir haben so viel Spaß zusammen. Aber wenn ich allein bin, dann nagt es wieder in mir, vor allem wenn ich es überhaupt nicht erwarte. Ein kleiner Teil von mir denkt dann darüber nach, wie es wäre, wenn ich zu Marco zurückkehre.«

»Das ist wirklich nicht schön. Und unfair gegenüber Mirko.«

Sie hat vollkommen recht. Ich weiß ja ganz genau, dass ich nicht ehrlich bin, aber ich mache das nicht absichtlich. Marco taucht immer ganz plötzlich vor mir auf, ohne dass ich es darauf anlege. Wenn ich von den Hausaufgaben hochblicke, sehe ich die CD, die er mir geschenkt hat. Suche ich ein T-Shirt raus, muss ich gleich an den Tag auf dem Jahrmarkt denken, als er mir das Eis auf das Shirt gekleckert hat. Das ist schlimm, ich weiß, aber so ist es eben, ich kann nichts dagegen machen. Aber zum Glück kommt das nicht so oft vor.

»Und was willst du tun? Willst du wieder mit ihm zusammen sein?«

»Nein, das auf keinen Fall!«

Sie lacht über meine Entschlossenheit.

»Vale, Vale, ich bin so froh, wenn ihr mich besuchen kommt. Unsere Gespräche fehlen mir so sehr. Hier habe ich noch nicht viele Freunde gefunden. Man wird nicht so leicht in einer Gruppe aufgenommen, die schon lange besteht, bei all dem Neid und den Eifersüchteleien. Die Einzige, mit der ich Kontakt habe, ist ein Mädchen aus meinem Haus. Wenn du sie kennenlernst, wirst du kapieren, warum: Sie ist phantastisch, sie nimmt kein Blatt vor den Mund, und wenn sie eine Meinung hat, sagt sie sie geradeheraus, ein bisschen so wie Marta. Sie ist nicht so hübsch wie sie, eigentlich gar nicht, aber sie hat eine Art, die den Leuten gefällt. Ich verbringe fast jeden Nachmittag mit ihr. Sie heißt Eleonora. Eli für Freunde.«

Gerade als wir uns verabschieden wollen, fällt Giò ein, dass sie am nächsten Wochenende ihrem Vater versprochen hat, mit zu seiner neuen Freundin zum

Abendessen zu gehen. Sie bittet mich also, den Besuch auf das Wochenende danach zu verlegen, falls das für die anderen okay sei.
Als ich das Telefonat beende, habe ich einen Kloß im Hals. Schade, dass sie so weit weg ist. Wer weiß, wie es gewesen wäre, wenn sie noch auf unsere Schule ginge. Bestimmt wären wir beste Freundinnen geworden. Mit ihr habe ich mich immer so gut verstanden, sie ist nie aggressiv und wird nur ganz selten ungeduldig. Und wenn wir reden, gibt es keine Geheimnisse zwischen uns. Das heißt nicht, dass ich mit Marta welche hätte, aber manchmal bringt sie mich mit ihrer Art echt in Verlegenheit. Ich trete aus meinem Zimmer und folge den Stimmen, die aus der Küche kommen. Ohne ein Wort zu sagen, gehe ich zu den anderen und decke den Tisch für das Abendessen.

3

SAMSTAGNACHMITTAG. ICH WARTE AUF MIRKO. Als er von der Programmänderung erfahren hat, hat er darauf bestanden, dass wir den Nachmittag und Abend zusammen an dem Ort verbringen, den er sein Geheimversteck nennt. Ich bin etwas aufgeregt. Es kommt mir vor, als ob ich den Traum wiedererlebe. Zur Ablenkung schaue ich mich noch einmal im Badezimmerspiegel an. Ein bisschen Lipgloss, etwas Kajal um die Augen, und als Glücksbringer trage ich die Kette mit dem Delphin, die mein Vater mir geschenkt hat. Außerdem habe ich meine Lieblingsjeans angezogen und ein schwarzes Kapuzenshirt mit Reißverschluss. Ich wollte es mit den Klamotten nicht übertreiben. So wichtige Verabredungen machen mich immer ganz nervös, weil sie so mit Erwartungen aufgeladen sind. Damit ich wieder runterkomme, setze ich mich mit Cocco und Giulia auf den Teppich im Wohnzimmer.

»Du siehst hübsch aus … Wohin geht ihr? Ins Kino?«, fragt meine Mutter, als sie sich zu uns setzt.

»Nein, wir nehmen das Mofa. Mirko will mir einen Ort zeigen, der für ihn etwas ganz Besonderes ist.«

»Und wo soll der sein?«

»Das wollte er mir nicht sagen«, erwidere ich.

»Ich mag solche Überraschungen ja sehr, und dein Vater hat das immer ausgenutzt. Einmal hat er mir sogar die Augen verbunden, damit ich nicht sehe, wohin er mich bringt.«

»Echt? Und wo wart ihr dann?«

»Er ist eine Stunde um den Block gefahren, dann hat er mich wieder in seine Wohnung geführt, wo er auf dem Balkon ein Candlelight-Dinner arrangiert hatte.«

Wir romantisch!

»Ein anderes Mal sind wir im Pool von einem Freund seines Vaters schwimmen gegangen. Weil ich aber von dem Ganzen natürlich nichts wusste, hatte ich keinen Badeanzug dabei und war auch noch geschminkt.«

»Und was hast du dann gemacht?«, frage ich.

»Ich hab ganz cool getan und bin im Slip und BH in den Pool gestiegen.«

Ich schlage die Hände vors Gesicht. Ganz schön sexy, meine Mama.

»Und dein Make-up?«

»Zuerst bin ich nicht mit dem Kopf unter Wasser getaucht, aber nach einer halben Stunde waren meine Haare eh so nass, dass es völlig egal war. Du kennst doch deinen Vater. Der liebt solche Scherze.«

Ich stelle mir meine Eltern als frisch Verliebte vor und muss lachen.
»Das war ein denkwürdiger Abend. So viel Spaß hatte ich noch nie gehabt«, erzählt sie weiter, wobei sie in die Ferne schaut.
»Wie lustig ... da fällt mir ein, Marta, Sara und ich wollen nach Florenz fahren und Giò besuchen. Hast du was dagegen?«
»Könnt ihr bei ihr schlafen?«
»Ja.«
»Ich weiß nicht. Dass ihr Mädels allein in eine andere Stadt fahrt, gefällt mir nicht so richtig.«
»Mama, mach dir keine Sorgen. Es kommen auch noch drei Jungs mit. Dann sind wir zu sechst. Außerdem ist Florenz ja nicht weit, nur eineinhalb Stunden mit dem Zug.«
»Und wo schlafen die Jungs?« Jetzt ist meine Mutter noch misstrauischer.
»Ich ertrag es echt nicht, wenn du so bist. Die schlafen bestimmt nicht bei uns.«
»Ich muss erst mit Giòs Vater telefonieren.«
»Wie du willst«, sage ich, als es an der Haustür klingelt. »Ich muss los, Mama, das ist Mirko. Gegen elf bin ich wieder zurück. Macht euch keine Sorgen, ich bin in guten Händen.« An der Wohnungstür drehe ich mich noch mal um und werfe ihr, Giulia und Cocco ein Kusshändchen zu.
»Sehr witzig ... Ciao, ciao.«

Ich habe echt Glück. Mein Vater mag Mirko wirklich sehr, er hält ihn für einen netten, anständigen Jungen. Und meine Mutter scheint auch ganz zufrieden zu sein. Deshalb stellen sich die beiden auch überhaupt nicht an, wenn ich mich mit ihm treffe. Ich schnappe mir meine Steppjacke, und während ich die Treppe hinunterlaufe, denke ich an den Abend, als mein Vater die Jungs vertrieben hat, die uns ausrauben wollten. Er war so auf Hundertachtzig, dass er fast noch Mirko mit einem Schlag niedergestreckt hätte. Allein bei der Erinnerung daran lachen Mirko und ich uns immer noch scheckig.

Zehn Minuten lang klammere ich mich an Mirko fest. Ich mag es, wenn ich die Bewegungen seiner Muskeln beim Fahren spüre. In jeder Kurve gehe ich mit, nach links, nach rechts, dann wieder geradeaus. Bei den abrupten Stopps an der Ampel drücke ich mich noch fester an ihn. Ich lege den Kopf auf seine Schulter und schaue, wie alles an mir vorbeizieht wie in einem Film. Der Wind pfeift durch den Helm. Schade, dass es Winter ist. Im Frühling mit dem Mofa durch die Gegend zu fahren ist etwas ganz anderes. Ich öffne den Mund, aber die Luft ist so eisig, dass ich ihn gleich wieder schließe.
»Nicht einschlafen«, brüllt Mirko, und ich drücke ihn, damit er sich keine Sorgen macht. Wir fahren ein Stück am Tiber entlang, auf der Piazza Trilussa biegen

wir rechts ab, dann nach links und noch mal nach rechts. Schließlich hält Mirko, stellt den Motor ab und lässt mich absteigen.

»Sind wir schon da?« Ich bin total neugierig.

»Fast«, sagt er und nimmt mich an der Hand. Er zieht mich durch die Gassen voller Menschen, durch verschlungene, kleine Straßen.

»Was hältst du davon, wenn wir uns einen Döner holen? Oder magst du lieber Mexikanisch?«

Irritiert sehe ich ihn an. Es ist gerade mal vier Uhr nachmittags.

»Willst du jetzt schon essen?«, frage ich erstaunt. Ich traue mich nicht ihm zu sagen, dass ich mittags eine doppelte Portion Ravioli mit Tomatensoße gegessen habe.

»Ich hab noch kein Mittag gehabt«, erklärt er.

»Okay, dann Döner, aber ohne Soße. Ich probier von dir.«

Zehn Minuten später laufen wir weiter durch die Gassen von Trastevere.

»Du kennst dich hier wohl gut aus. Sieht fast so aus, als ob du von hier stammst.«

»Ich kenn den Weg eben genau.« Dann hält er an und hebt die Hand. »Wir sind da.«

Er zeigt auf ein kleines Tor, das mir nichts sagt.

»Ist das ein Haus?«

»Ja, was soll es denn sonst sein?« Er holt einen Schlüssel heraus und schließt auf.

Das Haus ist alt, bei vielen Fenstern stehen die Fensterläden offen. In manchen sieht man drinnen Licht brennen, und auf den Fensterbrettern stehen kleine Blumentöpfe.

Das ist kein unbewohntes Haus und erst recht keine Garage. Durch den Traum habe ich wohl eine heruntergekommene Ruine erwartet, einen Ort ohne Leben.

»Was ist? Willst du nicht rein?« Mirko hält mir die Holztür auf.

Zögernd trete ich über die Schwelle. Ein schmaler Flur liegt vor mir, an dessen Ende eine genauso schmale Treppe nach oben führt. Im dritten Stock bleiben wir stehen.

»Das ist es«, sagt er und zieht mich mit einem leidenschaftlichen Blick an sich.

»Mirko, ich will jetzt sofort sehen, was hinter dieser Tür ist. Sonst sterbe ich.«

Er lächelt über meine Neugierde.

»Okay. Aber du musst tun, was ich dir sage. Mach die Augen zu, während ich aufschließe. Dann gehst du drei Schritte. Und erst wenn ich es sage, öffnest du die Augen wieder. Versprochen?«

Diese Sache mit den geschlossenen Augen scheint also so ein Männerding zu sein.

Ich nicke.

»Bist du bereit?«

Noch einmal nicke ich und befolge seine Anweisungen. Ich höre, wie sich der Schlüssel im Schloss dreht, wie die Tür quietscht, als er sie öffnet, dann Mirkos Schritte in der Wohnung. Ich taste mit den Händen und trete unsicher ein. Ein kalter Luftzug trifft mich, es riecht muffig. Ansonsten herrscht totale Stille. Ich mache noch einen Schritt, und meine Hände berühren Mirkos Arm.

»Warte, ich schalte das Licht an«, sagt er und entfernt sich von mir. Der Fußboden schwingt ganz leicht unter seinen Bewegungen. Ich bleibe stehen, sage kein Wort. Die Augen habe ich immer noch geschlossen, als mich plötzlich ein Lichtstrahl trifft, so dass ich blinzeln muss. Dann reiße ich die Augen auf. Überrascht sehe ich mich um. Ich fühle mich wie Alice im Wunderland.

Marionetten, lebensgroße Ritter auf riesigen Pferden mit glänzendem Fell, griechische Statuen, Teile von römischen Säulen stehen herum. Vergoldete Bilderrahmen, mächtige Puppen, Kleider, Mäntel, Korsetts quellen aus großen Truhen. Ich sehe Straußenfedern, Rüstungen, Schwerter und Plastiktiere.

»Was ist das? Wieso hast du die Schlüssel dafür? Wem gehört das hier? O mein Gott, Mirko, das ist ja wie im Märchen.«

»Ist das nicht phantastisch?« Mirko schnappt sich einen Musketier-Hut und setzt ihn sich auf. »Wie steht der mir?«

Lachend sehe ich mich in dem Raum um und fasse al-

les an. Ich nehme eine lange violette Stola und lege sie mir um die Schultern. Mirko hat sich einen Zylinder geholt und macht eine tiefe Verbeugung.
»Werte Dame, willkommen in meiner Traumwelt.«
Ich bin so durcheinander, dass ich kein Wort herausbringe. Verzückt ziehe ich an dem Schwanz eines Pferdes und streichle seine samtige Mähne.
»Komm mit, nebenan geht es mit den Wundersachen noch weiter«, sagt Mirko und zieht mich am Arm in einen zweiten Raum. Dort lehnt ein Bild mit einem riesigen blauen Delphin an einer Wand, daneben stehen Wellen aus Holz.
»Das ist ein Traum, Mirko. Weißt du, wie sehr ich Delphine mag? Gott, ich liebe sie«, kreische ich, wobei ich zu dem Bild laufe und dem Tier über das Maul und die blitzenden Augen streiche.
»Sieh mal, ich hab sogar einen Delphinanhänger. Wie hast du diesen Ort entdeckt? Was ist das? Ein Theaterfundus?« Ich streife mir weiße Atlashandschuhe über.
»Nein, das ist die Wohnung meiner Großmutter. Sie lebt jetzt mit meiner Schwester Polette in Paris. Sie und mein Großvater haben als Dekorateure für den Film gearbeitet. Er hat Modelle aus Holz und Plastik hergestellt, sie hat sie lebensecht angemalt.«
»O Mirko, du steckst ja voll krasser Überraschungen. Das ist ein total magischer Ort. Aber wo haben deine Großeltern denn gelebt? Hier gibt es ja nichts, was

man in einer richtigen Wohnung braucht«, sage ich, während ich mich weiter umsehe. Es wirkt alles viel mehr wie eine Werkstatt als eine Wohnung.
»Komm, ich zeig's dir.«
Ich folge Mirko durch eine Tür, dann steigen wir eine steile Treppe hinauf. Oben gibt es ein Mansardenzimmer mit einem Ehebett, einem Einzelbett am Fußende, einem Schreibtisch und einer Kochnische mit Gasherd. In der Mitte des Raums steht ein Esstisch mit vier Stühlen, von der Decke hängt ein alter Kronleuchter, der den Raum aber nur spärlich erhellt.
»Hier haben deine Großeltern gelebt? Das Zimmer hat ja nur ein winziges Fenster. Und wo ist das Bad?«, frage ich entsetzt.
Er zeigt es mir: Rechts neben der Kochecke ist ein mikroskopisch kleines Badezimmer abgetrennt – ein Klo, eine Dusche mit Vorhang und Abfluss im Boden, dazu ein Waschbecken und ein Spiegel.
Ich verstumme. Wie kann man nur an so einem Ort leben?
Schließlich finde ich meine Sprache wieder. »Mirko, das kann doch gar nicht sein. Hier gibt es keinen Fernseher, kein Telefon, nicht mal einen Kühlschrank. Bis wann haben sie denn hier gelebt?«
»Meine Großmutter schläft immer noch hier, wenn sie nach Rom kommt. Aber da sie die Treppe nicht mehr so gut raufkommt, haben wir ihr unten eine Schlafecke eingerichtet. Komm, gehen wir wieder runter.«

»Und hier haben sie nach der Geburt deines Vaters gewohnt? Also alle drei in einem Zimmer?«

Mirko nickt.

»Das muss hart für ihn gewesen sein.«

»Wenn du ihn eines Tages kennenlernst, wirst du es verstehen. Aber er ist schon mit vierzehn nach London auf ein College gegangen. Dort hatten wir Verwandte.«

Himmel, was für eine Familie!

»Warum haben sie ihn so früh weggeschickt?«

»Das hat er so gewollt.«

Ich wage es nicht, nach den Gründen zu fragen, aber es war bestimmt nicht einfach, seine Kindheit an einem Ort wie diesem zu verbringen.

»Ich habe dich aber nicht hergebracht, um dich traurig zu machen. Es ist nicht so, wie du vielleicht denkst. Wenn Großmutter uns nächstes Mal besuchen kommt, dann stelle ich sie dir vor. Sie ist ein wunderbarer Mensch, so wie mein Großvater. Sie waren zwar etwas speziell, aber ganz phantastisch. Als mein Vater geboren wurde, hatten sie überhaupt kein Geld, sie sind gerade mal so über die Runden gekommen mit dieser Arbeit. Aber das war ihr Leben, und sie liebten sich so sehr, dass wir bei Großvaters Tod befürchteten, Großmutter werde auch bald sterben. Aber das ist zum Glück nicht passiert.«

Wir sind wieder unten im Zimmer. Mirko zieht ein Laken weg, und zum Vorschein kommt ein blaues

Samtsofa. Unter einem anderen Laken taucht ein alter Plattenspieler auf.

»Wie ist es? Hast du Lust, ein paar Kleider anzuprobieren? Wie findest du das hier? Das könnte dir passen.« Damit zieht er ein Kleid wie von Scarlett O'Hara hinter einem Paravent hervor.

Ich stoße einen spitzen Schrei aus.

»Gott, Mirko, ja, ja … ich glaub es ja nicht.« Vor Freude springe ich durch den Raum.

»Los, ich warte hier. Ich wünsche mir aber eine perfekte Modenschau.«

Ich reiße ihm das Kleid aus den Händen und kämpfe hinter dem Paravent mit dem Teil. Nach zehn Minuten bin ich komplett durchgeschwitzt. Es gibt hunderttausend Stoffschichten, dazu ein fürchterliches Korsett mit ganz vielen Häkchen. Total außer Atem trete ich vor.

»Ich weiß nicht, was ich damit machen soll«, sage ich und ziehe an den vielen Bändern des Korsetts.

Mirko lacht laut auf, als er mich sieht.

»Komm, ich helf dir.« Dann bindet er die einzelnen Bänder zusammen und kitzelt mich dabei durch.

»Mirko, bitte.« Ich bekomme kaum noch Luft. »Ich erstick ja gleich.«

»Tja, meine Großmutter würde sagen: Wer schön sein will, muss leiden.«

Endlich ist das Werk vollbracht, und Mirko umrundet mich mit einem kritischen Blick.

»Ja, gar nicht so übel. Ein bisschen aus der Mode, aber durchaus akzeptabel.«
»Was erlaubst du dir?« Ich bin beleidigt und will ihn am Pullover greifen, aber er entwischt mir. Wir jagen uns durch das ganze Zimmer. Fast erreiche ich ihn, als ich auf den Saum des Kleides trete und gegen einen Ritter auf einem Pferd falle.
»Aaah!«, schreie ich, bevor ich mit Ritter und Ross auf den Boden krache.
»Vale, hast du dir wehgetan?«
»Nein, das Pferd hat mich gerettet«, erwidere ich und fühle mich wie das totale Trampeltier. »Ich glaube, dieses Kleid ist nichts für mich.« Ich schiebe den Rock wieder nach unten, der mir bis zum Kinn hochgerutscht ist. Mirko rückt näher an mich heran und drückt mir einen Kuss auf die Lippen.
»Mein Fräulein, Sie sind entzückend. Schenken Sie mir diesen Tanz, oder ist Ihre Tanzkarte schon voll?«
Ich vergesse das Korsett, das mir die Luft abschnürt, und erröte leicht.
»Für Sie kann ich eine kleine Ausnahme machen«, sage ich und reiche ihm geziert die Hand. Als wir wieder stehen, richte ich mir die Haare, während Mirko zum Plattenspieler läuft und eine alte Vinylscheibe auflegt. Gleich darauf wirbeln wir wie zwei echte Tänzer durch den Raum.
Wir lachen wie die Kinder, kreischen und drehen uns,

aber unsere Augen lassen nicht eine Sekunde voneinander. Der Raum kreist um uns, eine sanfte Musik liegt in der Luft. Mirko verzieht die Lippen zu einem leichten Lächeln, schaut mir auf den Mund, dann gleich wieder in die Augen.
»Du könntest Pauline Bonaparte sein. Sie war für ihre legendäre Schönheit berühmt. Weißt du das?«
Ich ziehe ihn an den Haaren.
»Du hingegen könntest nur Don Giovanni oder Casanova sein.«

»Wirklich?« Er hebt eine Augenbraue.
»Ja, du würdest die Herzen von vielen Mädchen brechen und von einem Bett ins nächste springen.«
»Hört sich gut an.«
Ich beiße mir auf die Lippe.
»Nur in der Phantasie, hoffentlich«, sage ich mit belegter Stimme.
Er lacht laut auf und wirft den Kopf in den Nacken.
»Mit wie vielen Mädchen hast du schon geschlafen?«
Mirko ändert jäh seinen Gesichtsausdruck, und seine grünen Augen werden zu ganz schmalen Schlitzen.
Habe ich das wirklich gerade gefragt? Habe ich wirklich diese schreckliche Frage gestellt? Wie peinlich! So etwas Dummes hätte ich nicht tun dürfen. Was er jetzt wohl von mir denkt? Ich beiße mir wieder auf die Lippe und senke den Blick. Mist, ich hab alles kaputtgemacht.
»Entschuldige, das hätte ich echt nicht fragen sollen.

Tu so, als ob ich nichts gesagt hätte«, stottere ich, meine Ohren sind ganz heiß.
Er bleibt einfach stehen, nimmt mein Gesicht in beide Hände und küsst mich immer und immer wieder.
»Du bist so süß, wenn du dich schämst. Ja, ja, du bist süß und niedlich. Und es stört mich überhaupt nicht, wenn du merkwürdige Fragen stellst. Das ist schon in Ordnung!«
Also wirklich ... was bitte ist merkwürdig daran, einen Jungen zu fragen, mit wie vielen Mädchen er schon geschlafen hat?
»Aber ich, also ... denkst du wirklich, dass ich merkwürdige Fragen stelle?«
»Vale, ich bin so alt wie du. Wie viel Erfahrung soll ich da deiner Meinung nach schon haben?«
»So wie du mit den Mädchen umgehst, ziemlich viel, würde ich sagen«, erwidere ich.
Mirko wird rot. »Tja, also, ein paar sind es schon gewesen. Sagen wir mal, dass ich früh angefangen habe.«
Ich wusste es! Das merkt man daran, wie er küsst.
»Aber für dich scheint es auch nicht das erste Mal zu sein«, bemerkt er, so dass mir schon wieder richtig heiß im Gesicht wird.
»Ähm, da liegst du völlig falsch. Das ist nicht so, wie du denkst.«
»Das heißt ... willst du damit sagen, dass du noch nie ... also, du weißt schon.«

Na toll, da hab ich mir ja eine schöne Suppe eingebrockt. Die muss ich jetzt wohl auch auslöffeln.

»Na ja, das ist nicht so ganz einfach zu erklären …«, sage ich unsicher.

Er hört auf, mich zu küssen, und sieht mich neugierig an.

»Ich würde sagen schon: entweder ja oder nein.«

Kurz und bündig.

»Technisch gesehen, ja, aber …«, fange ich an und lecke mir über die Lippen.

»Jetzt wird die Sache interessant. Eine ›Es-ist-kompliziert-Vale-Geschichte‹. Ich bin ganz Ohr.«

Ich lasse mich auf dem Boden nieder, und das Kleid bauscht sich um mich. Mirko setzt sich im Schneidersitz vor mich.

»Wenn du mich so ansiehst, kann ich das nicht.«

Er ergreift mich bei den Schultern, dreht mich um, zieht mich an sich und küsst meinen Nacken.

»Wenn du nicht darüber reden willst, ist das auch okay«, flüstert er mir sanft ins Ohr.

Aus irgendeinem, mir unbekannten Grund kommen mir die Tränen. Ich wische mir über die Augen, schließe sie und atme tief ein. Dann erzähle ich ihm die ganze Geschichte mit Marco, von Anfang bis Ende. Ich erzähle ihm, dass ich so dumm war, mich in der Silversternacht zu betrinken und mit einem Typen zu schlafen, woran ich mich hinterher nicht einmal mehr richtig erinnern konnte. Und dass Marco mich deswegen verlassen hat – ausgerechnet am Valentinstag, an dem wir beide eigentlich unser erstes Mal erleben wollten. Und die ganze Zeit laufen mir dicke Tränen über die Wangen. Ich weine und schluchze, während Mirko mich liebevoll an sich drückt, ohne ein Wort zu sagen. Schließlich fühle ich mich ganz leer und bleibe einfach in seinen Armen liegen.

»Entschuldige, ich weiß gar nicht, was in mich gefahren ist. Ich wollte dir das gar nicht alles erzählen. Was du wohl von mir denkst?«

»Ich denke gar nichts. Vielmehr bin ich froh, dass du mir diese ganze Geschichte erzählt hast. Ich will nicht, dass es Geheimnisse zwischen uns gibt.«

»Das gilt dann aber auch für dich. Und bis jetzt habe nur ich erzählt. Du erzählst nie etwas von dir.«

»Solche Geschichten wie du habe ich nicht erlebt. Und so wie du davon erzählst, war Marco sehr wichtig für dich.«

Ich habe einen Kloß im Hals. Vielleicht war es falsch, ihm von Marco zu erzählen.

»Ich leugne ja gar nicht, dass ich was mit ein paar Mädchen gehabt habe, aber das war nie etwas Ernstes. Danach war mir einfach nicht. Und bis vor zwei Jahren war ich eher einer von den Typen, die man für nicht sehr vertrauenswürdig hält und denen Mütter ihre Töchter nie im Leben anvertrauen würden.«

Erzähl das mal meinen Eltern, die vergöttern dich.

»Echt? Was hast du gemacht?«
»Ich hab ständig Ärger gesucht.«
»Das heißt?«
»Ich war in einer Gang mit älteren Jungs und war nachts oft unterwegs. Wir haben gesoffen, geraucht und Sachen angestellt, in Clubs, Bars und solchem Zeug.«
»Und was ist dann passiert?«
Mirko rutscht hinter mir unruhig hin und her.
»Nichts Besonderes«, sagt er verlegen.
Ich drehe mich zu ihm.
»Vertraust du mir nicht?«
Er beißt sich auf die Lippe und schaut an mir vorbei.
»Mirko …« Ich hebe sein Kinn an.
»Tja, also … ich habe einen Jungen krankenhausreif geprügelt, weil er uns mit dem Auto den Weg abgeschnitten hat.«
»Wie kam das?«
»An dem Abend fuhr ich mit zwei Typen aus meiner Gang mit dem Auto durch die Gegend. Wir waren total aufgedreht, wir waren die Könige der Welt. Wir fuhren auf einer breiten Straße, so gegen zwei Uhr nachts, als ein Auto uns überholte und dann auf einmal vor uns abbog und uns schnitt. Das wollten wir dem Kerl heimzahlen, also sind wir hinterher und haben ihn angehalten. Dann ging's los. Wir waren zu dritt, und der Typ war allein. Du kannst dir vorstellen, was wir alles hätten anstellen können. Er hat sich nur

wie durch ein Wunder gerettet. Seine Familie hat uns dann angezeigt, als die Polizei uns ermittelt hatte. Ich war der einzige Minderjährige und hatte noch keine Vorstrafen. Deshalb wurde ich nicht eingebuchtet, aber dafür musste ich ein Jahr lang mit einem Psychologen reden. Danach fanden meine Eltern, dass es Zeit wäre, die Stadt zu wechseln, und mein Vater hat sich nach Prag versetzen lassen.«

»Wann war das?«

»Vor drei Jahren, als ich noch in Edinburgh gewohnt habe.«

Ich sehe ihn an und weiß nicht, was ich sagen soll. So eine Geschichte hätte ich ihm am allerwenigsten zugetraut.

»Und in Prag?«

»Da hab ich mich verändert. Vielleicht lag es an der neuen Schule, oder an der Freundschaft mit Eddie … das kann ich dir gar nicht so genau sagen. Auf jeden Fall hab ich nicht viel Zeit gehabt, allein zu sein. Meine Eltern hatten mein neues Leben komplett durchorganisiert: Morgens Schule, nachmittags Klavierunterricht, Sprachstunden und Schwimmen. Ein Jahr lang war ich fast keine Minute allein, irgendwer war immer da, hat mich abgeholt oder begleitet, hat mir bei den Hausaufgaben geholfen, den Prüfungen, oder hat beim Training auf mich gewartet. Und nach diesem Jahr wurde es besser.«

Ich streichele sein Gesicht.

»Deshalb trinke ich keinen Alkohol. Das ist die einzige Regel, die ich mir auferlegt habe.«
»Tut es dir leid, was du gemacht hast?«
»Ja, es tut mir leid, dass ich dabei mitgemacht habe, den Jungen so zu vermöbeln. Allerdings habe ich an die Tat selbst keine großen Erinnerungen mehr und Gefühle auch nicht. Ich habe mich immer von den Älteren beeinflussen lassen und wollte allen immer nur beweisen, dass ich keine Angst habe, dass ich so bin wie sie, ein echter Kerl eben.«
Ich drücke Mirko fest an mich. Schweigend wiegen wir uns gegenseitig im Arm, bis wir erschöpft auf dem Fußboden einschlafen.

4

Seit diesem Samstag sind ein paar Tage vergangen, und keiner von uns beiden hat noch einmal darüber geredet. Ich habe nicht einmal Lust, Marta davon zu erzählen, das wäre Mirko gegenüber irgendwie nicht richtig. Man kann eben doch nicht alles mit der besten Freundin teilen, was aber nicht heißt, dass sie dann keine Freundin mehr ist. Stattdessen habe ich ihr und Sara in allen Einzelheiten das Geheimversteck beschrieben. Beiden habe ich versprechen müssen, dass ich es ihnen irgendwann zeige.

Gemeinsam gehen wir zu Fuß nach Hause und besprechen die letzten Details für den Wochenendausflug. Unsere Eltern erlauben uns, dass wir nach Florenz fahren, und wir freuen uns riesig darauf. Nur Matteo und Giorgio haben noch nicht zugesagt. Giorgio hat aber schon gesagt, dass seine Cousins höchstens zwei Leute unterbringen könnten.

»Was nehmt ihr mit?«

»Ach Marta, das sind doch nur vierundzwanzig Stunden«, erwidert Sara.

»Gott, bist du pingelig. Das weiß ich doch, aber es ist immerhin ein Wochenende. Gehen wir Samstagabend tanzen? Ich hab ein bisschen rumgefragt und Tipps für ein paar Läden bekommen.«
Sara und ich sehen uns an, während Marta ihr Tagebuch herauszieht und darin blättert.
»Ob Giòs Vater uns abends weggehen lässt?«
»Keine Ahnung, müssen wir wohl fragen«, sage ich.
»Genau. Ich nehm auf jeden Fall einen Reiseführer mit. Ich hab gelesen, dass es in Florenz jede Menge interessante Sachen gibt«, fügt Sara hinzu.
»He, das ist kein Schulausflug! Wir müssen kein Museum besuchen oder irgendwelche Kirchen besichtigen«, ereifert sich Marta.
»Weiß ich. Aber was wäre so schlimm daran? Und wenn Giorgio mitkommt, dann werden wir mit Sicherheit was besichtigen. Er ist doch immer ganz wild drauf ...«, sagt sie und sucht Hilfe bei mir.
Ich nicke. Als ich mit meinen Eltern dort war, haben wir viele schöne Sehenswürdigkeiten entdeckt.
»Himmel, Leute, wann waren wir das letzte Mal alle zusammen wie in alten Zeiten?« Marta legt die Arme um unsere Schultern.
»Du redest wie meine Mutter«, sage ich und lache.
Als wir vor Saras Haustür ankommen, fragen wir sie nach den neuesten Entwicklungen mit Andrea. Sie hat beschlossen, ihn zu verlassen, denn zwischen ihnen britzelt es überhaupt nicht mehr.

»Und wann willst du es ihm sagen?«, fragen Marta und ich wie aus einem Mund.
»Heute Nachmittag.«
Wir wagen nicht, etwas zu erwidern. Die beiden sind fast zwei Jahre zusammen, aber Andrea hat immer zu tun und trifft sich nie mit anderen Leuten. Er geht höchstens ins Kino oder schaut am liebsten DVDs zu Hause, zusammen mit Sara. Das ist bestimmt nicht schlimm, aber immer nur das ist vielleicht ein bisschen einseitig. Außerdem hat er noch nie Anstalten gemacht, dass er zu mehr als zu einem züchtigen Kuss bereit wäre. Das nennt man dann Freundschaft. Schlicht und einfach Freundschaft.
»Gott, kriegst du nicht schon allein bei dem Gedanken daran Panik?«, fragt Marta.
»Ja, ziemlich. Ich weiß gar nicht, wo ich anfangen soll, weil ich jetzt schon weiß, dass Andrea mir die Sache nicht einfach machen wird.«
»Warum sollte er auch? Er ist zufrieden, so wie es ist«, sage ich.
Sie seufzt. Dann verabschieden wir uns. Eine Zeitlang laufen Marta und ich schweigend nebeneinander her, dann erzähle ich ihr, dass Mirko mich gefragt hat, ob sie ihn doof fände.
»Warum sollte ich?«
»Das habe ich auch gedacht. Vielleicht ist ja was passiert, dass er auf solche Gedanken kommt.«
»Nicht, dass ich wüsste. Außer er meint das eine Mal,

an dem ich ihn aufgezogen habe und meinte, dass er ein Streber sei.«

»Mirko ist kein Streber!«

»Nicht im klassischen Sinne, aber er hat immer die richtige Antwort auf Lager und hat noch nie eine schlechte Note geschrieben.«

»Er ist eben begabt, der Glückliche. Ich wäre das auch gern.«

»Auf jeden Fall war das das einzige Mal, wo ich nicht ganz so nett zu ihm war. Ansonsten finde ich ihn in Ordnung, abgesehen davon dass er supergut aussieht, aber das finden ja alle.«

Ich schüttele den Kopf und sehe sie an.

»Wie geht es Marco?«, frage ich unvermittelt.

»Er liegt noch im Bett.«

Ich bleibe stehen und greife nach ihrem Arm.

»Wieso das denn?« Mein Herz bleibt fast stehen.

»Hab ich das nicht erzählt?«, sagt sie. »Beim letzten Spiel ist er mit einem größeren Gegner zusammengeprallt und hat einen heftigen Schlag auf die Schulter bekommen.«

Meine Beine zittern, und das Blut weicht aus meinem Gesicht.

»Marta, wieso hast du mir das nicht gesagt? Ich muss ihn sehen, ich muss wissen, ob es ihm gut geht«, rede ich aufgeregt weiter.

»Hör auf, Vale. Was ist denn mit dir los? Es ist nicht so schlimm, er muss sich nur ein paar Tage ausruhen.«

»Ja, aber wer weiß, was er von mir denkt. Ich habe ihn nicht mal angerufen. Gott, Marta, das ist alles deine Schuld.« Meine Stimme klingt hysterisch.

»Vale, beruhig dich mal. Das wird er gar nicht gemerkt haben. Ich schwör's. Er hat drei höllische Tage und Nächte hinter sich. Die haben ihm einen Haufen Medikamente gegen die Schmerzen gegeben.«

»Und vor wie vielen Tagen ist das passiert? Marta, das verzeihe ich dir nie.«

Ich muss zu ihm, vielleicht braucht er mich, denke ich und laufe los. Marta ist zunächst ganz verdattert stehen geblieben, jetzt rennt sie hinter mir her.

»Du bist verrückt! Ich wusste noch gar nicht, dass meine Freundin nicht ganz richtig tickt. Warte, renn doch nicht so. Wolltest du Marco nicht in Ruhe lassen?«

»Hab ich das gesagt?«

»Ich möchte dich daran erinnern, dass du einen Freund hast. Schon vergessen? Dieser Typ namens Mirko. Erinnerst du dich? M-I-R-K-O. Hallo, jemand da? Kann mir mal jemand antworten!«

»Wie witzig! Ich hab Mirko überhaupt nicht vergessen, aber das heißt doch nicht, dass Marco nicht mehr zählt. Ich hab ihn gern und werde ihn immer gern haben. Was würdest du denn tun, wenn du erfährst, dass Giacomo einen Unfall gehabt hätte?«

Marta sieht mich unmissverständlich an.

»Okay, wir sind nicht alle gleich. Außerdem ist das anders.«

»Würdest du das Gleiche für Ale tun?«
»Ale wer?« Während ich das noch sage, möchte ich mir sofort auf die Zunge beißen. Ich bin voll in den Fettnapf reingetrampelt. »Die Geschichte mit dem ist seit ewigen Zeiten beendet. Er war ein Depp, und außerdem waren wir nur ganz kurz zusammen. Das ist nicht das Gleiche«, sage ich aufgebracht.
Schweigend kommen wir bei ihr zu Hause an.
»Also, kommst du mit rauf?«, fragt Marta nur.
»Nein, ich rufe ihn lieber vorher an.«
»Okay, dann bis später.« Sie wirft mir ein Küsschen zu, tritt durch die Haustür und läuft die Treppe hinauf.
Klasse, ich hab es mal wieder übertrieben. Meine Reaktion war wirklich unverhältnismäßig, und ich hätte mich nicht mit Marta anlegen sollen. Sie hat doch gar keine Schuld. Ob ich da jemals wieder rauskomme? Mein Gesicht fühlt sich an, als ob es brennt, und mein Magen ist immer noch ganz zugeschnürt. Passieren nur mir solche Sachen, oder gibt es irgendwo da draußen eine arme Seele, die mich versteht? Daran ist nur meine ewige Unentschlossenheit Schuld, diese blöde Angst, immer die falsche Entscheidung zu treffen. Marta hat recht. Ich bin die Irre, die sich ihr Leben gerne schwer macht.
Ich gehe nach Hause. Als ich in meinem Zimmer bin, schicke ich Marco eine SMS: *Entschuldige, dass ich mich nicht eher gemeldet habe. Hab eben erst erfahren, dass du dich verletzt hast. Wie geht's dir? Vale*

Voller Angst warte ich. Die Minuten vergehen, und es kommt keine Antwort. Er ist sauer auf mich, ich wusste es. Er hat bestimmt gedacht, dass er mich überhaupt nicht mehr interessiert. Ich renne in meinem Zimmer auf und ab, kann mich aber nicht beruhigen. Was mache ich, wenn er nicht antwortet? Gehe ich dann zu ihm oder nicht? Ich schnappe mir die Leine und rufe Cocco, nur um nicht nachdenken zu müssen.

»Mama, ich gehe eine Runde mit dem Hund.«

»Essen ist fast fertig.«

»Keine Sorge, ich bin gleich zurück. Komm, Cocco, wir gehen raus.«

Der Hund sitzt unter dem Küchentisch und sieht mich an. Er macht keine Anstalten, rausgehen zu wollen.

»Komm, los, beweg dich, Faulpelz!«

Nichts. Er rührt sich nicht ein bisschen.

»Cocco, was ist denn los? Warum willst du nicht Gassi gehen?«

»Er riecht den Braten«, erklärt meine Mutter.

»Schäm dich, Cocco, du lässt dich von einem Stück Fleisch bestechen?!«

Er sieht mich an, und seine großen Augen bitten mich wortlos um Entschuldigung.

»Okay, hab schon verstanden. Dieses Mal sei es dir gestattet«, sage ich und kraule ihn zärtlich hinterm Ohr.

Nach dem Mittagessen kommt endlich eine Antwort: *Hallo, jetzt geht's besser. Freu mich, dass du dich gemeldet hast. Wie geht's? Marco*

Verunsichert starre ich auf das Handy. Er hat mich nicht gebeten, zu ihm zu kommen. Vielleicht will er das also gar nicht, oder Martina ist bei ihm. Ich schreibe noch eine SMS: *Alles gut. Lass mich wissen, wenn du was brauchst. Für gute Freunde tu ich alles und mehr. Ciao*

Die Antwort kommt sofort: *Tausend Dank! Bis bald.*

Mist, er hat mich nichts gefragt, er will mich nicht sehen, denke ich, während ich mich auf den Teppich in meinem Zimmer setze. Also war seine Bitte, mich mit ihm zu treffen, gar nicht ernst gemeint. Oder er hat seine Meinung geändert. Will ich mich denn eigentlich wirklich wieder mit ihm treffen? Das wäre so, als würde ich Mirko betrügen. Und das ist nicht schön.

Willst du, dass ich vorbeikomme?, simse ich.

Na toll, man denkt das eine und macht doch das andere! Wie kann das denn sein? Ich denke an Mirko und schicke eine Nachricht an Marco. Das ist so dämlich, dass ich das Handy unter dem Kopfkissen verstecke, doch schon eine Sekunde später hole ich es wieder hervor: Das Klingeln der Antwort habe ich nämlich trotzdem gehört. Mit zitternden Händen lese ich: *Ich dachte schon, du fragst nie! Wie wäre es in einer halben Stunde?*

»Ja, ja, ja«, schreie ich und drücke das Handy an die Brust. Er will mich noch sehen, also war das gar keine

Lüge, sondern er will sich wirklich mit mir treffen. Ich gehe zum Fenster, aber ich hab keine Ruhe. Ich renne zum Schrank, öffne ihn, mache ihn wieder zu. Das ist kein Date, also muss ich mich auch nicht umziehen. Ich gehe ihn nur besuchen, weil er sich verletzt hat. Genau, das ist die heilige Wahrheit! Ich mache nichts Schlimmes, das hier hat alles gar nichts mit meiner Beziehung zu Mirko zu tun. Rasch laufe ich ins Bad und schließe mich ein: Der Spiegel zeigt mir ein strahlendes Gesicht, meine Augen funkeln, und meine Lippen sind zu einem breiten Lächeln gezogen. Komm mal wieder runter, Vale, so kannst du nicht bei ihm auftauchen. Ich spritze mir kaltes Wasser ins Gesicht, kämme mir die Haare, putze die Zähne. Dann schaue ich mich noch mal an. Das kannst du Mirko nicht antun, das hat er wirklich nicht verdient.

»Aber wir sind doch nur Freunde«, sage ich entschuldigend zu meinem Spiegelbild.

Wirklich? Sind wir nur Freunde? Warum treffen wir uns dann nicht auch zusammen mit Martina und Mirko?

»Was hat das damit zu tun? Das wäre unmöglich. Martina kann mich doch gar nicht ausstehen«, rede ich weiter.

Aber du findest sie nett? Vale, Vale, jetzt belügst du dich auch noch selbst. Niedergeschlagen setze ich mich auf die geschlossene Kloschüssel und rufe Marta an.

»Ist es verkehrt, wenn ich deinen Bruder besuche?«
Sie seufzt.
»Das kann ich nicht beurteilen, Vale. Ich versteh dich ja. Das muss schwer für dich sein.«
»Aber im Grunde mache ich doch nichts Schlechtes. Ich besuche nur einen Menschen, den ich gern habe und der sich verletzt hat. Was ist daran falsch?«, sage ich langsam.
»Das ist nicht der Punkt. Wenn du diesen Weg einschlägst, kannst du ein ziemliches Chaos anrichten. Bist du dir dessen bewusst?«
»Meinst du?«
»Auf jeden Fall. Ich weiß nicht, Vale, du bist nicht die Richtige, um so eine verworrene Situation zu meistern. Und hattest du nicht gesagt, dass du Mirko wirklich magst?«
»Das stimmt ja auch.«
»Und was würde er tun, wen er wüsste, dass du dich wieder mit Marco triffst?«
Aber ich hab doch gar nicht gesagt, dass ich wieder mit ihm zusammen sein will!
»Er würde sofort mit mir Schluss machen.«
»Warum lässt du dann nicht alles so, wie es ist, und vergisst Marco?«
»Weil unsere Geschichte immer noch nicht zu Ende ist. Wir haben sie noch nicht richtig beendet, darum.«
»Ich denke nicht, dass man immer alles kriegt, was man will. Sieh mich und Giacomo an. Ich wäre so gern

mit ihm zusammengeblieben, aber es sollte einfach nicht sein.«

»Ja, du hast ja recht. Es ist nur so, dass mein Hirn völlig austickt, wenn ich an Marco denke.«

Schweigend starre ich aus dem Badezimmerfenster.

»Das heißt aber nicht, dass du ihn nicht besuchen sollst.«

Ein kleiner Hoffnungsfunken leuchtet auf.

»Wirklich? Versprichst du mir, dass du Mirko kein Wort davon sagst?«

»Bist du verrückt! Natürlich sag ich ihm nichts. Ich warte hier auf dich.«

Leise klopfe ich an die Tür von Marcos Zimmer und trete zögernd ein. Er lächelt mir zu und hebt eine Hand zum Gruß. Er sitzt auf dem Bett, die dunklen Augenringe zeigen, dass er wohl nicht viel geschlafen hat. Er trägt ein rotes Sweatshirt und Jeans. Ein breiter Stützverband fixiert seine Schulter. Er gibt mir ein Zeichen, dass ich mich zu ihm aufs Bett setzen soll.

»Hallo, Vale, wie schön, dass du gekommen bist.«

Verlegen lächele ich und bemerke, dass auch er mir nicht in die Augen schaut.

»Hallo, hast du die Haare geschnitten?«, frage ich, weil mir nichts anderes einfällt.

»Ja, aber schon vor einer Weile«, sagt er, wobei er mit der Hand hindurchfährt.

»Steht dir gut. Wie hast du dich verletzt?«

Als die Wasserballpartie vorbei war, erzählt er, kam es in der Umkleidekabine zu einer Schlägerei mit der gegnerischen Mannschaft. Er wollte seinen Kameraden helfen und fing sich einen Schlag ein, der ihn gegen die Wand der Dusche schleuderte.

Das hat Marta mir alles nicht erzählt!

»Gott, wie schrecklich. Das muss ja fürchterlich wehgetan haben«, sage ich und verziehe die Nase.

»Gar nicht mal so sehr. Zuerst dachte ich auch, ich hätte mir nichts getan, aber nach zehn Minuten konnte ich den Arm nicht mehr bewegen. Bei der Untersuchung haben sie dann festgestellt, dass die Schulter ausgekugelt war.«

»Deshalb also dieses Ding?«

»Ja. Ich weiß nicht mal, wie lang ich den Stützverband brauche.«

»Und wie bewegst du dich fort?«

»Kennst du diese Dinger auf der Straße, die man öffentliche Verkehrsmittel nennt?«

»Blödmann«, sage ich und stupse ihn lachend gegen den Arm. Marco wird bleich, und ich ebenfalls.

»Entschuldige, entschuldige, das wollte ich nicht. Das war ganz spontan. Hab ich dir wehgetan?« Ich lass aber auch gar nichts aus!

»Nein, aber vielleicht ist es besser, wenn du ein bisschen Abstand hältst.«

Beschämt stehe ich auf und lehne mich an seinen Schreibtisch.

»So viel nun auch wieder nicht.«

»Nein, ist schon besser so. Du weißt ja, dass ich ziemlich verpeilt bin.«

»Und wie ich das weiß. Das vergisst man nicht so schnell.«

Ich senke den Blick und starre auf meine Schuhe.

»Wann kommt Martina?«

»Sie wollte bald kommen.«

Ich springe auf.

»Dann geh ich mal lieber.«

»Nein, das musst du nicht. Entspann dich. Vale, sie ist sicher frühestens in einer Stunde da. Erzähl mir lieber was von dir. Was machst du grad so?«

Mir fällt überhaupt nichts Interessantes ein. Was soll ich schon machen?

»Nichts Besonderes. Das Übliche. Schule, Theaterkurs und jetzt auch noch Tanzen.«

»Ich wusste gar nicht, dass du Theater spielst. Ist ja lustig. Ich singe immer noch im Chor, weißt du noch?«

Ich nicke.

»Erzähl mal«, sagt er.

Ich berichte von den Leuten aus meinem Kurs, von der Freundschaft mit Giorgio und der Komödie, die wir gerade proben. Ich spiele ihm sogar etwas von meiner Rolle vor, und er ist von meiner Lockerheit ganz beeindruckt. Dann kringeln wir uns vor Lachen, als ich ihm von ein paar lustigen Dingen erzähle, die mir mit Giorgio passiert sind. Nach einer halben Stunde sitze ich wieder am Bettrand, und bald habe ich ihm alles erzählt: von der Schule, von meiner Schwester Giulia, von Cocco, der jetzt zur Familie gehört, von meinen Eltern, von Sara, die gerade mit Andrea Schluss macht, und dass wir dieses Wochenende nach Florenz zu Giò fahren wollen. Wir reden und reden ohne Pause, so als ob wir nie aufgehört hätten. Wir lachen und reden immer weiter, wir reden über alles, aber ohne auch nur einmal Mirko oder Martina zu erwähnen, obwohl sie zwischen uns stehen.

Am Ende verabschiede ich mich von Marco. Ich bin ein bisschen traurig. Aber ich verspreche ihm, dass ich in den nächsten Tagen wieder vorbeikomme.

»Morgen?«, fragt er.

Auf der Türschwelle drehe ich mich zu ihm um.

»Ich weiß nicht, ob ich kann. Aber ich versuch's.«

»Okay … danke noch mal.«

»Wofür?«

»Dass du mir Gesellschaft geleistet hast.«

»Ich muss mich ja für Cocco revanchieren, weißt du noch?« Immerhin hat er mir meinen Hund zurückgebracht.

»Dann bist du also nur deswegen gekommen?«

Wir sehen uns wortlos an.

»Ich muss gehen. Ciao, Marco«, sage ich schließlich.

»Es war schön, dich zu sehen.«

Und noch bevor er mich mit irgendwelchen Worten zurückhalten kann, schlüpfe ich aus dem Zimmer.

5

Die folgenden Tage sind ganz wirr, und ich bewege mich wie ein Gespenst. Ein Teil von mir ist völlig zerstreut, immer wieder tauchen Erinnerungen von dem Nachmittag mit Marco in meinem Hirn auf. Ich fühle mich unwohl, obwohl es gar keinen Grund dafür gibt. Gegenüber Mirko ist mir das alles so peinlich, er jedoch freut sich riesig auf das Florenzwochenende, das immer näher rückt. Gedankenverloren höre ich, wie meine Freundinnen über die Einzelheiten sprechen, über die Abfahrtszeiten der Züge, über Giò, die schon ihr Zimmer für uns hergerichtet hat. Über Sara, die schon alle Museen herausgesucht hat, über Giorgio, der sich freimachen konnte und seinen neuen Freund mitbringt. Ich höre und rede, aber die Worte fliegen so dahin, ohne dass ich auf sie achte. Ich frage, ich lache, ich antworte, doch mit den Gedanken bin ich ganz woanders. Was ist denn mit mir los? Kann es wirklich sein, dass ein paar kurze Stunden mit Marco so auf mich wirken? Ich möchte es ja von der positiven Seite sehen, immerhin müssen wir nun nicht mehr voreinander weglaufen, wenn wir uns treffen. Das bedeutet folglich, dass wir die kritische Phase überwunden haben!

»Hoffentlich regnet es nicht«, sagt Sara, die auf dem Sofa sitzt.

He, das ist doch eine schöne Erkenntnis, ich sollte echt glücklich sein.

»Im Wetterbericht haben sie Sonne angekündigt«, erwidert Marta und schiebt sich eine Scheibe Zitronenkuchen in den Mund.

Seit jenem Nachmittag haben wir uns nur ein paar SMS geschickt. Mehr nicht.

»Kommt Matteo?«, fragt Marta.

»Er kann leider nicht. Er muss seine Großmutter ins Krankenhaus begleiten.«

»Ich hab erfahren, dass Giorgio und sein Freund ... ach, wie heißt der eigentlich, Vale?«

»Wer?«, sage ich abwesend.

»Ach, schon verstanden. Madame ist mal wieder im Land der Träume. Würdest du uns bitte mit deiner Aufmerksamkeit beehren? Wir würden gerne wissen, wie Giorgios neuer Freund heißt.«

»Orazio, glaube ich.«

Sie schauen mich angewidert an.

»Ist das etwa meine Schuld, dass er so heißt? Wenn ich mich recht entsinne, wird er Ozi genannt.«

»Was hat das denn mit seinem richtigen Namen zu tun?«

»Fragt mich nicht. Ich hab ihm diesen Spitznamen nicht verpasst«, sage ich und hebe die Hände.
»Sara, du musst uns noch erzählen, wie es mit Andrea gelaufen ist.«
Jetzt bin ich wieder voll bei der Sache.
Sie kraust die Nase und zieht sich die Haare nach oben, um sie dann wild auf die Schultern fallen zu lassen.
»Die totale Katastrophe. Er ist durchgedreht, er hat mich angeschrien und wollte mich nicht gehen lassen. Ich hab echt Angst gekriegt.«
Wir starren sie entgeistert an.
»Und …«
»Ich habe dann noch eine Stunde bei ihm verbracht, um ihn zu beruhigen, bis er mir dann schließlich recht gegeben hat. Soll ich euch was sagen?«
Wir nicken.
»Bevor wir uns verabschiedet haben, hat er zugegeben, dass er sich in ein Mädchen aus seiner Klasse verknallt hat.«
Okay, andere Leute sind also auch echt irre, nicht nur meine Wenigkeit!
»So ein Schwein. Und was hast du gemacht?«
»Ich hab ihm eine runtergehauen und ihm gesagt, dass er ein Wurm ist.«
Krass, sie ist echt tough drauf.
»Das hat er verdient«, sagt Marta.
»Und wie fühlst du dich jetzt?«, frage ich sie.
»Total elend!« Eine Träne läuft ihr über die Wange.

Marta und ich springen auf und umarmen sie.
»Das war total richtig. Er war nicht gut für dich, er war viel zu kindisch.«
»Danke, Mädels, ihr seid so lieb, dass ihr das sagt. Das hab ich ja auch alles schon gewusst, aber das ändert leider nichts daran, dass ich mich trotzdem elend fühle. Aber zwischen uns lief es einfach nicht mehr, also hatte es auch keinen Sinn weiterzumachen.«
»Das heißt jetzt aber, dass wir statt einem Jungen zwei finden müssen«, sage ich entschlossen.

»Wovon redest du jetzt schon wieder?«, fragt Marta.
»Na, einen für dich und einen für Sara.«
Wir prusten los.
»Wer hat denn gesagt, dass wir sofort einen neuen Freund wollen?«, erwidert Marta.
»Ihr lasst mich also allein, als Einzige in einer Beziehung?«, sage ich.
»Du kannst dich uns gern anschließen, du bist herzlich willkommen«, sagt Sara.
»Sehr witzig! Ich würde ja gern, aber Mirko ist einfach zu süß.«
Meine Energie ist zurück, und so liefere ich noch einen haargenauen Bericht meiner neuesten megapeinlichen Nummer im Theaterkurs. Ich war gerade angekommen, als ich einer Frau begegnete, die sich offensichtlich einigen Schönheitsoperationen unterzogen hatte und nun aussah, als wäre sie direkt dem Gruselkabinett entstiegen: Lippen, Wangen, Augen,

Hals, Brüste – alles war gemacht. Völlig geschockt ging ich in die Umkleide und legte mit einer Lästertirade über diese Tante los. Ich weiß auch nicht, welche Sicherung da bei mir im Hirn durchgeknallt ist, normalerweise mache ich so was nicht. Ich hätte mir denken müssen, dass da was nicht stimmt, denn irgendjemand versuchte, mich von dem Thema abzubringen, aber ich war so in Fahrt, dass ich das gar nicht richtig mitbekam und einfach weitergelästert habe, über Anstand, würdevolles Altern und wie lächerlich sich manche Leute machen. Als der Lehrer kam und wir auf die Bühne gingen, gesellte sich Giuseppe zu mir und sagte mir leise, dass die Person, über die ich gerade hergezogen bin, seine Mutter war.

»O Gott, Vale, und dann?«

»Ich wär am liebsten im Boden versunken … wenn ich gekonnt hätte, wär ich davongerannt. Aber das Schicksal wollte mir eine Lektion erteilen. Nach der Hälfte der Stunde hat der Lehrer Giuseppe gebeten, eine Szene mit mir zu spielen, und er hat sich kategorisch geweigert. Total peinlich! Ich habe versucht, mich bei ihm zu entschuldigen, aber er hat nur gesagt, dass er nichts mehr mit mir zu tun haben will.«

»Der Arme, wie der sich wohl gefühlt hat?«

»Ich weiß, Sara, bitte erinner mich bloß nicht daran. Ich wollte ihn nicht beleidigen. Er ist ja noch der Netteste im ganzen Kurs … Ich hätte nie gedacht, dass diese Frau die Mutter von jemandem sein könnte, den ich kenne. Ich dachte, das wäre irgendeine Schauspielerin vom Theater ... Gott, wie unangenehm! Wie kann ich das nur wiedergutmachen?«

»An deiner Stelle würde ich es sein lassen. Das Kind ist ja bereits in den Brunnen gefallen und abgesoffen«, sagt Marta und fängt an zu lachen.

»Oder schenke ihm etwas«, schlägt Sara vor. Auch sie kichert schon.

»Aber ich kenne ihn doch gar nicht. Was könnte ich ihm dann schenken?«, frage ich und versuche, ernst zu bleiben.

»Eine CD oder eine DVD, damit macht man nie was verkehrt«, fährt Marta fort, die sich vor Lachen kaum noch halten kann.

»Genau«, sagt Sara, wobei sie sich den Bauch hält, der von ihrem Gelächter durchgeschüttelt wird.

Die nächste halbe Stunde lachen wir, bis uns die Tränen kommen. Ich muss nur an Giuseppes Gesicht denken, dann kann ich nicht mehr ...

Am nächsten Tag bin ich wieder in der Wohnung von Mirkos Großmutter. Es ist das erste Mal, dass wir nach dem Samstag herkommen. Es regnet, es ist kalt, und in der Wohnung herrscht fast die gleiche Temperatur wie draußen. Mirko hat die Heizung angestellt, aber es wird Stunden dauern, bis die Zimmer warm sind. Also haben wir einen kleinen elektrischen Heizstrahler aus

der Mansarde geholt und in dem Raum, der das Wohnzimmer sein soll, aufgestellt und angeschaltet.
Heute Morgen bin ich mit einem ganz genauen Vorsatz aufgestanden: Ich will Mirko von meinem Treffen mit Marco erzählen. Wenn ich es ihm nicht erzähle, wird unsere Beziehung nie aufrichtig sein, und ich will nicht, dass wir Geheimnisse voreinander haben. Marta hat versucht, mich davon abzubringen, weil sie den Grund nicht verstanden hat. Nur Sara war auf meiner Seite. Als Mirko mich nachmittags dann gefragt hat, was ich gerne machen würde, habe ich sofort gesagt, dass ich wieder in sein Geheimversteck will, aber ohne Umwege durch die Stadt. Er hat sich nicht zweimal bitten lassen.
Der Regen schlägt hart gegen die Fensterscheiben, während ich hinausblicke. Kleine Tropfen prasseln auf das Kopfsteinpflaster und bilden Pfützen.
»Was machst du?«, fragt Mirko, während er mich von hinten umarmt und sein Kinn auf meine Schulter legt.
»Ich sehe dem Regen zu. Das ist voll schön.«
»Stimmt. Vor allem weil wir zusammen hier im Warmen sind.«
»Warm würde ich das hier drinnen noch nicht nennen. Unser Atem bildet sogar Dampfwölkchen beim Sprechen.«
»Dann müssen wir uns auf eine andere Art wärmen.«

»Stimmt, und ich hab was, das uns dabei helfen kann«, sage ich und drehe mich zu ihm.

Mirko schaut mich fragend an.

Statt einer Antwort löse ich mich aus seiner Umarmung und wühle in meinem Rucksack.

»Was hältst du davon?« Ich wedele mit zwei Tütchen Kakao.

»Du willst hier eine heiße Schokolade machen? Genial, nur haben wir, glaube ich, keine Milch.«

»Keine Angst. Daran habe ich gedacht. Gibt es hier einen Topf?«

Zehn Minuten später sitzen wir im Schneidersitz auf dem Bett in der Mansarde, mit zwei dampfenden Tassen in den Händen, aus denen es verführerisch duftet.

»Wie bist du darauf gekommen?«

»Eigentlich hab ich was zu essen gesucht. Heute Morgen hatte meine Mutter Krapfen gemacht, aber ich habe keine mehr gefunden. Stattdessen ist mir der Kakao über den Weg gelaufen.«

Die heiße Schokolade wärmt uns.

»Erzähl mir von deinen Großeltern. Wenn du im Ausland gelebt hast, hast du sie bestimmt nicht oft gesehen, oder?«

Mirko nickt und erzählt mir, dass er aber, als er zehn war, einen Sommer mit ihnen in dieser Wohnung verbracht hat.

»Ach, echt? Und was hast du da gemacht?«

»Ich hatte den Spaß meines Lebens.«

Seine Großeltern arbeiteten gerade am Film *Der Graf von Monte Christo* und fuhren oft nach Cinecittà in die Filmstudios, wo gedreht wurde. Und da er nicht allein zu Hause bleiben konnte, haben sie ihn einfach mitgenommen. Früh am Morgen sind sie mit einem Laster quer durch die Stadt gefahren. Das war das einzige Transportmittel, das seine Großeltern hatten. Sie parkten am Set, unterhielten sich mit ein paar Bekannten, und Mirko war im siebten Himmel, denn die Erwachsenen vergaßen ihn komplett: Da zogen dann Clowns, römische Legionäre, zahme Bären, Ritter in Rüstungen an ihm vorbei. Er streunte allein über das Gelände, als wäre er dort zu Hause, und freundete sich mit den Kindern der Filmleute an, die dort arbeiteten. Manchmal konnte er auch die Wachleute erweichen und durfte bei den Aufnahmen zusehen. Das war am aufregendsten.

»Von da an waren meine Großeltern Helden für mich.«

»Wie cool, glaub ich dir sofort. Haben sie vom Set des Films irgendwas aufbewahrt?«

»Da muss es noch die Truhe geben, die Edmond Dantès auf der Insel Monte Christo gefunden hat«, sagt er und zieht mich wieder nach unten. »Das müsste die hier sein.«

Er zeigt auf einen Kasten.

»Wieso bist du da so sicher?«

»Sie hat drei Fächer, so wie im Buch. Weißt du, worum es darin geht?«

Ich schüttele den Kopf. Mensch, sind die Jungs von heute gebildet!

»Der Roman erzählt die Geschichte von Edmond Dantès, einem Seemann, der verhaftet wird, weil zwei Männer neidisch auf seine Geliebte und seinen Erfolg sind. Er verbringt vierzehn Jahre im Kerker von Château d'If, einer Gefängnisinsel. Während seiner Haft versucht er ein paarmal zu fliehen. Er gräbt einen Tunnel, und dabei lernt er einen anderen Gefangenen kennen, einen sehr gebildeten Mann, der ihm nicht nur viele Dinge beibringt, sondern ihm auch den Ort verrät, wo ein riesiger Schatz versteckt ist. Alles endet damit, dass Edmond schließlich fliehen kann und mit Hilfe des Schatzes Rache nimmt.«

»Das ist ja eine fürchterliche Geschichte. Das muss schlimm sein, so lange eingesperrt zu sein, ohne ein Verbrechen oder so was begangen zu haben. Allein bei dem Gedanken kriege ich schon eine Gänsehaut.«

»Überleg mal, er ist mit neunzehn verhaftet worden und kommt raus, da ist er schon über dreißig, also richtig alt.«

Ich betrachte die Schatzkiste genauer.

»Deine Großeltern hatten echt eine schöne Arbeit. Ich möchte später auch mal was machen, was mich begeistert. Weißt du schon, was du nach der Schule machen willst?«

Wir gehen wieder in die Mansarde rauf und nehmen die Truhe und den Heizstrahler mit.
»Noch nicht. Aber es wird eine Arbeit sein, bei der ich auf jeden Fall viel reisen kann.«
»Ich würde auch gern um die Welt fahren, aber noch weiß ich nicht, wie ich das machen soll.«
Ich ziehe alle Fächer der Truhe auf, finde aber nichts darin.
»Bist du nach jenem Sommer jemals wieder in Rom gewesen?«
»Das haben meine Eltern mir nicht erlaubt. Sie sagten, dass Edinburgh zu weit weg sei.«
»Wie schade, das hat dir bestimmt sehr leidgetan. Wie waren deine Großeltern so?«
»Sie waren sehr lustig drauf und haben mir immer Anekdoten aus der Filmwelt erzählt. Sie waren sehr lieb zu mir, vielleicht weil meine Schwester und ich ihre einzigen Enkel waren.«
»Ist Polette damals nicht mitgekommen?«
»Nee, bloß nicht ... wir haben uns nie so richtig verstanden.«
»Wieso das?«
Mirko zuckt mit den Schultern.
»Meine Schwester kann einfach mit niemandem, vor allem nicht mit der Familie. Sobald es ging, ist sie von zu Hause ausgezogen.«
Er will offensichtlich nicht darüber reden. Wir schweigen eine Weile. Langsam wird es warm in der Woh-

nung, möglicherweise wegen der heißen Schokolade. Nur meine Füße sind noch eisig, aber das ist so normal, dass mich eher das Gegenteil beunruhigen würde.

»Willst du noch ein bisschen?«, frage ich, während ich mir Kakao nachschenke.

Er nickt.

»Neulich habe ich Marco besucht, hab ich das schon erzählt?«, sage ich und versuche, so gleichgültig wie möglich zu klingen.

»Deinen Ex?« Er sieht mich durch die Dampfwölkchen des Kakaos an.

Das schummrige Licht hilft mir nicht gerade dabei, seinen Gesichtsausdruck zu entschlüsseln.

»Genau. Er hat sich an der Schulter verletzt, nach einem Wasserballspiel.«

»Ich dachte nicht, dass ihr noch so ein gutes Verhältnis habt«, sagt Mirko. Während er den Kakao schlürft, sieht er mich schräg an.

»Doch, das haben wir. Wir sehen uns zwar nicht oft, aber manchmal telefonieren wir.«

Übertreib es nicht, Vale.

»Warum erzählst du mir das jetzt?«

»Ich will nicht, dass du denkst, ich hätte Geheimnisse vor dir.«

»Nur deshalb?«

»Ja, ich schwör's.«

Mirko schweigt, und ich halte den Atem an. Vielleicht hatte Marta recht, manche Dinge sollte man einfach nicht erzählen. Man kann nie sicher sein, wie der andere reagiert. Und wenn er jetzt aufsteht und mir sagt, dass er nichts mehr mit mir zu tun haben will? Dass er mich nicht mehr sehen will? Dass ich das nur gesagt hätte, um mein Gewissen zu beruhigen, während in Wirklichkeit etwas ganz anderes zwischen uns abgegangen wäre?

»Ich glaube dir«, sagt er schließlich, wobei er den Arm aus dem Bett streckt und seine leere Tasse auf dem Fußboden abstellt.

Er glaubt mir? Das ist alles? Er will nichts weiter wissen?

»Bist du nicht sauer, dass ich ihn besucht habe?«

»Nein. Wenn du mir sagst, dass zwischen euch nichts ist, hab ich kein Problem damit.«

»Und warum hast du dich dann so aufgeregt, als ich das eine Mal mit ihm zusammen Marta abgeholt habe? Oder als wir ihn in den Bergen getroffen haben?«

»Ach Vale, das ist doch schon ewig her. Da waren wir ja noch gar nicht zusammen. Und damals hast du so von ihm geschwärmt, dass man sofort gemerkt hat, dass da bei dir noch was war. Jetzt liegen die Dinge ganz anders.«

Stimmt, alles läuft wie geschmiert, was will ich denn noch? Mirko ist phantastisch. Ich betrachte seine grünen Augen, die verwuschelten Haare, die Narbe über seiner Lippe. Ich stelle meine Tasse ebenfalls ab und rücke zu ihm.

»Ich mag dich, Mirko, und ich bin froh, dass wir zusammen sind.«
Er drückt mich an sich. Wir küssen uns. Der starke Geschmack der Schokolade füllt meinen Mund. Ich lecke über seine Oberlippe, dort wo er einen kleinen Kakaobart trägt.
»Ich könnte dich verschlingen.«
Er seufzt zufrieden und küsst mich noch leidenschaftlicher. Ohne Hemmungen ziehe ich ihm den Pulli und das T-Shirt aus und betrachte seinen nackten Oberkörper. Ich küsse seinen Hals, seine Brust und gelange zu seinem Bauch. Jeden Zweifel, jede Unsicherheit schiebe ich beiseite: Ihn will ich und keinen anderen. Mirko geht mir ins Blut, steigt mir zu Kopf, seine Hände machen mich irre. Im nächsten Moment liegen wir auf dem Bett, Haut an Haut, Bein an Bein. Er erkundet mich mit den Händen, sein Blick verschlingt mich. Ich werde rot und danke der Dämmerung, die meine Scham verdeckt. Wir drücken uns eng aneinander, seine Zunge sucht meine, ich gebe mich seinen Zärtlichkeiten hin. Ich streichele über seinen Rücken, während ich mich noch dichter an ihn drücke.
»Mirko, o Mirko …«, flüstere ich, ganz gebannt von dem, was gerade mit mir passiert.
»Schsch, Vale, sag nichts. Es ist perfekt, nur du und ich, nichts anderes zählt. Spürst du, was ich empfinde? Spürst du dieses irrsinnige Gefühl?«

Wir keuchen, mein Mund kann nicht von seinem lassen.
»Ich … also … ich bin ganz durcheinander. Mirko, was passiert hier?«, flüstere ich ihm ins Ohr.
»Ich weiß es nicht, aber es ist was Besonderes, das fühle ich. Du bist so wunderschön.«
Ich drücke das Gesicht in seine Halsbeuge. Er streicht mit seiner Hand nach unten. Eine Welle durchflutet mich.
»Mirko …« Ich will protestieren.
»Ich will dich, Vale, ich will dich so sehr. Seit ich dich das erste Mal geküsst habe, begehre ich dich so, dass ich gar nichts mehr begreife.«
»Ich … weiß nicht, ob ich schon bereit dafür bin«, sage ich zögernd.
»Willst du mich nicht?«
»Doch, doch, ich will dich, aber … ich hab solche Angst, also … es ist, als ob ich es noch nie gemacht hätte«, sage ich leise.
Mirko drückt mich noch stärker an sich.
»Dann wird es ja noch schöner. Du brauchst keine Angst zu haben.«
Aus der Hosentasche zieht er ein kleines, viereckiges Tütchen. Ich sehe genauer hin und erkenne ein Kondom. Schon will ich etwas sagen, aber Mirko legt mir einen Finger auf die Lippen, lächelt mich zärtlich an. Dann küsst er mich erneut und wischt jeden Zweifel hinfort, wie der Wind die Blätter. Er küsst mich, wie-

der und wieder und wieder. Ich spüre seine Hände überall auf mir, jeder Zentimeter meines Körpers gehört ihm. Ich bin erstaunt und fasziniert von seiner Leidenschaft. Er ist so mitreißend, dass er mir keine Zeit zum Überlegen lässt … und das will ich ja auch gar nicht. Diese Gefühle sind so neu und schön, dass sie mir den Atem rauben. In dem Strudel der Leidenschaft blitzt plötzlich Miguels Gesicht auf: All das habe ich also verpasst? Doch als ob Mirko spürt, dass ich mit meinen Gedanken woanders bin, holt er mich mit seinem unersättlichen Mund wieder zu sich zurück. Ich schweife durch unbekanntes Terrain, mit einem Mal fühle ich mich ganz leicht, ich lächele und schnurre unter den Streicheleien seiner Hände. Dann schnappe ich nach Luft, um mich gleich darauf wieder glücklich seiner Leidenschaft hinzugeben. Nie, nie, nie hätte ich das gedacht. Nicht einmal in meinen geheimsten Träumen hätte ich mir solche Gefühle vorstellen können. Ich öffne die Augen, ob das nicht doch alles nur ein Traum ist. Aber Mirko ist da, in Fleisch und Blut, mit geschlossenen Augen, die Haare hängen ihm vorm Gesicht, und seine Kettchen schwingen bei jeder seiner Bewegungen hin und her. O ja, das ist alles so phantastisch, so wundervoll. Plötzlich, zwischen einem Kuss und dem nächsten, schiebt er seine Hand zwischen meine Oberschenkel, und gleich darauf spüre ich etwas in mir, begreife aber gar nichts. Ich will mich auf das Gefühl konzentrieren und mich an all das Gelesene, Vorgestellte, Erzählte oder im Film Gesehene erinnern. Verzweifelt versuche ich, mir Bruchstücke der Nacht mit Miguel ins Gedächtnis zu rufen. Aber es dauert nur ein paar Sekunden, und während ich noch den Erinnerungen nachjage, ist schon alles vorbei.

Wir liegen ausgestreckt nebeneinander. Mirko hält mich ganz fest an sich gedrückt und macht keine Anstalten, mich loslassen zu wollen. Mir tut alles weh, wie nach der Tanzstunde. Ich lächele bei der Vorstellung und schiebe eine Haarsträhne aus seinem Gesicht.

»Ich schlafe nicht«, sagt er, schlägt die Augen auf und durchbohrt mich mit seinem Blick.

Verlegen schaue ich weg. Was macht man in solchen Momenten? Muss ich was sagen?

»Ich bin froh, dass wir es gemacht haben. Es war noch schöner, als ich es mir vorgestellt habe.«

Ein kleines Lächeln huscht über mein Gesicht. Ich bin zu befangen, um darüber zu reden.

Mirko lockert die Umarmung und dreht sich auf den Bauch.

»Mein erstes Mal war eine Katastrophe«, sagt er leise.

»Wirklich? Wie alt warst du da?«

»Dreizehn.«

»Ziemlich jung.«

Mit einer Hand stützt er seinen Kopf.
»Ja. Es war mit einer Freundin meiner Schwester, einer sehr hübschen Blondine. Sie wusste, dass sie hübsch war.«
Oft kam sie zum Mittagessen zu ihnen, erzählt er weiter, und jedes Mal neckte sie ihn auf eine ganz dumme Art, nachdem sie gemerkt hatte, dass er total in sie verknallt war. Für Mirko war das die Hölle. Sobald er sie sah, wollte er eigentlich nur wegrennen, aber dann war seine Neugierde doch so groß, dass er ihr durchs Schlüsselloch nachspionierte, während sie im Zimmer seiner Schwester war. Eines Tages, als er allein im Haus war, tauchte sie auf und meinte, sie wollte Polette besuchen. Mirko dachte überhaupt nicht daran, dass das nur eine Ausrede wäre, doch als sie darauf bestand auf die Freundin zu warten, begriff er, dass das seine große Chance war.
»Was ist dann passiert?«
»Ich hab ihr was zu trinken angeboten, dann haben wir uns aufs Sofa gesetzt. Es war Sommer und ziemlich heiß. Sie trug einen Rock mit Blumen drauf und eine weiße Bluse, die so weit offen war, dass man ihren BH sehen konnte. Ich musste die ganze Zeit auf diese Stelle starren, meine Hände waren ganz verschwitzt. Sie hat sich über meine Verlegenheit amüsiert, sie lachte und machte Späße, so dass ich mich noch unwohler fühlte. Für mich war sie eine Göttin, mit ihren blauen Augen, den blonden Haaren und den langen Beinen.

Dann hat sich plötzlich was verändert, sie nahm meine Hand und legte sie sich auf den Oberschenkel. Ich hab überhaupt nichts mehr kapiert. Ich berührte sie und dachte, dass das nicht wirklich passiert, dass das gar nicht wahr wäre, dass ausgerechnet ihr, der Schönsten aus dem Viertel, so ein Depp wie ich gefallen könnte.«

In dieser Rolle kann ich mir Mirko gar nicht vorstellen, aber das behalte ich für mich.

»Und dann?«

»Es war ganz schnell vorbei und überhaupt nicht so, wie ich es mir vorgestellt hatte.«

»Warum war es dann eine Katastrophe?«

»Im entscheidenden Moment hat sie losgelacht, mich dann weggeschoben und gesagt, dass ich ihren Slip beschmutzt hätte.«

Der Arme, was für eine Demütigung.

»Wie alt war sie?«

»Siebzehn.«

»Krass, dann war sie ja sehr viel älter als du. Ich dachte nicht, dass zwischen dir und deiner Schwester so ein großer Abstand ist.«

Mirko nickt und schließt die Augen.

»Dieses Erlebnis hat mich echt traumatisiert. Für eine ganze Weile habe ich mich nicht getraut, ein Mädchen anzusprechen.«

So ein süßer Typ?

»Was meinst du mit ›eine ganze Weile‹?«

»Hm … ein paar Monate vielleicht.«

Ich verpasse ihm einen Klaps. Tolle Leistung!

»Und dann?«

Er zuckt mit den Schultern.

»Ich hab das Trauma überwunden, könnte man sagen.«

Er lacht und drückt mir einen Kuss auf die Lippen. Dann steht er auf. Zwei Minuten später kommt er aus dem Bad wieder. Er trägt seine Jeans, und sein Gesicht ist noch etwas nass.

»Ich hab einen Riesenhunger. Möchtest du auch was?«

Ich räkele mich im Bett, während ich nach meinem T-Shirt angele.

»Du bleibst hier, und ich gehe uns was zu essen holen. Süß oder herzhaft?«

»Herzhaft, aber was Süßes wär auch okay.«

Er kommt zum Bett und kitzelt mich.

»Ich wusste gar nicht, dass du so unentschlossen bist.«

Ich winde mich unter seinen Händen.

»Das stimmt nicht. Das ist eine ganz fiese Lüge.«

Mirko hält meine Hände fest und kommt nah an meine Lippen.

»Jetzt gehörst du endlich mir, und ich kann mit dir machen, was ich will. Du entkommst mir nicht.«

»Das glaubst du nur. In Wirklichkeit bist du *mir* ins Netz gegangen, mein Lieber.«

»Ach ja? War es das, was du wolltest? Dass ich dir zu Füßen liege und du dir dann einen anderen suchst?«

»Ganz genau. Dafür bin ich berühmt: die unwiderstehliche Valentina, die kein Mann einfängt«, sage ich verschmitzt.

Mirko grinst.

»Jetzt kommt dein wahres Wesen zum Vorschein. Und mich hältst du für einen Herzensbrecher. Wie hast du damals gesagt?«

Fragend sehe ich ihn an.

»›Stehe ich jetzt auf deiner Liste, nachdem Federica abgehakt ist?‹«, sagt er und macht meine Stimme nach.

Lachend winde ich mich aus seinen Armen.

»Mach dich nicht über mich lustig. Das stimmt doch. Erst nachdem du dich von dieser Hexe getrennt hast, hast du mich überhaupt bemerkt. Widerspruch ist zwecklos.«

Statt einer Antwort steht Mirko auf.

»Ich hab Hunger«, sagt er fröhlich.

Ich springe aus dem Bett, aber Mirko ist schneller als ich und läuft die Treppe runter.

»So kannst du nicht gehen. Komm sofort zurück!«, rufe ich und versuche, ihn einzuholen, aber mit zwei Schritten ist er schon an der Tür. Er öffnet sie und wirft mir noch eine Kusshand zu.

»Besser Zweite sein, als Letzte.« Dann zieht er die Tür hinter sich zu.

Nein!!!

Ich reiße sie wieder auf und lehne mich über das Treppengeländer.

»Komm zurück, wenn du dich traust! Was erlaubst du dir? Mirko, komm zurück!«

Aber er nimmt immer zwei Stufen auf einmal und winkt mir von unten zu.

»Warte auf mich, Liebste! Ich bin gleich zurück«, ruft er noch, bevor er das Haus verlässt.

Noch ein paar Sekunden schaue ich die Treppe hinunter, dann drehe ich mich um und entdecke einen weißen Haarschopf, der mich aus einer halbgeöffneten Wohnungstür beobachtet. Ich lächele, doch die Frau starrt mich grimmig an. Gerade als ich grüßen will, fällt mir ein, dass ich nur Slip und BH anhabe. Ich bedecke mich mit einer Hand und versuche, nicht vollkommen lächerlich auszusehen. Dann flüchte ich in die Wohnung.

Das war so unfair. Das hätte er mir echt nicht antun dürfen. Aber eigentlich kann ich ihm gar nicht richtig böse sein. Ich laufe nach oben, ziehe mich an. Nachdem ich die Mansarde wieder aufgeräumt habe, gehe ich nach unten und nehme auch den Heizstrahler wieder mit. Während ich eine Truhe durchwühle, kommt Mirko zurück.

»Hast du was gefunden?«

»Ganz viele interessante Sachen. Ich könnte mein ganzes Leben an diesem Ort verbringen.«

Er tritt zu mir und küsst mich auf den Hals.

»Ich habe dir noch nicht verziehen, was du vorhin gesagt hast«, erinnere ich ihn.

»Was kann ich denn da tun?«

»Das weiß ich noch nicht, darüber muss ich nachdenken. Aber im Moment hab ich was bei dir gut.«

»Okay. Wie wäre es, wenn ich dich in der Zwischenzeit mit einer Pizza verführe?«

»Einverstanden, aber glaub ja nicht, dass du so einfach davonkommst.«

»Das hab ich mir gedacht. Ich weiß, dass du anspruchsvoll bist.«

»Richtig, und zwar sehr!«, antworte ich und stecke die Nase schon wieder in die Truhe.

6

Samstagnachmittag: Wir sitzen im Zug nach Florenz, und alle sind komplett aufgeregt, weil alles so neu ist. Eine Reise ohne Eltern in eine fremde Stadt, eine Nacht von zu Hause weg, und dann treffen wir auch noch Giò. Wir sitzen alle zusammen. Als wir die Fahrkarten gekauft haben, war die Frau am Schalter sehr nett und hat all unsere Platzwünsche erfüllt. Ich sitze neben Marta, Mirko und Filippo uns gegenüber, Sara und Matteo, der sich schließlich auch noch freimachen konnte, haben die beiden Plätze neben uns auf der anderen Seite vom Gang. Giorgio und Ozi hingegen fahren mit dem Auto.

Mirko und ich sehen uns die ganze Zeit an. Wir reden und lachen mit den anderen, aber unsere Blicke treffen sich ständig, was schon so auffällt, dass unsere Freunde uns permanent aufziehen. Aber das ist uns egal, unsere Hände berühren sich, unsere Füße ebenfalls, und alles andere, womit wir Kontakt halten können. Ich hätte mich gern neben ihn gesetzt, aber als Marta mich zu sich gewunken hat, brachte ich es nicht übers Herz, es abzulehnen. So hat sich Mirko, mit Bedauern, mir gegenübergesetzt, und die Entfernung zwischen uns kommt uns unendlich vor. Seit ich mit ihm geschlafen habe, muss ich ständig ganz dicht bei ihm sein. Die Erinnerung an uns beide kreist unablässig durch mein Hirn. Ich sehe mich immer noch in dem Bett, in der Mansarde mit dem Heizstrahler, nur uns beide, ganz dicht, ganz vertraut. Seine Worte und meine Gefühle wirbeln wirr in mir herum. Ich spüre seine Hände und werde immer noch rot vor Aufregung.

Ich habe niemandem davon erzählt. Als ich gestern nach Hause kam, war ich so durcheinander, dass ich mit keiner Menschenseele ein Wort gewechselt habe. Ich wollte die Gefühle nur für mich behalten und sie nicht mit anderen teilen. Vorsichtig berühre ich meine Lippen, sie schmerzen immer noch. Lächelnd senke ich den Blick, doch als ich wieder hochsehe, sieht mir Mirko genau in die Augen. Mein Herz macht einen Sprung. Verliebe ich mich etwa gerade so richtig in ihn? Tief atme ich ein und widme mich wieder den Gesprächen meiner Freunde. Aber meine Gedanken schweifen immer wieder ab, ich kann der Unterhaltung einfach nicht folgen. Was wäre so schlimm daran? Dabei hab ich doch immer gesagt, dass ich mich nach Marco in keinen anderen Jungen verlieben könnte.

»Habt ihr den süßen Typen am anderen Ende von unserem Waggon gesehen?«, fragt Sara, nachdem die

Jungs in den Speisewagen aufgebrochen sind. Marta und ich drehen uns nach dem Typen um.
»He, das fällt doch voll auf«, meckert Sara.
»Der in der grünen Militärjacke?«, frage ich.
Sie nickt.
»Ja, nicht schlecht. Aber der ist bestimmt kein Italiener. Sieh mal nach oben, das ist doch ein Rucksack, oder?«, fügt Marta hinzu.
»Kann schon sein. Aber er ist richtig scharf. Wo der wohl herkommt?«
»Warum fragen wir ihn nicht?«, schlägt Marta vor.
»Bitte, tu das nicht«, sagt Sara ganz schockiert.
»Warum nicht? Ihm gegenüber sind zwei Plätze frei. Komm, gehen wir.«
»Nein, nein, nein. Ich weigere mich, kommt gar nicht in Frage. Das rafft der doch sofort, dass wir uns seinetwegen dahin setzen.«
»Genau. Und was ist daran schlimm?«, beharrt Marta.
Sara sträubt sich weiter, so dass Marta sich zu mir dreht.
»Was hab ich damit zu tun?«
»Du würdest mich allein gehen lassen?«
Ich verdrehe die Augen.
»Ach, was soll's. Einen Versuch ist es wert«, sage ich vergnügt und begleite sie.
Sara hingegen verkriecht sich in ihrem Sitz und verbarrikadiert sich hinter einem Buch.
»Was sollen wir zu ihm sagen?«

»Keine Ahnung, irgendetwas wird uns schon einfallen.«

Wir laufen durch den Waggon, und als wir vor ihm ankommen, setzen wir unsere strahlendsten Gesichter auf.

»Sind diese Plätze noch frei?«, fragt Marta.

Er schaut von seiner Lektüre hoch und nickt mit einem Lächeln.

Zweifellos sieht er wirklich ziemlich gut aus, denke ich, während wir uns auf die Plätze zwängen. Schweigend beobachten wir ihn. Zu der Militärjacke trägt er zerschlissene Jeans, in denen seine langen Beine stecken, und ein Paar ausgetretene Sneakers. Er hat lange blonde Haare und sehr helle Haut. Das Buch, das er in der Hand hält, sieht eher wie ein Reiseführer aus, nicht wie ein Roman, und die merkwürdige Sprache auf dem Cover gibt ganz deutlich zu verstehen, dass er wirklich ein Tourist ist.

»Sprichst du Italienisch?«, fragt Marta dreist.

»Einigermaßen«, antwortet er mit einem starken fremdländischen Akzent.

»Wir fahren nach Florenz. Warst du da schon mal?«, fährt sie fort.

Der Typ blickt sie mit seinen eisblauen Augen an und lächelt wieder.

»Da fahre ich auch hin.«

»Wirklich? So ein Zufall. Ich bin Marta, das ist Vale, sehr erfreut.«

»Svein«, sagt er und schlägt den Reiseführer zu.
Er ist Norweger und kommt aus Bergen. In Rom macht er gerade ein Auslandssemester an der Uni. Er lebt mit anderen Studenten in einer WG im Viertel San Lorenzo. Obwohl er erst kurz in unserer Stadt ist, spricht er gut Italienisch, wenn man von ein paar unverständlichen Wörtern mal absieht, die ihm ab und an herausrutschen. Wenn er lacht, funkeln seine Augen. Wir fragen ihn noch was über seine Heimatstadt, die den Beinamen *Hauptstadt der Fjorde* trägt. Sie liegt nämlich an einem Fjord, und von dort starten die meisten Kreuzfahrtschiffe und die berühmten Hurtigruten-Schiffe, die auf der alten Poststrecke die ganze Küste bis zum Nordkap hinauffahren. Bergen ist eine Stadt voller junger Leute, erklärt uns Svein, denn es gibt dort viele Universitäten. Und in der Sommersaison kommen noch mehr Studenten, weil sie auf dem Fischmarkt arbeiten wollen. Neugierig hören wir zu, wie er uns diese unbekannte Stadt in den schillerndsten Farben beschreibt.

»Wenn ihr mich diesen Sommer besuchen kommt, fahre ich mit euch in der Hochseilbahn. Vom Gipfel des Ulriken-Hügels gibt es eine luftberaubende Aussicht auf die Umgebung.«

»Atemberaubend, es heißt atemberaubend, nicht Luft«, verbessere ich ihn frech. Gleich darauf steigt mir die Röte ins Gesicht. Kann ich nicht mal eine Sekunde den Mund halten?

»Ja, warum nicht? Das wär doch eine schöne Idee, was meinst du?«, sagt Marta und sieht mich erwartungsvoll an.
Ich nicke. Schade nur, dass uns unsere Eltern nie allein in die Ferien fahren lassen würden. Wir sind ja noch nicht mal volljährig. Aber das behalte ich für mich.
»Was isst man denn so bei euch?«, frage ich Svein.
»Viel Fisch, also Stockfisch oder Lachs, oder den *Fenalår*, das ist geräucherter und gereifter Lammschinken. Aber hauptsächlich gibt es *Pølser i lompe*, Hotdogs in Kartoffelteigfladen.«
»Hm, ich glaube, eure Küche wäre nichts für mich«, sage ich.
»Dann müsstest du mal *Rømmegrøt* probieren, das ist so eine Art Haferbrei mit Zucker und Zimt.«
Ich tue begeistert und lächele. Auch wenn das jetzt gar nichts damit zu tun hat, fällt mir das schlimme Erlebnis aus London wieder ein, als ich aus Versehen dieses fürchterlich eklige Zeug bestellt hatte ... Pudding, so hieß das Teil.
»Hast du Freunde in Florenz?«, fragt Marta ihn.
Morgen ist er mit jemandem verabredet, ansonsten will er die Stadt allein erkunden. Wir erzählen ihm von Giò und laden ihn ein, uns abends zu treffen, aber er bleibt erst mal unverbindlich. Kurz bevor wir Florenz erreichen, tauschen wir unsere Handynummern aus, dann kehren wir auf unsere alten Plätze zurück.

Eine halbe Stunde später stehen wir auf dem Bahnsteig und warten auf Giò und ihren Vater, die kurz darauf auftauchen. Kreischend und lachend fallen wir uns gegenseitig in die Arme. Von uns allen scheint Filippo der Coolste zu sein. Er steht die ganze Zeit ein Stück von uns weg, vielleicht weil ihm die Anwesenheit von Giòs Vater peinlich ist. Als wir dann allerdings zum Ausgang laufen, sehe ich, wie Giò und er sich an den Händen fassen und sich halb versteckt hinter eine Säule heftig umarmen. Ich sehe Marta an, die mich statt einer Antwort einfach nur glücklich in den Arm nimmt.

»Ich bin echt happy, mit allen zusammen hier zu sein. So gut habe ich mich schon lange nicht mehr gefühlt«, flüstert sie mir zu. Dann wendet sie sich abrupt an Sara, die vor uns geht: »Und was machst du jetzt mit dem scharfen Jüngling, wo du schon seine Handynummer hast?«

Sara dreht sich genau in dem Moment um, als Svein an uns vorbeigeht.

Sie wird knallrot. Ich presse die Hand auf den Mund und drehe mich schnell weg, sonst pruste ich los.

Er sieht sie kurz an, geht aber einfach weiter.

»Gott, wie peinlich. Hast du seinen Blick gesehen?«, keucht Sara, immer noch ganz rot im Gesicht.

»Der hat nichts verstanden. Und der Blick war überhaupt nicht schlimm, oder, Vale?«

Ich versuche, ernst zu bleiben, und nicke.

»Worüber redet ihr?«, fragt Giò, die mit Filippo zu uns aufschließt.
»Diese beiden Zicken haben mich total in Verlegenheit gebracht«, sagt Sara beleidigt.
»Äh, was hab ich damit zu tun?« Ich halte die Hände in die Luft, als wäre ich unschuldig.
Nachdem Marta Giò von unserer neuesten Bekanntschaft erzählt hat, überlegt Giò bereits ganz begeistert, wie sie den Norweger zum Abendessen einladen könnte.
»Was ist überhaupt der Plan für heute Abend?«, fragt Sara.
»Aus dem Club wird leider nichts. Stattdessen essen wir bei mir, mein Vater überlässt uns die Wohnung. Wir müssen nur überlegen, was wir kochen. Wer von euch kann kochen?«
Mirko schüttelt den Kopf, Filippo und Matteo tun es ihm nach. Sara, Marta und ich sehen uns an und wissen bereits, wie es enden wird. Plötzlich schießt mir eine Idee durch den Kopf.
»Giorgio! Er kann bestimmt die besten Nudeln von uns allen kochen«, sage ich und rufe ihn an.
Am Auto von Giòs Vater müssen wir uns trennen. Wir Mädchen fahren zu Giò. Die Jungs laufen zum Hostel, das zu Fuß gut zu erreichen ist. Wir verabreden uns für das Abendessen.
»Warum bist du so still? Ist was?«, flüstere ich Mirko zu, bevor wir uns verabschieden.

»Auf Reisen bin ich immer mies drauf. Kümmer dich nicht drum«, sagt er einsilbig.
»Du bist doch hoffentlich nicht böse, weil ich mit dem Norweger geredet habe?«
Er verzieht das Gesicht und schiebt mich ein Stück weg.
»Was ist denn los?«
»Nichts.«
»Mirko, das hab ich doch nur für Sara gemacht«, erkläre ich und halte ihn an einem Ärmel fest.
»Geh schon, die anderen warten auf dich«, sagt er und schiebt mich zum Auto.
»Aber ... ich ...«
»Ciao.« Er steckte die Hände in die Taschen und geht mit den anderen fort.
»Was war denn?«, fragt Marta, als wir im Auto sitzen.
»Keine Ahnung, vielleicht ist er sauer, weil ich mit dir und Svein geredet habe, als er aus dem Speisewagen wiederkam.«
Ich habe nicht eine Sekunde darüber nachgedacht, dass Mirko es ätzend finden könnte, wenn ich mich mit einem anderen Jungen unterhalte.
»Mach dir keinen Kopf. Der wird ein ganz klein bisschen eifersüchtig sein«, versucht Giò, mich zu beruhigen.
Erleichtert wende ich mich ihrem Vater zu, der gerade fragt, wie es uns geht.

Giòs Wohnung liegt etwas außerhalb des Stadtzentrums. Sie ist zwar klein, aber sehr nett und gemütlich eingerichtet. Es gibt einen Flur, einen großen Wohnraum mit offener Küche, zwei Schlafzimmer und ein Bad. Giò nimmt uns sofort in ihr Zimmer mit, das das kleinste ist. Neben einem breiten Bett hat sie an der kurzen Zimmerwand einen Schrank. Unter dem Fenster, das auf das Nachbarhaus zeigt, steht ihr Schreibtisch. Zum Glück ist das andere Haus weit genug weg, so dass man sich nicht beobachtet und belauscht fühlt. Ihr Zimmer ist modern eingerichtet, die Möbel sind eher schlicht und spiegeln Giòs Geschmack. Die orangegestrichenen Wände, der blaue Vorhang und die weißgepunktete Steppdecke lassen alles strahlen. Von der Decke hängt eine Lampe, die aus tausend bunten Ringen gemacht ist, die wie ein buddhistisches Kloster klingen, wenn sie sich berühren.

»Das ist ja ganz anders als dein Zimmer in Rom«, bemerke ich.

»Was meinst du damit?«, fragt sie neugierig.

»Weiß nicht, es wirkt irgendwie erwachsener. Du hast gar keine Plüschtiere mehr, und die Decke mit den Bärchen drauf ist auch weg. Was ist mit den Postern von Beyoncé und Britney Spears passiert?«

Mit einem Lächeln lässt sie sich aufs Bett fallen. »Ich habe sie gegen *U2* ausgetauscht.«

»Die sind so großartig, aber Liam von *Oasis* ist auch irre«, sagt Marta und plumpst neben ihr aufs Bett.

»Aber der ist alt«, sagt Giò.

»Na und? Ich mag es, wenn sie älter sind.«

»Ich mag Avril Lavigne als Sängerin lieber«, fügt Sara hinzu.

Wir drehen uns zu ihr und schauen sie belustigt an: Daran haben wir nie gezweifelt!

»Und was haltet ihr von *Radiohead*?« Ich stelle den Rucksack auf die Erde und setze mich an den Schreibtisch.

»Welche italienische Gruppe mögt ihr eigentlich?«, frage ich weiter.

»Das sage ich euch nur, wenn ihr mich nicht veräppelt, okay?«, ruft Giò.

Wir nicken.

»Also, ich steh auf Tiziano Ferro.«

»Giò! Das ist nicht dein Ernst! Also, wenn du nicht willst, dass wir diese wertvolle Information veröffentlichen, dann kostet dich das aber was«, erwidert Sara und setzt sich neben mich.

»Dumme Kuh, ich wusste, dass ich es euch nicht hätte sagen sollen.«

»Na, wer hätte denn an so was gedacht? Ich mag den überhaupt nicht«, sagt Marta.

Eigentlich hat Marta schon recht, aber über Geschmack lässt sich eben doch nicht streiten, oder?

»Wenn Filippo das hört, verlässt er dich auf der Stelle«, fährt Sara erbarmungslos fort.

»Okay, es reicht. Reden wir von was anderem«, sagt sie und macht es sich auf dem Bett noch bequemer.

Es ist so lange her, dass wir alle vier zusammen waren, dass wir uns erst einmal die neuesten Erlebnisse berichten. Relativ schnell sind wir bei Filippos Eifersucht angelangt, die wirklich zu einem Problem wird. Auch wenn Giò ihn verteidigt, ist sie doch ziemlich genervt davon. Jedes Mal, wenn sie telefonieren, muss sie aufpassen, was sie sagt, welche Geschichten sie ihm erzählt und welche Worte sie wählt. Wenn sie ihm sagt, dass sie auf einer Party war, wird er nervös. Wenn sie nachmittags ins Kino geht, will er wissen, neben wem sie gesessen hat. Neuerdings scheint er tatsächlich sogar zu glauben, dass sie etwas mit einem anderen Jungen hat, weil sie oft nicht ans Handy geht.
»Stimmt das?«, frage ich.
»Ach was. Es ist nur, dass er mich zehnmal am Tag anruft, und ich kann einfach nicht immer reden. Dann bin ich entweder im Tanzkurs oder im Kino, oder ich höre es nicht, weil es im Bus so laut ist. Das ist echt kompliziert mit ihm … wenn es nach ihm ginge, dürfte ich gar kein eigenes Leben führen. Sobald ich ihm das klarmachen will und ihm sage, dass ich ihm vertraue und er mir auch vertrauen soll, antwortet er, dass ich ihm aus dem Weg gehe, weil ich ihn zu wenig liebe.«
Arme Giò, ich beneide sie wirklich nicht.
»Er ist eben unsicher, weil ihr so weit auseinander wohnt«, versucht Marta, es zu erklären.
»Das habe ich am Anfang auch gedacht, aber langsam glaube ich, dass das einfach sein Charakter ist.«

»Das ist bestimmt nicht einfach«, sage ich.

»Überhaupt nicht. Und wisst ihr was? Das hört sich jetzt verrückt an, aber wegen dieser Eifersucht hab ich angefangen zu lügen, was ich sonst nie getan habe. Um Streitereien aus dem Weg zu gehen, erzähle ich ihm schon nicht mehr alles, und das macht ihn natürlich noch misstrauischer. Einmal stand er sogar ganz überraschend vor der Schule.«

»Echt? Und was hast du da gemacht?«, fragt Marta.

»Ich bin zu ihm gerannt, weil ich dachte, dass er den langen Weg gemacht hat, um ich zu überraschen und ein paar Stunden mit mir zu verbringen. Ich war im siebten Himmel! Aber dann habe ich geschnallt, dass er mich nur kontrollieren wollte. Da ist dann eine Sicherung bei mir durchgebrannt, und wir haben richtig gestritten. Ich hab ihm gesagt, dass ich Schluss mache, wenn er so was noch mal macht.«

»Dachte er etwa, dass du mit jemand anderem zusammen bist?«, fragt Marta weiter.

»Genau!«

»Und um dich zu überprüfen, ist er in den Zug gestiegen und bis nach Florenz gefahren?«

»Unglaublich, oder? Aber er hat's getan.«

»Vielleicht bist du nicht nett genug zu ihm.« Marta verteidigt ihn immer noch.

Giò funkelt sie böse an.

»Was willst du damit sagen? Soll ich etwa mit ihm schlafen, nur damit er sich mehr geliebt fühlt?«

»Nein, das meine ich nicht. Vielleicht braucht er einfach mehr Aufmerksamkeit.«

»Für mich ist Eifersucht eine Krankheit«, erklärt Sara, die bis zu diesem Augenblick kein Wort gesagt hat. Wir drei sehen sie an.

»Übertreibung!«, rufen wir im Chor.

»Ihr braucht mich gar nicht so anzusehen, das ist die Wahrheit. So erklärt es die Geschichte, so steht es in den Büchern. Eifersucht kann töten, verrückt machen, lässt einen irrsinnige Dinge tun und verändert die Leute. Seht ihr keine Nachrichten? Ständig gibt es diese fürchterlichen Geschichten von Leuten, die aus Eifersucht getötet wurden. Sagt euch der Name Othello vielleicht etwas?«

»Jetzt übertreibst du wirklich! Was ist denn das für ein Vergleich? *Othello* ist eine Tragödie«, erwidere ich.

»Okay, und was hältst du von dem Song *Mia* von *Modà*? Oder von diesem anderen von Vasco Rossi?«

Ich schüttele den Kopf.

»Es heißt aber auch, dass man eifersüchtig sein muss, wenn man jemanden wirklich liebt«, sagt Marta.

»Schwachsinn! Das ist nur eine andere Form von Egoismus, Unsicherheit und Gewalt«, erklärt Sara.

»Na ja, ich glaube nicht, dass Filippo mir etwas antun könnte«, sagt Giò.

»Wie kannst du dir da so sicher sein? Wie hätte er wohl reagiert, wenn er dich an dem Tag, als er dich überrascht hat, mit einem anderen Jungen gesehen

hätte? Vielleicht während du dich gerade mit einem Küsschen auf die Wange von ihm verabschiedest.«
Wir sehen Giò an. Sie will schon was antworten, dann überlegt sie noch mal, und schließlich schweigt sie.
»Hältst du ihn für gewalttätig?«, frage ich irgendwann.
»Überhaupt nicht. Ich glaube, er würde mir eine Szene machen. Im schlimmsten Fall würde er sich mit dem anderen Jungen anlegen, aber mehr nicht«, sagt sie und fügt dann noch hinzu: »… zumindest glaube ich das.«

Ein ungutes Gefühl macht sich zwischen uns vieren breit.
»Giò, du weißt, wie gern ich Filippo habe«, fährt Sara fort. »Ich kenne ihn nun schon fast vier Jahre. Das ist kein aggressiver oder gefährlicher Junge, aber ich habe gesehen, wie er dich anschaut, wenn ihr zusammen seid. Er lässt dich nicht eine Sekunde aus den Augen. Und wenn du ihn anlächelst, strahlt er.«
»Was ist denn daran nun wieder schlimm?«, fragt Marta gereizt.
»Vielleicht hat es keine von euch gemerkt, aber vorhin am Bahnhof, als wir aus dem Zug gestiegen sind und Giò Matteo umarmt und geküsst hat, hab ich gesehen, wie Filippo sich total verkrampft hat und ganz rot geworden ist. Da habe ich mir noch nichts bei gedacht, aber jetzt … dem hat das offensichtlich gar nicht gefallen.«

»Sara, wie kannst du so was nur denken? Matteo ist sein Freund«, sage ich erstaunt.
Giòs Augen sind wie zwei dunkle Pfützen.
»Gut, Mädels, jetzt haben wir genug von mir geredet. Ich will mir den Tag wirklich nicht verderben. Sehen wir es positiv. Dies ist ein besonderes Wochenende. Wir sind alle vier wieder zusammen, und nichts und niemand kann uns diese beiden Tage kaputtmachen!«, sagte sie, steht auf und setzt ihr strahlendstes Lächeln auf.
»Genau. Gehen wir shoppen«, erwidern wir im Chor und folgen ihr nach draußen.
Nach einer Stunde sind wir wieder zurück. Filippo, Matteo und Mirko stoßen zu uns.
Eigentlich sollte sich Giorgio ja um das Essen kümmern, doch wegen seiner Cousins kann er erst nach neun kommen. Also müssen wir unser Programm ändern: Wir kaufen Unmengen an Nudeln, die wir mit Tomatensoße machen wollen. Doch als wir vom Supermarkt zurückkommen, greift das Glück uns unter die Arme. Denn Giòs Vater, der an unseren Kochkünsten zweifelt, hat uns in der Zwischenzeit einen leckeren Hackbraten mit Röstkartoffeln hingestellt.
»Vielen Dank. Haben Sie den gemacht?«, fragen wir erstaunt.
»Ehrlich gesagt nicht. Ich habe eine Freundin um Hilfe gebeten«, sagt er und schaut Giò an. Sie reckt sich zu

ihm hoch und drückt ihm einen Schmatzer auf die Wange.
»Vielen Dank von uns allen, Papa.«
»Ich hoffe, es reicht.«
»Keine Sorge, das wird schon«, sagt Marta.
»Gut, dann bin ich beruhigt. Braucht ihr noch was, bevor ich gehe?«
»Nein, tausend Dank, wir sind wunschlos glücklich. Machen Sie sich keine Gedanken«, erkläre ich.

Dann sind wir endlich allein.
»Wir haben vergessen, Svein einzuladen«, flüstert Marta mir zu.
»Stimmt, aber jetzt ist das ein bisschen spät«, sage ich.
»Wir können ihn ja zum Nachtisch herbitten.«
»Aber wir haben gar keinen.«
Marta schüttelt den Kopf. »Das wird dem gar nicht auffallen.«
Unauffällig schlüpfen wir in Giòs Zimmer zum Telefonieren. Nach ein paar Minuten kehren wir zufrieden zu den anderen zurück: Der Typ hat sich nicht lange bitten lassen.
Ich schaue zu Mirko und bemerke, dass er sich mit den anderen angeregt unterhält. Scheinbar fehle ich ihm nicht besonders. Plötzlich fühle ich mich schuldig, dass ich ihn so vernachlässigt habe. Filippo hingegen läuft wie ein Tiger im Käfig auf und ab, er lacht mit den anderen, aber sobald er eine Gelegenheit

findet, belauscht er unsere Gespräche. Nach unserer Diskussion am Nachmittag beobachte ich genau, ob er sich verdächtig oder eifersüchtig verhält. Auf der einen Seite kann ich ihn ja irgendwie verstehen. Giò ist ein offenherziges Mädchen, die mit allen lacht und scherzt, manchmal übertreibt sie es vielleicht sogar ein bisschen. Aber sie war schon immer so überschäumend und lustig drauf, und das hat Filippo genau gewusst. Anfangs hat sie das gemacht, weil sie sich von den anderen nicht akzeptiert gefühlt hat. Und dann hat sie diese Art beibehalten, auch wenn sie jetzt in der Schule ganz anders angesehen wird. Aber das ist ja nur ihre äußerliche Seite, eigentlich ist sie ein ganz ernsthafter und kontaktfreudiger Mensch. Wenn man mit ihr weggeht, lernt man ganz leicht jede Menge neue Leute kennen. Deshalb ist es für uns Freundinnen auch immer so lustig mit ihr. Für ihren Freund ist das aber vielleicht genau das Gegenteil.

»Es hat an der Haustür geklingelt. Geht mal jemand öffnen?«, ruft Giò.

»Ich mach auf«, sagt Matteo.

»Was meint ihr, Mädels, soll ich den Hackbraten im Ofen noch mal heißmachen?« Giò ist ganz rot im Gesicht von der Hitze des Ofens.

»Schneid ihn vorher lieber auf«, schlägt Sara vor, die mit der Auflaufform hantiert.

»Das kann ich machen. Mit Messern kenn ich mich aus«, bietet sich Mirko an.

Ich gehe auf ihn zu, da kommt mir Marta zuvor und will ihm helfen. Hastig greift er nach dem Fleischklops, der ihm aus den Händen flutscht und wie ein Torpedo auf Martas Gesicht zuschießt. Sie kreischt und springt zurück. Alle greifen nach dem Hackbraten, aber Sara, die Überraschungs-Volleyballspielerin, schnappt ihn sich in der Luft und verhindert so, dass unser Hauptgang auf dem Boden zermatscht.

»Jaaa!«, rufen wir im Chor, während Mirko und Marta sich vor Lachen kringeln.

»Alles unter Kontrolle! Nur keine Angst«, japsen sie, und gemeinsam mit Sara legen sie den Braten auf das Schneidebrett. Während ich sie so vertraut miteinander sehe, wundere ich mich über Mirkos Zweifel, die er Marta gegenüber hatte. Die sind jetzt sicher ausgeräumt, denke ich hoffnungsfroh, während ich Giorgio und den anderen entgegengehe.

Die Stunden vergehen mit essen, trinken und Gelächter, aber der schönste Augenblick ist der, als Svein auftaucht. Als er ins Zimmer kommt, schaut Sara erst ganz gleichgültig zu ihm hin, dann jedoch erkennt sie ihn und reißt überrascht die Augen auf. Er, der von nichts eine Ahnung hat, geht auf sie zu und drückt ihr sechs Bierdosen als Mitbringsel in die Hand, so dass sie wie ein kleines Mädchen rot wird und zu stottern anfängt. Eine halbe Stunde lang ist sie total zurückhaltend, doch dann entspannt sie sich. Die beiden reden ein bisschen, und nach einer Stunde weicht sie nicht mehr von seiner Seite. Als ich sie kurz im Bad treffe, flüstert sie mir zu: »Wenn er mich bäte, mit ihm abzuhauen, würde ich das sofort tun. Ich bin ganz verrückt nach ihm!« Und das sieht man ihren Augen an: Ihre Pupillen haben sich in zwei niedliche Herzchen verwandelt. Wow! Sara ist verliebt, das ist ja mal eine schöne Nachricht. Wer weiß, vielleicht hat ja eine meiner Freundinnen gerade einen neuen Freund gefunden. Jetzt fehlt nur noch eine …

Nach dem Essen wird der Abend zu einer richtigen Party. Der Norweger ist da, und dann kommt auch noch Eli, Giòs Freundin, die im selben Haus wohnt. Sie bringt ein paar Freundinnen mit. Gegen elf Uhr fangen Marta und sie an zu singen, wobei Mirko und Filippo sie mit den Töpfen aus der Küche begleiten. Dann schieben Ozi und die beiden Cousins von Giorgio die Möbel beiseite, machen das Licht aus und drehen die Anlage auf: Wollten wir die Nacht nicht in einem Club verbringen?

»Wir zwei haben noch eine Rechnung offen«, sagt Mirko irgendwann zu mir und drückt mich an sich.

Erfreut lehne ich mich an seine Brust.

»Du hast mir gefehlt«, flüstere ich.

»Das sah aber nicht so aus«, sagt er und streichelt über meinen Rücken.

»Könnte ich von dir auch sagen«, füge ich hinzu und schaue zu ihm hoch.

»Was meinst du?«

»Ich habe dich mit Marta gesehen, und es sah nicht so aus, als ob du dich gelangweilt hättest.«
Er streicht mir mit dem Finger über die Lippen.
»Bist du eifersüchtig auf deine Freundin?«
Auf diese Idee bin ich noch gar nicht gekommen.
»Sollte ich?« Ich muss ihn noch ein bisschen aus der Reserve locken.
»Du brauchst gar nicht das Thema zu wechseln. Heute hast du mich den ganzen Tag nicht beachtet, sogar im Zug hast du die ganze Zeit mit dem Norweger gequatscht.«

Also hatte ich doch recht.
»Mirko, ich schwör's dir, das hab ich nur für Sara gemacht.«
Statt einer Antwort schiebt er mich aus dem Wohnzimmer, hinein ins Badezimmer. Er schließt die Tür hinter sich, dann gibt er mir im Dunkeln einen leidenschaftlichen Kuss. Hm, ich liebe es, in seinen Armen zu liegen. Ich bekomme Gänsehaut, während seine Lippen mich verschlingen und er mit seinen Händen über meinen Rücken fährt. Mit ungeduldigen Bewegungen schiebt er meinen Pulli und das T-Shirt nach oben.
»Mirko …«, protestiere ich.
»Still. Küss mich«, fleht er.
»Warte bitte einen Augenblick …«
»Warum?« Er küsst mich auf den Hals.
»Man könnte uns hören«, keuche ich.

»Dann machen wir es eben ganz leise.« Er versucht, mir die Jeans aufzumachen.
»Nein, warte, Mirko.« Ich halte seine Hände fest.
»Ich will dich, und du mich. Das weiß ich.«
Verzagt seufze ich.
»Du nutzt das aus, und das ist nicht richtig«, flüstere ich zwischen einem Schauer und dem nächsten.
»Wenn du das denkst, höre ich auf«, sagt er, hält sofort inne und geht einen Schritt zurück.
Ich fühle mich, als ob er mir etwas weggenommen hätte. Es ist, als ob mir meine Lieblingstorte angeboten wurde, doch gerade als ich mir ein Stück davon in den Mund schieben will, wird sie mir unter der Nase weggezogen. Das macht man doch nicht!
Ich versuche in der Dunkelheit, seinen Umriss zu erkennen. Unsicher mache ich einen Schritt, aber Mirko tritt zur Seite. Ich will ihn am Arm fassen, während ich seinen Namen flüstere, aber mit einem schnellen Schritt ist er bei der Tür, dreht den Schlüssel, öffnet sie und verlässt das Bad. Nein, wie unfair! Ich renne hinter ihm her und bahne mir einen Weg durch die Leute, aber er ist verschwunden. Mist! Ich will schon aufgeben, als mir das Zimmer von Giòs Vater einfällt, triumphierend reiße ich die Tür auf und schalte das Licht ein. Aber das, was ich da sehe, ist nicht das, was ich erwartet habe …
Auf dem Bett voller Winterjacken liegt nicht Mirko, sondern verknäulen sich vier Beine. Ich erkenne Mat-

teos Pullover und die bunten Strümpfe von Eli. Und dann schaue ich in ihre verwirrten und verschämten Gesichter.

»Entschuldigung«, sage ich, mache ohne ein weiteres Wort das Licht aus und verlasse blitzartig das Zimmer.

Mist, Mist, Mist, denke ich, ganz elektrisiert von dieser Entdeckung, aber ein kleines Lächeln verrät meinen Seelenzustand. Plötzlich zieht mich jemand in eine Ecke: Mirko.

»Wo zum Teufel hast du gesteckt?«, frage ich und vergesse alles andere.

»Ich wollte sehen, ob du mich suchen kommst.«

»Hm, und zu welcher Erkenntnis bist du gekommen?«

»Na ja, eine kleine Anstrengung hast du schon unternommen.«

Wir umarmen uns noch fester.

»Warum schläfst du nicht heute Nacht bei mir? Wir tauschen mit Filippo. Ich bin sicher, dass er das nur zu gerne macht.«

Daran zweifle ich nicht eine Sekunde!

»Du bist verrückt. Und was sagen wir Giòs Vater?«

»Der muss es ja nicht wissen.«

»Das geht nicht, und das weißt du genau. Außerdem ist auch noch Matteo da.«

Mirko sieht mich verschmitzt an.

»Um den kann Eli sich kümmern.«

Ich reiße die Augen auf.
»Bist du etwa auch ...«
Mirko nickt und kichert leise.
»Genau, ich hab den gleichen Fehler gemacht wie du. Aber ich hab immerhin nicht das Licht angemacht. Deshalb hab ich eine Weile gebraucht, um zu schnallen, wer da ist und was sie machen.«
»Nein, ich glaub's ja nicht«, sage ich und lache los.
»Peinliche Nummer, das. Ich kam mir vor wie ein Spanner«, erklärt er.
»Das muss ich den anderen erzählen. Die werden sich scheckig lachen. Weißt du überhaupt, wie lange wir schon nach einer Freundin für Matteo suchen? Monate, ach, was sag ich, Jahre. Wir hatten schon jede Hoffnung aufgegeben«, erzähle ich und ziehe ihn mit zu den anderen.
»Du hast mir noch nicht geantwortet.«
»Du bist verrückt. Stell dir doch bloß mal vor, was passiert, wenn Giòs Vater Filippo im Bett seiner Tochter erwischt. Das ist 'ne ziemliche Schnapsidee.« Ich schüttele den Kopf.
Mirko murmelt irgendwas. Er ist ganz offensichtlich enttäuscht, aber er lässt sich ohne Widerstand wegziehen.

7

Eine Woche ist seit unserem Ausflug nach Florenz vergangen, und immer noch reden wir über diese unvergesslichen zwei Tage.

Nachdem wir am Sonntag Giòs Wohnung wieder aufgeräumt hatten, sind wir in die Stadt gegangen und haben die weltberühmten Sehenswürdigkeiten bewundert, wie die Piazza della Signoria, die Kirche Santa Croce und den Ponte Vecchio. Das Schöne an Florenz ist, dass man alles zu Fuß machen kann, ohne dass man sich wie in Rom ständig verläuft. Vor ein paar Jahren war ich mit meinen Eltern hier, und damals haben wir die Uffizien und den Palazzo Pitti besucht, die Kirche Santa Maria Novella und den Dom besichtigt. Dessen Kuppel ist von dem Architekten und Bildhauer Brunelleschi errichtet worden, der irgendwann im 14. Jahrhundert gelebt hat. Wie damals hatte ich auch dieses Mal wieder das Gefühl, Hunderte von Jahren in der Zeit zurückversetzt worden zu sein, zu Dante und Giotto. Ich habe mir vorgestellt, mit so berühmten Familien wie den Medici oder Künstlern wie Michelangelo oder

Raffael durch die Straßen zu spazieren. Vielleicht hat man sie damals einfach so auf der Straße getroffen, wenn sie ihr Brot beim Bäcker gekauft haben.

Zum großen Leidwesen von Sara konnte Svein leider nicht an unserem Sonntagsspaziergang teilnehmen. Eli aber ist mitgekommen, auch wenn es so scheint, dass der Funke zwischen ihr und Matteo nicht gezündet hat. Es war nur ein kurzes Strohfeuer. Wir Mädels wollten natürlich unbedingt mehr wissen und haben alles Mögliche versucht, etwas aus Matteo herauszuquetschen, aber er war unerbittlich und hat sich hinter einem *No Comment!* verschanzt, wie ein richtiger Filmstar.

Ich renne die Treppe hinunter, in Gedanken bin ich immer noch in den Straßen von Florenz, als Marta mich schon per SMS daran erinnert, dass ich zu spät zur Tanzstunde komme. Rasch simse ich ihr, dass sie nicht auf mich warten soll, dann suche ich hektisch nach den Schlüsseln für das Mofa. Ich sage Mirko Bescheid, dass ich nach dem Tanzen bei ihm vorbeikommen werde, und während ich mit der Kette herumhantiere überlege ich, wie lange ich bis zum Sportcenter brauche. Vielleicht schaffe ich es mit nur fünf Minuten Verspätung.
»Wo willst du denn so schnell hin?«
Ich blicke hoch und da steht er, mein Ex-Traumprinz. Marco.

»Zum Tanzkurs. Wie geht's dir? Was macht die Schulter?«, frage ich, weil er immer noch den Stützverband trägt.
Marco grinst schief.
»Viel besser, nur nachts kann ich nicht schlafen.«
Mit dem Handrücken schiebe ich mir die Haare aus der Stirn und schiele auf seine Armbanduhr. Die Minuten rasen dahin, ich kann hier nicht weiterquatschen, denke ich nervös.
»Wann kommt der Verband ab?«
»Ich muss ihn einen Monat tragen«, sagt er. Dann fügt er hinzu: »Du hast dich gar nicht mehr gemeldet.«
Ich spiele mit dem Mofaschlüssel.
»Entschuldige, das stimmt, aber ich war so beschäftigt. Und dann waren wir ja in Florenz. Hat Marta nichts davon erzählt?« Ich suche ein unverfängliches Thema.
»Doch, sie war total begeistert. So gute Laune hatte sie schon seit Monaten nicht mehr. Was habt ihr denn bloß so Lustiges gemacht?«
Gott, das schaffe ich überhaupt nicht mehr. Los, sag ihm, dass du weg musst, sag es ihm. Warum redest und lächelst du immer weiter und tust, als ob nichts wäre?
»Entschuldige, halte ich dich auf?«
Sieht man mir das so an?
»Nein, gar nicht.«
Schlecht geschauspielert!

»Die warten auf dich, du musst los.«

»Nein, ich hab noch ein bisschen Zeit.«

Was redest du da? Tu nicht so, also ob du das Piepen der SMS nicht gehört hättest, die gerade gekommen ist.

Ich greife nach dem Handy und kontrolliere die Uhrzeit.

»Ich bin eh schon zu spät. Die Stunde fängt gerade an.«

Ach was! Eine ganz neue Erkenntnis.

»Wollen wir einen Spaziergang machen?«

Ich schaue nach rechts, dann nach links. Sag ihm, dass du was vorhast, das du gerne mitkämst, aber nicht kannst.

»Okay.«

Schön zu wissen, dass du Herrin deiner Taten bist, dass du weißt, was du willst! Toll, Valentina, ganz toll.

Das Mofa schließe ich wieder ab, dann gehen wir nebeneinander her. Ich wickele mir den Schal um den Hals und ziehe den Reißverschluss der Steppjacke zu. Die Luft ist kälter und schneidender als sonst. Wir gelangen auf die Piazza del Popolo und setzen uns auf die Stufen vor der Kirche. Entspann dich, denke ich, obwohl mein Magen vor Aufregung ganz verknotet ist. Wir gehen nur spazieren. Selbst Mirko hat neulich noch gesagt, dass das überhaupt kein Problem ist.

»An was denkst du?«, fragt Marco.

»An nichts Besonderes, warum?«

»Du bist so zerstreut. Bereust du es, mit mir gegangen zu sein?«

Ich drehe mich zu ihm.

»Nein«, sage ich zögernd. »Wir tun doch nichts Schlimmes, oder?«

Marco antwortet nicht sofort, sondern starrt auf einen unbestimmbaren Punkt vor ihm. Ich betrachte ihn: Seine Stirn, sein Profil, seine Lippen. Bis vor ein paar Monaten habe ich mich wegen dieses Gesichts gequält, habe schlaflose Nächte verbracht und Unmengen an Tränen vergossen. Er hat mein Herz gebrochen, hat mich vollständig beherrscht, er hat meine Seele in Besitz genommen und mir den Verstand geraubt. Ich habe ihn geliebt, wie ich es nie für möglich gehalten hätte. Und was empfinde ich jetzt? Das Blut fließt schneller durch meine Adern, und mein Atem stockt. Ich bekomme eine Gänsehaut. Nein, nein, nein, ich will nicht, dass es schon wieder geschieht, das geht nicht, das ist nicht richtig. Ich … ich … bin mit Mirko zusammen, ich hab sogar mit ihm geschlafen. Gott, ich darf mich nicht so benehmen!

Während ich noch in meinem Gedankenchaos herumirre, dreht sich Marco zu mir und schaut mich an.

»Martina und ich haben Schluss gemacht.«

Mein Herz setzt aus, ein kalter Wasserfall scheint mich zu treffen, ein Schlag mitten ins Gesicht. Nein und nochmals nein, ich will das nicht hören, ich will das nicht wissen. Warum hat er das gemacht? Was fällt ihm ein? Ich muss weg hier, ich muss so weit wie möglich von ihm weg: Lauf, Vale, lauf! Lauf wie der Wind, bring ganz viele Kilometer zwischen euch, zieh eine unsichtbare Mauer hoch, so hoch wie ein Wolkenkratzer.

»Vale, hörst du mir zu?«

Mein Herz zerreißt fast.

»Ich muss gehen«, sage ich wie in Trance und springe auf.

»Warte! Wo willst du hin? Wir sind doch grad erst gekommen.«

Hilfe! Rettet mich!

Marco packt mich am Arm, doch als er mein Gesicht bemerkt, lässt er mich sofort wieder los.

»He, ich hab sie nicht wegen dir verlassen, falls du dich damit besser fühlst.«

Ich schaue zu ihm, ohne ihn zu sehen. Mir ist elend, in meinem Kopf dreht sich alles, und mir ist schwindelig. Monatelang habe ich gehofft, diese Nachricht zu hören, ganze Nächte lang habe ich mir ausgemalt, wie das wohl sein würde. Aber ich wusste, dass das nur Wunschdenken, eine unmögliche Phantasie war.

»Warum tust du mir das an? Was willst du von mir? Ich kann nicht …«

»Ich weiß, es ist verrückt. Du hast vollkommen recht. Ich durfte nicht zu dir kommen, so etwas erzählen und dann erwarten, dass du … du …«

Ich halte die Luft an.

»Sage es nicht, Marco, bitte, sag es nicht«, platze ich schließlich heraus und gehe in die Richtung zurück, aus der wir gekommen sind.
»Warte, Vale, warte eine Sekunde.«
»Ich kann nicht, Marco, ich bin schon zu spät dran«, sage ich, als würde ich nur mit mir selbst reden.
»Aber Vale ...«
»Lass mich, Marco, mir ist eingefallen, dass ich wegmuss. Ciao.« Ohne eine Antwort abzuwarten überquere ich die Straße. Ich renne, renne, renne, als ob ein Wolf mich verfolgt, als ob ein Auto mich überfahren wollte, als ob es um Leben oder Tod ginge, als ob ich dem Ziel ganz nahe wäre und mir jemand auf den Fersen ist. Ich renne und weine hemmungslos, ohne Scham, ohne Angst. Dicke Tränen laufen mir über das Gesicht, den Hals hinunter bis in den Kragen. Sie verschmieren mein Make-up, gefrieren bei der Kälte, tun auf den Wangen weh. Sie verschleiern meinen Blick, verwirren meine Gedanken, nehmen mir den Atem.
Ich erreiche den Park hinter unserem Haus, und keuchend lehne ich mich an die Rückseite des Zeitungskiosks. Mit zitternden Händen bedecke ich mein Gesicht und versuche, mich zu beruhigen.
Die Minuten vergehen, und mein Herz schlägt langsam wieder normal. Mit dem Jackenärmel trockne ich mein Gesicht ab. Das Klingeln des Handys schreckt mich auf: Marta. Wie viel Zeit ist vergangen?
»He«, sage ich, bemüht gleichgültig.

»Was ist los? Ich dachte, du bist bei Mirko, also bin ich zu ihm gegangen, aber er hat gesagt, dass du nicht aufgetaucht bist.«

Gott, das habe ich komplett vergessen, denke ich und fass mir an die kochende Stirn.

»Ja … also, das kann ich dir jetzt nicht gut erklären, ich hab Marco getroffen und die Zeit verbummelt. Bist du noch bei Mirko?«

»Ja«, sagt sie mit leiser Stimme.

»Okay, sag ihm, dass ich mich nicht wohl gefühlt habe und dass ich ihn gleich anrufe.«

»Mach dir keine Sorgen. In einer halben Stunde bin ich bei dir.«

»Warte, vielleicht sollte ich doch jetzt gleich mit ihm reden. Gibt ihn mir mal für eine Sekunde.«

Sehr viel ruhiger komme ich zu Hause an. Mirko hat mich wieder runtergebracht. Er war ganz entspannt und überhaupt nicht genervt, dass ich ihn nicht angerufen und nicht bei ihm vorbeigekommen bin. Er hat gescherzt und über meine Gesundheit Witze gerissen, und dann hat er versprochen, später noch vorbeizukommen. Ich gehe ins Bad. Um jede Spur der Panik von vorher zu tilgen, dusche ich gute zwanzig Minuten ganz heiß. Als Marta eintrifft, bin ich wieder Herrin über meine Gedanken, so dass ich ihr eine klare Zusammenfassung liefern kann, die mich selbst überrascht.

»Ich versteh nicht, warum dich diese Nachricht so umgehauen hat«, sagt sie.
»Das findest du vielleicht absurd, aber so lange er mit Martina zusammen war, fühlte ich mich sicher. Er war eben nicht frei, selbst wenn ich mir das gewünscht habe. Jetzt ist alles anders.«
»Kann sein. Aber trotzdem hast du total überzogen reagiert. Hat er dich etwa gefragt, wieder mit ihm zusammenzukommen?«

»Ich habe ihm gar keine Zeit zum Reden gelassen. Ich bin abgehauen.«
»Hattest du Angst, dass er dich das fragt?«
Ich sage nichts.
»Unglaublich. Du bist immer noch in ihn verliebt«, stellt Marta fest.
»Das habe ich nicht gesagt.«
Sie sieht mich mitleidlos an.
»Okay, vielleicht ein bisschen«, sage ich.
»Was empfindest du für Mirko? Liebst du ihn auch?«
Ich versuche, ihrem Blick standzuhalten, aber ich schaffe es nicht und sehe weg. Meine Wangen werden ganz warm.
»Ja, aber auf eine andere Art.«
Marta funkelt mich böse an.
»Hast du mit Mirko geschlafen?«
Keine Ahnung, wie sie jetzt darauf kommt oder womit ich mich verraten haben könnte, aber ich werde noch röter und schüttele den Kopf.

»Lügnerin. Das seh ich dir doch an der Nasenspitze an.«
Ich kann ihr aber auch wirklich gar nichts verheimlichen.
»Okay, ich geb's zu, ich war mit ihm im Bett.«
»Vale, wie konntest du so etwas tun und mir nichts davon erzählen? Vertraust du mir etwa nicht?«
»Nein, Marta. Ich habe dir nichts erzählt, denn als es passiert ist, war ich so durcheinander, dass ich überhaupt nichts kapiert habe.«
»Wann ist es denn passiert?«
»Vor Florenz.«
»Vale, jetzt bin ich aber stinksauer, das war ja vor einer Ewigkeit! Also bin ich wohl nicht mehr deine beste Freundin, so sieht's doch aus«, sagt sie streng, während sie zum Fenster meines Zimmers tritt.
»Sag das nicht. Du weißt, wie wichtig du mir bist. Entschuldige.«
Immer noch beleidigt dreht sie sich zu mir um.
»Ich verzeihe dir nur, wenn du mir alles haarklein erzählst.«
Sie platzt fast vor Neugierde.
»Ohne auch nur die kleinste Kleinigkeit auszulassen.«
»Hm, mal sehen«, sage ich hinterhältig, »ich könnte damit anfangen, dass es gar nicht so übel war.«
Mit einem Sprung sitzt Marta wieder neben mir und verzeiht mir sofort. Ich erzähle ihr von der Mansarde, wie zärtlich er war, von seinen sanften Küssen, dass es

so vollständig anders war als mit Miguel und als ich es mir vorgestellt hatte. Dass es wie das erste Mal gewesen war, dass ich mich bei ihm wohl gefühlt habe und glücklich bin, es getan zu haben.
»Hast du was gespürt?«, fragt sie plötzlich.
»Wovon redest du?«
»Na, wie hat es sich angefühlt? Bei meinem ersten Mal mit Giacomo habe ich nicht viel gespürt.«
»Dazu kann ich eigentlich nichts sagen. Ich weiß nur, dass wir ganz engumschlungen dalagen ...«
»Und ...«
»Tja, das kann ich nicht erklären ...«
»Versuch es.«
»Also, ich hab gespürt, dass sich da ... na, du weißt schon ... dass sich da was bewegt hat.«
Sie nickt.
»Es hat nur ganz kurz gedauert ... dieser Moment, meine ich.«
Sie nickt wieder.
»Aber mir hat es gefallen. Also alles, was vorher und hinterher passiert ist, hat mir gefallen. Er ist so zärtlich und süß gewesen, dass es mir wie die natürlichste Sache der Welt vorkam.«
»Aber du bist nicht gekommen!«
Hart, trocken, knapp, ohne Umschweife, ohne ein Blatt vor den Mund zu nehmen, sagt sie das. Fünf Worte, und all die Poesie, die ich ihr vermitteln wollte, fegt sie damit gnadenlos weg.

»Martaaa!«

»So ist es doch, oder?«

Ich verdrehe die Augen.

»Woran merkt man das denn? Bist du schon mal gekommen?«

»Ehrlich gesagt, ich bin mir da selbst nicht ganz sicher«, antwortet sie und lacht.

Also ist auch sie nur ein Mensch.

»Ich hab irgendwo gelesen, dass man es ganz klar merkt, wenn man einen Orgasmus hat.«

»Ach ja?«

»Anscheinend schon. Warum fragst du nicht deine Mutter?«

»Spinnst du jetzt total? Dann erfährt sie ja, dass ich mit Mirko geschlafen habe. Das kommt gar nicht in Frage.«

»Du könntest ja ganz allgemein mit ihr darüber reden.«

»Und warum fragst du dann nicht deine?«

Noch bevor Marta etwas erwidert, weiß ich die Antwort: Mit einem Menschen wie ihrer Mutter kann man überhaupt gar nicht reden, schon gar nicht über Sex.

»Das könnte ich höchsten mit Tante Mapi machen.«

»Stimmt, die scheint doch ganz offen zu sein.«

»Also, hat Mirko es drauf?«

Ich nicke und schmunzele über ihre unstillbare Neugierde.

»Hast du sein Ding gesehen?«

»Okay, jetzt reicht's. Schluss mit Mirko. Kommen wir wieder zu den ernsthaften Dingen des Lebens. Was soll ich mit Marco machen?«

Sie lehnt den Kopf gegen die Wand und denkt nach.

»Das Einzige, was ich dir raten kann, ist, lass deiner Phantasie nicht zu viel Lauf. Du dramatisierst immer total schnell und siehst alles schwarz. Er soll sich rühren, wenn er denn Lust dazu hat. Und du genießt in der Zwischenzeit Mirko. Ich denke, es ist nichts Schlimmes dran, wenn du dich ab und zu mit Marco triffst.«

»Meinst du?«

»Ja, vielleicht würde es dir sogar guttun, ihn wieder öfter zu sehen. Dann würdest du womöglich verstehen, dass es nicht mehr so ist wie früher, dass du nichts mehr für ihn empfindest, dass du nur der Vergangenheit nachhängst.«

Ich denke über ihre Worte nach.

»Sollte ich das Mirko erzählen?«

»Dass er mit Martina Schluss gemacht hat?«

»Nein, dass wir uns treffen.«

Bin ich also schon so sicher, dass es wirklich geschehen wird?

»Hast du das nicht schon?«

»Ja, aber das war nur das eine Mal.«

»Hm … ich würde ihm das nicht so genau erzählen. Das könnten ja auch zufällige Treffen sein.«

»Du rätst mir also, dass ich ihn belügen soll.«

»Das habe ich nicht gesagt. Aber ist es nicht besser, dass du erst mal abwartest, was eigentlich passiert?«

»Und was sollte passieren?«

»Deine Phantasie geht schon wieder mit dir durch. Bleib doch mal mit beiden Beinen auf dem Boden.«

Ich lächele und nicke.

»Okay, ich warte ab, was passiert. Sollen wir so lange etwas essen? Ich hab ganz schönen Hunger bekommen.«

Und zusammen gehen wir in die Küche.

8

Um vier habe ich eine Verabredung mit Mirko in seinem Geheimversteck. Ich fahre mit dem Mofa die Allee am Tiber entlang und denke an Sara.

Neuerdings ist sie so nervös und zerstreut, was ganz ungewöhnlich für sie ist. Seit wir aus Florenz zurück sind, denkt sie nur noch an Svein. Sie träumt von ihm, sieht ihn scheinbar überall: in der Schule, beim Sport, im Kino. Schuld daran ist der eine Kuss, den sie sich gegeben haben, als sie ausgegangen sind. Aber offenbar hat das für ihn keine große Bedeutung. Giorgio, der sich mit ihm angefreundet hat, verteidigt ihn: Mädchen seien für Svein nur ein Zeitvertreib und er sehe nichts Schlimmes darin, mehrere gleichzeitig zu daten. Wenn man bedenkt, wie viele weibliche Wesen um ihn herumschwirren, scheinen auch die alle diese Ansicht zu teilen.

»Was macht er dann mit Sara?«, habe ich Giorgio irgendwann gefragt.

»Er findet sie nett und hübsch. Mit ihr ins Bett zu gehen, hält er für eine gute Idee.«

Ich war geschockt.
»Das ist ja schrecklich.«
»Hör mal, du musst seinen Lebensstil nicht gut finden, aber immerhin ist er ehrlich. Svein macht aus seiner Philosophie kein Geheimnis.«
Welche Philosophie? Der ist doch nur ein Schwein!
»Das ist keine Rechtfertigung.«
»Vielleicht nicht, aber du musst bedenken, dass er kein Italiener ist. Vielleicht ist das für ihn anders. Vielleicht laufen Beziehungen in seinem Land so. Immer wenn wir darüber reden, sieht er überhaupt kein Problem darin. Miteinander zu schlafen ist für ihn erweitertes Küssen.«
Verstanden, er ist ein irres Schwein!
»Aber Sara ist doch überhaupt nicht so. Ich muss unbedingt das Pizza-Essen absagen, dass ich für sie organisiert habe. Ich will nicht, dass sie in die Fänge von so einem Monster gerät.«
»Du machst einen Fehler, ihn so zu verurteilen. Und weißt du eigentlich, was deine Freundin will?«

Ich schließe das Mofa an, und zwei Minuten später stehe ich vor der Haustür von Mirkos Geheimversteck. Sie steht offen, ich laufe die Treppen hinauf, und als ich im dritten Stockwerk ankomme, denke ich immer noch darüber nach, wie ich Sara retten könnte. Ich klingele, aber niemand macht auf. Auf dem Handy checke ich die Uhrzeit, ich klingele noch mal, mit

Nachdruck, und endlich höre ich Schritte. Eine kleine, leicht vorgebeugte alte Frau mit akkurat gekämmten weißen Haaren öffnet mir die Tür.

»Ja?«, sagt sie misstrauisch.

»Guten Abend, Signora, entschuldigen Sie die Störung, vielleicht habe ich mich im Stockwerk geirrt. Ich wollte zu Salvati«, entgegne ich.

»Da sind Sie richtig. Waren wir verabredet?«

Ich sehe sie erstaunt an.

»Ich bin Valentina, ich will zu Mirko.«

Ein Lächeln breitet sich auf ihrem Gesicht aus.

»Sie reden von meinem Enkel. Kommen Sie rein, kommen Sie. Ich wusste nicht, dass er mich besuchen wollte. Wer sind Sie?«, fragt sie und mustert mich vom Kopf bis Fuß.

»Eine Schulkameradin«, sage ich und werde rot.

»Hm, mein Enkel hat einen guten Geschmack.« Die alte Dame lächelt verschmitzt. »Entschuldigen Sie die Unordnung, ich bin gerade aus Paris eingetroffen. Nehmen Sie das Laken dort weg und machen Sie es sich bequem.« Sie zeigt auf das Sofa, das ich bereits ziemlich gut kenne.

»Danke. Dieser Ort ist so phantastisch. Als ich ihn das erste Mal gesehen habe, traf mich fast der Schlag. Ich dachte, ich bin in einem Traum.«

Sie sieht mich kurz an. Vielleicht hätte ich ihr nicht erzählen sollen, dass ich schon mal hier gewesen bin. Ich beiße mir auf die Lippe.

»Stimmt, das kann beeindruckend wirken. Denken Sie nur, bis vor ein paar Jahren hatte ich noch sehr viel mehr Stücke. Dann habe ich einige verkauft oder verschenkt. In diesem Zimmer konnte man sich gar nicht mehr bewegen. Und wenn ich daran denke, was noch alles auf dem Dachboden steht!«

Ich nicke. Sie wird wohl die Mansarde meinen.

»Hat Mirko Ihnen den auch gezeigt?«

Ich sehe sie unsicher an. »Das Zimmer im Stockwerk hier drüber?«

»Nein, ich meine das, was noch darüber liegt.«

»Nein, da bin ich nie gewesen«, sage ich überrascht.

»Richtig, wenn ich jetzt so darüber nachdenke, habe ich nicht mal meinem Enkel den Dachboden gezeigt. Kommen Sie mit.«

Mit raschen Schritten erreichen wir die Mansarde. Dort zeigt sie mir ein verstecktes Türchen, das wie eine Schranktür aussieht. Es ist in der gleichen Farbe wie die Wände drum herum gestrichen, so dass es gar nicht auffällt. Mit einem Schlüssel von dem Bund, den sie in der Hand hält, schließt die sie die Tür auf. Dahinter kommt eine hölzerne Wendeltreppe zum Vorschein. Dieses Haus ist ein richtiges Labyrinth, denke ich, während ich in den engen Raum starre, der extrem muffig riecht.

Ich nehme allen Mut zusammen, quetsche mich durch die kleine Tür und folge dem Lichtstrahl, der von oben herunterfällt. Schnell steige ich die Treppe hoch und hole Mirkos Großmutter ein, die mich wortlos empfängt. Ich streiche mir die Spinnweben aus den Haaren und klopfe mir den Staub von den Kleidern. Der Raum ist nur spärlich beleuchtet, und der muffige Geruch wird immer stärker. Auf den ersten Blick fällt mir nichts Besonderes auf, denn alles ist mit großen Laken und Tüchern bedeckt. Doch dann ändert sich alles: Sie deckt ein kleines irdisches Paradies auf, einen richtigen Zoo. Da sitzt ein Löwe neben einem Tiger, eine Schlange windet sich um einen trockenen Ast, ein Krokodil streckt sich in einem Moorloch aus, ein Zebra starrt vor sich hin und ein Gorilla laust sich. Etwas weiter hinten hängen zwei Affen von einem Baum, während ein Papagei hinter einem Stamm hervorschaut. Unzählige bunte Vögel vervollständigen das Bild und scheinen mich von einem großen Felsen aus zu beobachten. Ich bleibe reglos stehen und bringe kein Wort hervor. Sie sehen so echt aus, dass es scheint, als würden sie leben.

»Haben Sie keine Angst. Die sind nicht real.« Mirkos Großmutter lacht über meine Verwirrung.

Ich mache ein paar Schritte und schaue mich um. Wo bin ich hier bloß gelandet? Wie kann man so viele Dinge in einem Haus aufbewahren? Was muss das für eine Familie sein? Ich trete zu dem Gorilla und berühre sein dichtes Fell.

»Er sieht aus wie aus Fleisch und Blut. Ist der ausgestopft?« Ich ziehe die Hand zurück.

»Nein, nein. Das würde ich nie tun. Ich bin gegen Großwildjagd und gegen Pelze. Die hier sind aus Kunststoff und mit Latex überzogen. Die Haare, die Sie gerade gestreichelt haben, sind mit der gleichen Methode hergestellt, mit der man auch Perücken macht.«
»Für was wurden die Tiere benutzt?«
»Für den Set von einem Film, der in Afrika spielt. Das war in den siebziger Jahren. Mein Mann und ich sollten die Tierwelt darstellen. Wenn man es so sieht, wirkt es vielleicht nicht besonders, wenn man es sich jedoch mit der Hintergrundmusik zusammen vorstellt, den aufgenommen Tierlauten und all den reinmontierten Szenen ist es sehr eindrucksvoll. Irgendwo muss auch noch der gemalte Hintergrund sein.«
Sie quetscht sich zwischen den Tieren hindurch und verschwindet hinter Bildern und Leinwänden.
»Ich hab ihn, kommen Sie mal her und schauen Sie ihn sich an. Den kann ich hier nicht rausziehen!«, ruft sie.
Ich helfe ihr ein paar Leinwände fortzustellen, bis ein Bild auftaucht, das fast die ganze Wand einnimmt.
»Mein Gott, das ist phantastisch … haben Sie das gemacht?«
Sie nickt stolz.
»Dafür habe ich drei Monate gebraucht. Das ist das detaillierteste Bild, das ich je angefertigt habe. Und das gefühlvollste. Ein kleines Stück dieses magischen Kontinents darzustellen war großartig. Am schwierigsten

war es, die Farben des Sonnenunterganges genau zu treffen.«

»Sind Sie nach Afrika gefahren?«

»Nein, aber ich habe viel recherchiert. Ich habe einen befreundeten Fotografen gefragt, ob ich die Archive einer Agentur nutzen kann, die Reportagen aus der ganzen Welt machte. Das werde ich nie vergessen. Ich habe alles über das Land und die Tierwelt von dort erfahren. Ich habe so viele Bilder von Afrika gesehen, dass es mir vorkommt, als wäre ich wirklich dort gewesen.«

Ich trete einen Schritt zurück, um das Bild besser betrachten zu können. Es ist ein Sonnenuntergang mit leuchtenden Farben, die von Gelb zu Rot wechseln und keinen Orangeton auslassen. Die Sonne in der Mitte ist ein Feuerball, der so eine Wärme ausstrahlt, dass mir schon vom Hinsehen ganz warm wird. Die Hitze legt sich um mich, ich bekomme Durst, während die nervigen Mücken um mich herumschwirren und gleich zustechen. Noch realistischer macht das Bild ein einsamer Baum, der auf der linken Seite hochwächst. Immer wenn ich Afrika-Dokumentationen im Fernsehen geschaut habe, haben mich vor allem diese Bäume beeindruckt, die trotz der Hitze, der Sonne, des Windes und der Trockenheit inmitten der Savanne überleben. Und diese Hartnäckigkeit der Natur hat Mirkos Großmutter supergut herausgearbeitet, so dass alles ganz majestätisch und kraftvoll erscheint.

»Das ist wirklich schön. Man möchte gleich ein Flugzeug nehmen und hinfliegen.«
»Es freut mich, dass es Ihnen gefällt. Aber wir sollten besser wieder runtergehen. Ich habe was gehört, vielleicht ist mein Enkel gekommen.«
Mirko sitzt im Wohnzimmer und liest ein Buch. In jedem anderen Moment wäre ich erstaunt gewesen, aber nach allem, was ich bis jetzt von dieser Familie gesehen habe, kann mich nichts mehr überraschen.
»Großmutter.« Er steht auf und geht ihr mit offenen Armen entgegen. Sie umarmen und küssen sich herzlich, dann reden sie so angeregt miteinander, dass ich mir ganz fehl am Platz vorkomme. Doch als ob sie es gemerkt hätten, drehen sie sich gleichzeitig zu mir und lächeln mich an.
»Endlich hast du meine phantastische Großmutter kennengelernt. Also, was hältst du von ihr? Ist sie nicht wundervoll?« Mirko nimmt sie zärtlich in den Arm.
»Sehr«, sage ich und lächele.
»Hör auf, Mirko, siehst du nicht, dass du deine Freundin ganz verlegen machst?«
Mirko lässt seine Großmutter los, nimmt meine Hand und drückt sie heftig.
»Wo wart ihr? Ich dachte schon, dass niemand da ist.«
Seine Großmutter zwinkert mir zu.
»Hm, ich habe deine Freundin an einen magischen Ort gebracht.«

»Wo denn?«

»Das kann ich dir nicht sagen. Das ist ein Geheimnis, das nur wenige kennen, und Valentina ist eine davon.«

Mirko tut beleidigt, so dass ich herzhaft lachen muss.

»Hat sie dir etwas gezeigt, was ich etwa noch nicht kenne?«, fragt er und zieht eine Augenbraue hoch.

»Meine Liebe, denken Sie immer dran, dass die Männer es nicht ausstehen können, wenn sie nicht im Mittelpunkt der Aufmerksamkeit stehen. Sie mögen es gar nicht, wenn man sie links liegenlässt.«

Mirko lässt meine Hand los und geht zum Sofa zurück.

»Schon gut, wenn ihr nicht wollt, dass ich hier bei euch bleibe, gehe ich eben wieder«, sagt er beleidigt.

»Red keinen Quatsch, das war ein Scherz. Ich wusste gar nicht, dass du so empfindlich bist. Wollt ihr einen Tee und Kekse? Ich habe ganz köstliche aus Paris mitgebracht.«

Mirko, der immer noch eingeschnappt ist, murmelt etwas, was sich wie ein Ja anhört.

»Schöne Grüße von Polette«, sagt seine Großmutter und geht aus dem Zimmer.

»Bist du wirklich beleidigt?«, frage ich, während ich mich neben ihn setze.

»Ich dachte, du hättest keine Geheimnisse vor mir. Wo ist dieser Ort?«

Ich lächele und erzähle ihm von der versteckten Tür

und der Wendeltreppe. Als ich bei dem afrikanischen Zoo und dem gemalten Sonnenuntergang ankomme, schaut er mich immer noch ganz erstaunt an.

»Ich dachte wirklich die ganze Zeit, dass das ein Schrank ist«, sagt er nach einer Weile.

»Deine Großmutter ist großartig. Ich habe noch nie jemanden wie sie kennengelernt, so voller Energie und Phantasie. Wie sie wohl als junge Frau war?«

»Eine ganz extravagante Person. Erinner mich dran, dass ich dir mal die Fotos von ihr zeige.«

Als seine Großmutter zurückkommt, machen wir ihr Platz auf dem Sofa und reden bis es Zeit zum Abendessen wird. Sie erzählt, wie es ihr in Paris geht, von dem Leben, das sie dort führt. Dann berichtet sie Mirko von seiner Schwester. Polette arbeitet in einem Hotel im Zentrum und ist vor kurzem Personalleiterin geworden. Nachdem sie jahrelang als Bedienung gearbeitet hat, hat sie endlich einen Job mit mehr Verantwortung bekommen.

»Ich dachte nicht, dass sie so was machen wollte«, sagt Mirko.

»Du weißt doch, wie dickköpfig Polette ist. Seit sie sich mit deiner Mutter zerstritten hat und von zu Hause ausgezogen ist, will sie überhaupt keine Hilfe von euren Eltern annehmen. Also musste sie ziemlich viele Hindernisse allein überwinden. Und das schon als junges Mädchen in einer riesigen Stadt wie Paris, ohne Freunde und Verwandte.«

»Keiner hat das von ihr verlangt. Ich kann ja durchaus verstehen, warum sie gegangen ist, aber so konnte sie sich ihren Traum nicht erfüllen.«

»Was für einen Traum denn?«, frage ich.

»Tanzen. Polette war eigentlich nur richtig glücklich, wenn sie getanzt hat.«

Seine Großmutter seufzt und stellt die Tasse auf den Boden.

»Wegen dieser Geschichte hat sie so viel gelitten. Aber als sie in Paris ankam, hatte sie kein Geld für die Tanzakademie.«

»Deshalb hätte sie bleiben sollen.«

»Das konnte sie nicht. Sie hat jeden Tag mit eurer Mutter gestritten. Du weißt, wie unerträglich sie werden kann.«

»Wem sagst du das«, erwidert Mirko, steht auf und geht ans Fenster.

Mir fällt das Erlebnis ein, als sie ihn gezwungen hat, mir auf dem Klavier vorzuspielen.

»Was für einen Tanz mochte deine Schwester?«

»Modernen. In Prag war sie auf eine professionelle Tanzschule gegangen, und der Lehrer hatte ihr nach ein paar Jahren empfohlen, klassischen Tanz zu belegen. Da fing es mit den Problemen an. Meine Mutter hat sie in den neuen Kurs eingeschrieben, ohne mit ihr darüber zu reden. Seit dem Tag hat Polette sich geweigert zu tanzen.«

Krass, was für eine schreckliche Mutter!

»Das hat sie aber nicht böse gemeint«, verteidigt die Großmutter sie.
»Nein, das war nur aus purem Egoismus«, sagt Mirko bitter.
»Du hast recht, aber ich glaube, dass sie es jetzt langsam merkt.«
»Denke ich nicht. Auf jeden Fall ist es zu spät. Und eigentlich ist Polette nicht viel anders als meine Mutter.«
Stille breitet sich schwer in dem Zimmer aus.
»Wir langweilen deine Freundin und machen sie ganz traurig. Erzählt doch was von euch«, sagt seine Großmutter, wobei sie es sich auf dem Sofa bequem macht.
Mirko dreht sich zu uns, sieht mich an, setzt ein strahlendes Lächeln auf und sofort verändert sich die Atmosphäre im Zimmer. Meine Familie ist im Vergleich zu seiner so was von normal, dass sie echt langweilig ist.

Den ganzen Nachmittag habe ich Hausaufgaben gemacht. In dieser Woche haben sich die Lehrer scheinbar verschworen und gönnen uns keine freie Sekunde. Bei so viel Englisch, Italienisch und Geschichte habe ich nicht mal Zeit zum Theaterkurs zu gehen.
Der Nachmittag mit Marco liegt jetzt schon einen Monat zurück, und ich habe ihn seitdem nicht mehr gesehen. Marta hat mir bestätigt, dass die Geschichte mit Martina tatsächlich zu Ende ist, aber sie hat nicht herausbekommen, warum. Sie meint, dass Marco viel

zu entspannt sei für einen, der gerade verlassen worden ist. Martina hat nie wieder angerufen, also muss er sich echt ein dickes Ding geleistet haben. Oder sie haben begriffen, dass ihre Beziehung schon seit einer ganzen Weile am Ende war. Als ich sie in den Bergen getroffen habe, kamen sie mir noch sehr verliebt vor. So wie sie über ihn geredet hat, war sie ganz hin und weg von ihm. Ich schaue in mein Tagebuch vor mir, blättere durch die Seiten und verharre bei der von vor einer Woche. Da hat Mirko was hingeschrieben: *PS: Mach dich bereit: Wenn ich aus Bologna wiederkomme, hole ich dich und bringe dich fort von hier*. Ich muss schmunzeln, weil das so typisch für ihn ist: Er schreibt immer Zitate aus Büchern auf. Dies stammt aus dem Roman *Fort von hier* von Niccolò Ammaniti. Ich fahre mit dem Finger über die Worte und blättere dann weiter. Das Foto von uns beiden, engumschlungen auf dem Ponte Vecchio in Florenz. Ich blättere noch weiter zurück und gelange zu dem Tag, an dem wir miteinander geschlafen haben: Ich habe ein riesiges Herz gemalt und seinen Namen so hineingeschrieben, dass er das ganze Herz ausfüllt.

Genug, ich muss mich ablenken, also schlage ich das Tagebuch zu und rufe Sara an. Sie schaut gerade fern, auch wenn es nur Müll in der Kiste gibt.

»Wie läuft es mit Svein?«, frage ich.

»Viel besser. Gestern hat er mich angerufen, und wir haben eine Stunde gequatscht. Das gab's noch nie.«

Ich tue begeistert, auch wenn ich von dem Typen nicht viel halte.
»Wir werden uns Samstag treffen. Ich weiß gar nicht, wie ich mich verhalten soll.«
»Trefft ihr euch als Freunde oder als was anderes?«
»Wir haben uns schon geküsst. Hast du das vergessen?«
»Das war doch nur ein Mal, und seitdem nicht mehr.«
»Machst du Witze? Ich kann's gar nicht erwarten, ihn wiederzusehen. Du verstehst das nicht. Zum ersten Mal empfinde ich so was für jemanden.«
»Ich weiß, aber für ihn ist das nicht das Gleiche. Ich hab dir doch erzählt, wie er darüber denkt.«
»Das ist mir schnuppe. Ich mag ihn total. Und wenn ich ihn nicht interessieren würde, hätte er sich wohl nicht wieder bei mir gemeldet, oder? Ich glaube, er empfindet was für mich.«
»Hör mal, ich will ja nicht rumunken. Ich sage nur, dass du dir von dieser Geschichte nicht zu viel erhoffen solltest. Nimm sie einfach, wie sie kommt.«
»He, du hörst dich an wie Marta. Aber du hast schon recht. Ich hab nur solche Lust, Spaß zu haben und mich treiben zu lassen. Also, was soll ich Samstag anziehen?«
Und ich hab das Abendessen abgeblasen, nur damit sie sich nicht über den Weg laufen!
»Wohin geht ihr?«
»Keine Ahnung. Wenn es nicht regnet, drehen wir

wahrscheinlich eine Runde mit dem Mofa. Ansonsten Kino.«

»Also dann Hosen.«

»Ist der Jeansrock nicht besser, der kurze schwarze? Zusammen mit den Stiefeln?«

Sie hat ihre Entscheidung also schon längst getroffen.

Nachdem ich mich von Sara verabschiedet habe, schnappe ich mir Cocco und mache einen Spaziergang bis zur Engelsburg. Es ist proppenvoll, und die Stände der Straßenhändler, die mittlerweile immer dort stehen, bieten nur dämlichen Touristenkram an: den Petersdom in klein, das Kolosseum, die Piazza Navona. Neugierig betrachte ich die Postkarten. Manchmal gibt es ganz hübsche, die ungewöhnliche Ecken von Rom zeigen. Wie das wohl als Tourist in Rom ist? Mit Tante Mapi haben wir immer irgendwelche Ausflüge gemacht. Ich vermisse diese Tage ziemlich. Die waren so lustig, wir haben uns vorher richtig vorbereitet, und wenn wir dann am Ziel waren, verging die Zeit wie im Flug. Jetzt hätte ich nicht mal Zeit dafür, selbst wenn ich es wollte. Schade. Vielleicht sollte ich auf irgendetwas anderes verzichten. Zum Beispiel auf den Theaterkurs. Als ich den angefangen habe, war ich Feuer und Flamme und voll elektrisiert von der Idee, auf der Bühne zu stehen. Ich sah mich schon als professionelle Schauspielerin durch Italien touren mit der ganzen Truppe. Ein paar Monate haben aber gereicht, um mir zu zeigen, dass das nichts für mich ist. Dafür gibt es keinen besonderen Grund, ich mag das Schauspielern nur einfach nicht. Ich finde es stressig, so zu tun, als wäre ich jemand anderes. Ich hab schon genug Probleme, ich selbst zu sein, und bei all meinen merkwürdigen Gedanken nicht völlig durcheinander zu kommen. Das gäbe ein schönes Chaos, wenn ich dann zusätzlich noch in andere Figuren schlüpfen müsste. Nein, das ist mir zu anstrengend. Und außerdem, besteht dabei nicht das Risiko, dass ich irgendwann völlig vergesse, wer ich eigentlich bin? Wie sind richtige Schauspieler denn im normalen Leben? Können sie aufhören zu spielen, wenn sie nicht auf der Bühne stehen?

Mein Handy klingelt.

»Hallo, was treibst du so? Du lässt ja gar nichts mehr von dir hören«, sagt Marta.

»Ich hab den ganzen Nachmittag gelernt. Warum treffen wir uns nicht? Ich geh grad mit Cocco Gassi.«

»Das schaffe ich nicht. Ich komme grad von einer neuen Sportstunde, die ich im Fitnessstudio ausprobiert habe, und mir tut alles weh.«

»Übertreibst du es nicht ein bisschen mit all dem Sport?«

»Findest du? Ich werde immer fetter.«

Wenn Marta dick ist, was bin ich dann? Eine Kugel?

»Warum kommst du nicht zu mir? Du könntest mit uns Abendessen.«

»Ich hab den Hund dabei.«

»Was für ein Riesenproblem. Du wohnst ja auch so weit weg, dass du ihn nicht erst nach Hause bringen kannst, nicht wahr?«, sagt sie sarkastisch.

»Ist dein Bruder da?«

»Ich glaube schon. Ist das schlimm?«

Langsam gehe ich die Straße entlang, Cocco schnüffelt an den Seitenstreifen.

»Komm, stell dich nicht so an. Was ist denn schon dabei, wenn du ihn triffst? Hattest du nicht gesagt, dass du kein Drama daraus machen wolltest?«, fügt sie hinzu, weil ich so unentschlossen bin.

Sie hat recht. Warum nicht?

»Na gut, in einer halben Stunde bin ich bei dir.«

Mit einer seltsamen Freude beende ich das Gespräch und laufe nach Hause. Cocco trippelt neben mir her. Ich fühle mich wie nach einem mündlichen Test, wenn man endlich eine gute Note bekommen hat und das Ergebnis genießt. Eigentlich gäbe es gar keinen Grund dafür, das weiß ich, aber wenn es um Marco geht, werde ich völlig irrational und meine Gefühle verleiten mich zu Fehlern. Wie zu dem, ihm eine SMS zu schicken, dass ich heute Abend zu ihm zum Essen komme.

»Na gut, das war verkehrt, das hätte ich nicht tun sollen. Beim nächsten Mal zähle ich einfach bis hundert, nicht wahr, Cocco?«, sage ich laut, während ich die Haustürschlüssel suche.

»Was ist? Führst du Selbstgespräche?«, fragt mein Vater, der plötzlich hinter mir steht.

»Hallo Papa! Ich hab mit unserem kleinen Freund hier geredet«, sage ich und zeige auf Cocco.

»Ach so, na das ist was anderes. Wieso so fröhlich? Gibt's gute Nachrichten?«

»Nö, nichts Besonderes.«

»Wie geht's Mirko? Ich hab ihn schon lang nicht mehr gesehen. Seid ihr noch zusammen?«

»Ja, klar. Ich hab seine Großmutter kennengelernt. Weißt du, die in Paris lebt, mit seiner Schwester?«

»Das ist ja interessant. Wie ist sie so? Erzähl ...«, sagt er und legt den Arm um mich, während wir die Treppe hinaufsteigen.

Natürlich hat Marco auf meine Nachricht nicht geantwortet, und meine gute Laune verfliegt schon wieder. Unentschlossenheit überfällt mich, so dass ich mich nun schon seit zwanzig Minuten ständig umziehe. Das passiert mir sonst immer nur morgens vor der Schule. Manchmal finde ich sofort die richtigen Klamotten, an anderen Tagen würde ich am liebsten alles aus dem Fenster schmeißen. So geht's mir jetzt gerade. Jedes Teil, das ich anprobiere, gefällt mir nicht oder ist dem Anlass nicht angemessen. Am Ende schlüpfe ich verärgert wieder in die Jeans, die ich vorher schon anhatte, und wechsele nur den Pullover. Ich verabschiede mich von meinen Eltern. Um mich zu beruhigen lasse ich mir doppelt so viel Zeit, wie ich sonst bis zu Marta brauche. Ihre Mutter öffnet mir, und als ich die Küche betrete, werde ich endlich ganz ruhig. Marta deckt gerade den Tisch, ihr Vater ruft aus seinem Büro einen Gruß herüber. Ihre Mutter ist heute Abend besonders gesprächig, oder vielleicht kommt es mir nur so vor. Sie erzählt von der neuesten Reise, die Tante Mapi und ihr Mann nach Chile unternommen haben. Sie waren zwar einen Monat dort, haben aber wegen der Größe des Landes und der verschiedenen Klimazonen nur ein paar Regionen gesehen. Sie haben Santiago besucht und die Seen im Norden.

Wir setzen uns gerade an den Tisch, als Marco auftaucht, der sich nach einer kurzen Begrüßung neben Marta auf einen Stuhl lümmelt. Wir reden weiter über Chile, und damit ich ihn nicht ansehen muss, starre ich auf meinen Teller mit dem Essen.

»Magst du es nicht? Ist das Fleisch zu hart?«, fragt Martas Vater und schaut auf meinen noch unangetasteten Teller.

»Nein, das ist alles sehr lecker, danke. Es ist meine Schuld. Heute Nachmittag habe ich ein Stück Pizza gegessen und hab noch keinen richtigen Hunger«, versuche ich, mich zu entschuldigen.

Ich bin zum Glück nicht die Einzige am Tische, die immer was zwischendurch essen muss. Martas Vater erzählt, dass er bis zum Alter von sechzehn Jahren fast fettleibig war. Obwohl seine Eltern ihn auf eine strenge Diät gesetzt hatten, ging er jeden Tag nach der Schule bei der Imbissbude vorbei und schob sich mindestens fünf frittierte Reisbällchen rein, bevor er nach Hause ging. Nach ein paar Monaten schöpfte seine Mutter Verdacht und schickte den größeren Bruder hinter ihm her. So flog die ganze Geschichte auf. Sie machte die Runde, und seit dem Moment haben ihn alle immer *Speckklops* gerufen. Kinder können manchmal echt fies sein.

»Und haben Sie die Dinger weiter gegessen?«, frage ich.

»Nie mehr. Seit dem Tag habe ich sie gehasst«, erwidert er und lacht.

Während des ganzen Essens klingelt Marcos Handy ununterbrochen. Irgendwann platzt seiner Mutter der Kragen und sie regt sich so dermaßen auf, dass er beleidigt aufsteht und ohne Gruß die Küche verlässt. Was ist aus dem zuverlässigen und höflichen Marco geworden, den ich mal kannte?

Zwanzig Minuten später liege ich auf Martas Bett und bin deprimiert. Was dachte ich denn, was geschieht? Das letzte Mal habe ich ihn mitten auf der Straße stehen gelassen, ohne eine Erklärung, und bin einfach so abgehauen. Ich höre die Geräusche aus seinem Zimmer ... Geht er etwa weg? Geht er weg, weil er eine neue Freundin hat? Er will mich bestimmt nicht mehr sehen, weil ich neulich so unsensibel war. Eigentlich wollte er doch nur mit mir reden und sich vielleicht ein bisschen ausheulen. Seitdem ist fast ein Monat vergangen, ich hätte vorher daran denken sollen … stattdessen habe ich an jemand ganz anderen gedacht, nämlich an Mirko. Er hat mich zum Glück alles andere vergessen lassen.

»Was war mit dir beim Essen? Irgendwann hätte man glauben können, jemand hat dir die Zunge herausgeschnitten. Du hättest mal dein Gesicht sehen sollen, als Marco reinkam. Du hast ihn angeschaut, als ob er ein Geist wäre.«

»Wirklich? Vielleicht war ich zerstreut.«

»Du warst wieder im Land der Träume. Los, erzähl schon, was hast du gedacht?«

Ich lächele schwach.

»Du hast an ihn gedacht? Stimmt's?«

»Pssst, red leise, ich will nicht, dass er uns hört.«

»Vale, ich versteh dich wirklich nicht.«

»Ich mich auch nicht«, seufze ich.

»Schon klar. Ihr beide müsst reden.«

»Noch mal?«

»Keine Ahnung, aber ich habe den Eindruck, dass ihr euch aussprechen müsst. Wir machen es so. Meine Eltern gehen gleich ins Kino. Eigentlich wollte ich mit dir einen Film sehen, aber da ich eine echte Freundin bin, frage ich meinen Bruder, ob er mitgucken will. Wenn der Film dann anfängt, verdrücke ich mich und lass euch allein.«

»Nein, bitte mach das nicht.«

»Warum nicht?«

»Lassen wir alles so, wie es ist.«

Warum denke ich immer etwas und mache im nächsten Moment das genaue Gegenteil? Ich war so froh, mit ihm zu Abend zu essen, und was war dann? Ich konnte ihm nicht mal in die Augen schauen.

»Du bist aber echt kompliziert«, sagt Marta, und wir schauen zum hunderttausendsten Mal *High School Musical*. Der Abend vergeht ohne Unterbrechungen oder Höhepunkte. Marco lässt sich die ganze Zeit nicht blicken, und wir schlafen vor der Glotze ein. Irgendwann raffe ich mich auf, ziehe die Schuhe wieder an und gehe nach Hause.

Zehn Minuten später liege ich in meinem Bett, das Licht ist aus, aber die Müdigkeit ist verflogen. Frustriert schnappe ich mir das Buch vom Nachttisch und lese, bis endlich Marcos Gesicht aus meinem Hirn verschwindet.

9

Ich stehe beim Bäcker und will Brot kaufen. Man muss eine Nummer an so einem Teil an der Wand ziehen. Noch sind fünf Leute vor mir, also streife ich zum Zeitvertreib durch die Gänge mit den Regalen. Ich nehme noch eine Dose mit eingelegten Artischocken und eine mit gegrillten Auberginen. Die verschiedenen Verpackungen in den Lebensmittelgeschäften faszinieren mich. Meine Mutter zieht mich immer damit auf, dass ich vor jedem Regal stehenbleibe: bei den Soßen, Dips, Pasteten, Senf und Marmelade. Die Namen, die diese Dinge oftmals tragen, verwundern mich: *Thunfisch-Teufelchen* oder *Großmutters Garten.* Wie kommen die bloß auf so was? Aber die sind ja noch harmlos, manche Sachen hingegen finde ich richtig eklig: Bei Bauchfleisch muss ich beispielsweise immer an Horrorfilme denken, und Fischmilch hört sich für mich nicht besonders lecker, sondern eher stinkig an. Und wie, bitte, kann man Kaviar essen, diese kleinen, glibbschigen schwarzen Fischeier? Einmal habe ich eine seltsame Packung aufgemacht, die bei uns im

Kühlschrank lag: Es war ein Käse, in dem lauter kleine Tierchen wimmelten. Angewidert habe ich das ganze Ding in den Müll geschmissen. Ein paar Tage später hat mich mein brüllender Vater darauf hingewiesen, dass ich einen seltenen sardischen Käse mit Maden vernichtet habe. Echt verrückt!

Endlich bin ich an der Reihe, kaufe das Brot und verlasse mit dem noch warmen Laib den Laden. Tief stecke ich die Nase in die Brottüte. Den Duft von frischem Brot aus dem Ofen liebe ich über alles.

Wenige Meter von meinem Haus entfernt sehe ich Marco vor meiner Tür stehen. Unwillkürlich werde ich langsamer, doch er hat mich schon entdeckt. Also gehe ich auf ihn zu und versuche, locker zu bleiben.

»Hallo Marco.«

»Vale, hallo, ich hab auf dich gewartet.«

Ups, dann ist es also was Ernstes.

»Ist was passiert?«

»Nein.«

Aufmerksam mustere ich ihn.

Marco löst sich von der Hauswand und kommt auf mich zu.

»Das riecht ja gut. Was ist das?«

»Brot. Magst du?«

Er nimmt das Stück, das ich ihm hinhalte.

»Warum gehst du mir ständig aus dem Weg? Hab ich dir was getan?«

Der ist genauso direkt wie seine Schwester! Das muss eine Familienkrankheit sein.
»Das stimmt nicht. Neulich war ich sogar zum Abendessen bei euch.«
»Da hast du mich den ganzen Abend nicht beachtet, wenn ich mich recht entsinne.«
Mir wird ganz warm im Gesicht. Volltreffer.
»Da irrst du dich aber total.«
»Beweis es mir. Verabrede dich heute Nachmittag mit mir.«
Der Brotbissen rutscht mir in den falschen Hals und ich huste so drauflos, dass mir die Tränen kommen.
»Tja, also, heute kann ich nicht«, sage ich.
Er tritt noch näher zu mir, so als wolle er mir helfen, aber ich mache einen Schritt zurück. Marco hält inne.
»Siehst du, ich hab recht. Du willst mich nicht sehen.«
»Marco, wir treffen uns seit Monaten nicht mehr. Genau genommen, seit wir uns getrennt haben. Jetzt kannst du doch nicht einfach so wieder auftauchen, aus dem Nichts, und fordern, dass wir da weitermachen, wo wir aufgehört haben.«
Super! Gute Argumentation!
»Ich hab nicht gesagt, dass ich wieder mit dir zusammen sein will«, sagt er gereizt.
Ich werde bleich. Und ich dachte … na toll, Mädel, ganz große Nummer!

»Ich muss gehen«, sage ich und stecke den Schlüssel ins Schloss.
»Vale, musst du jedes Mal, wenn ich mit dir reden will, die Flucht ergreifen?«
»Marco, du bringst mich ganz durcheinander. Was willst du von mir? Ich muss das wissen.«
Er tritt mit mir in den Hausflur und drückt mich dort an die Wand.
»Marco …«, stottere ich.
»Ein für alle Mal. Ich denke nicht daran, zu dir zurückzukommen.«
Schweigend sehe ich ihn an.
»Ich weiß genau, dass du mit diesem Typen zusammen bist, wie heißt er noch … Mirko, richtig?«
Ich nicke.
»Gut. Ich möchte mich einfach nur ein paarmal mit dir treffen und was machen. Können wir nicht Freunde sein?«
Er mag mich nicht mehr, das hat er mir damit gerade ins Gesicht gesagt. Eigentlich sollte ich glücklich sein, aber mir dreht sich der Kopf und meine Wangen brennen. Ich drücke mich an die Wand, um so viel Abstand wie möglich zwischen uns zu bringen, aber mein Körper macht, was er will und übergeht meinen Widerstand. Als ob ich es gar nicht abwarten könnte, muss ich auf seine Lippen schauen. Ich schlucke schwer. Mit den Händen suche ich Halt an der Wand, nur um Marco nicht zu packen und an mich zu ziehen.

Wie kann ich nur mit jemandem befreundet sein, der so eine Anziehungskraft auf mich hat? Widerstrebend schließe ich die Augen.

»Ich weiß nicht, Marco … Das wäre schön, aber …«

»Aber was?«, unterbricht er mich und streicht über meine Haare.

Zwei Freunde berühren sich nicht so. Ich sehe ihn wieder an, und die Worte von eben quälen mich immer noch. Also bin ich ihm völlig egal, wenn er nur ein guter Freund sein will? Gedanken tauchen in mir auf, die ich eigentlich nicht beachten sollte, aber der Würfel ist schon gefallen. Ich öffne die Lippen.

»Okay, einverstanden. Wir sehen uns morgen vor dem Kaufhaus in San Giovanni, um vier Uhr.«

Marco sieht mich entgeistert an.

»Warum so weit weg von hier?«

»Willst du mich nun treffen oder nicht?«, entgegne ich schnippisch.

»Ja, aber wie du dir sicher vorstellen kannst, kann ich mich momentan nur mit öffentlichen Verkehrsmitteln fortbewegen.«

»Hast du deine Meinung geändert? Hast du etwa keine Lust?«, frage ich spöttisch.

Marco verzieht das Gesicht, lächelt dann und macht eine kapitulierende Handbewegung.

»Ich hätte dich nicht für so fies gehalten … bis morgen.« Dann geht er, ohne Verabschiedung.

Bester Laune steige ich die Treppe hoch.

Viel zu früh komme ich zu unserer Verabredung. Ich parke das Mofa und betrachte mich im Rückspiegel. Wenn ich den Helm absetze, weiß ich nie, wie meine Haare aussehen, und das macht mich ganz irre. Entweder sind sie plattgedrückt oder verwuschelt und so elektrisch aufgeladen, dass ich total durchgeknallt aussehe. So gut es geht, bringe ich sie in Ordnung. Zum Glück muss Mirko heute seiner Großmutter helfen, die Wohnung aufzuräumen, weil ein paar Freunde sie nach Kostümen für ihre Enkel gefragt haben.

Mein Handy klingelt. Marta.

»Bist du schon da?«

»Ja, ich bin zu früh.«

»Wann kommst du zurück?«

»Keine Ahnung, warum?«

»Nur so. Ich hab heute nichts vor und langweile mich.«

»Warum rufst du nicht Sara oder Matteo an? Geh doch mit denen ins Kino.«

»Hab ich schon probiert, aber beide sind beschäftigt. Übrigens, Sara hat mir von ihrem Date am Samstag erzählt.«

Stimmt ja, sie wollte sich mit dem Norweger treffen! Scheinbar haben die beiden einen phantastischen Tag zusammen verbracht. Wie ein Pärchen auf Sightseeingtour hatte Svein eine Stadtführerin ganz für sich allein, und sie haben das volle Touri-Programm abgerissen. Sie sind zu Fuß bis zum Largo di Torre

Argentina gelaufen und haben dort die Straßenbahn bis nach Monteverde genommen. Ihm hat es wohl sehr gefallen, so ganz ohne Ziel durch die Gegend zu fahren. Sie haben den ganzen Nachmittag ohne Pause geredet und Spaß gehabt. Er hat sie über ihren Ex ausgefragt, über ihre Vorlieben in Sachen Kino und Musik und was sie nach der Schule machen will. Sara hat bei der Gelegenheit herausbekommen, dass er zwei ältere Brüder und eine jüngere Schwester hat, und dass seine Eltern ein Bed & Breakfast in Bergen betreiben. Das alles erzählt Marta mir.

»Das freut mich für sie. Ich dachte, er würde sie nur ins Bett zerren wollen.«

»Dachtest du das, weil er sich nicht auf ein einziges Mädchen einlassen will?«

»Äh, ja.«

»Ich glaube ja, dass er ein … sagen wir mal, gefährlicher Typ ist. Einer von denen, in die man sich besser nicht verguckt.«

»Zu spät. Sara hat's voll erwischt.«

Wir wundern uns darüber, wieso manche Leute so anders sind, als wir sie uns vorstellen. Welche Sara ist die echte? Die ernsthafte und ausgeglichene oder doch das Mädchen, das nicht viel nachdenkt und auf schnelles Vergnügen aus ist? Ich hoffe nur, dass sie keinen Unsinn anstellt. Wenn ich mich recht erinnere, kehrt Svein Anfang Januar wieder nach Norwegen zurück.

»Denk nicht immer gleich das Schlimmste. Überhaupt, du weißt, dass wir morgen eine Lateinarbeit schreiben?«

»Ja, klar. Erinner mich bloß nicht daran. Hoffentlich geht das nicht wieder so schief wie beim letzten Mal. Die drei Punkte machen mich immer noch ganz fertig.«

»Dann musst du dich mündlich gut beteiligen, um das auszugleichen. Sonst speichert sie dich als eine ab, die nicht lernt.«

Ich weiß. Es stimmt, aber ich weigere mich. Außerdem bin ich so ein Gefühlsmensch. Wenn ich in Stress gerate, vernebelt sich irgendwie mein Hirn, und alles, was ich eigentlich weiß, verschwindet im Nirvana. Das jedenfalls ist mir bei der letzten Klassenarbeit passiert. Irgendwann war ich völlig blockiert. Hätte Marta mir nicht geholfen, wäre es noch schlimmer ausgegangen. Meinen Eltern habe ich nichts davon erzählt, weil ich dachte, dass ich das ganz leicht wieder ausgleiche. Aber jetzt, wo die Arbeit näher rückt, macht sich Panik in mir breit. Allerdings muss ich eins zu meiner Verteidigung sagen: Latein mag ich überhaupt nicht. Das ist so fürchterlich langweilig. Das darf ich nur nie im Leben meiner Mutter erzählen!

Während ich noch an die Klassenarbeit denke, entdecke ich Marco inmitten der vielen Menschen. Also schiebe ich die blöden Gedanken beiseite und winke ihm zu.

»Hallo.« Ich empfange ihn mit einem Lächeln.
Er sieht mich grimmig an.
»Was ist passiert?«
»Das zahlst du mir heim«, sagt er statt einer Begrüßung.
»Was denn?«
»Weißt du, wie lange ich gebraucht habe, hierherzukommen? Über eine Stunde.«
Ich tue erstaunt.
»Ach, echt? Entschuldige, das wollte ich nicht, beim nächsten Mal suchst du den Ort aus«, antworte ich und versuche, ihn milde zu stimmen. In seinen Augen funkelt es teuflisch.
»Okay, ich bin dabei. Wechseln wir uns einfach ab.«
Ich beiße mir auf die Lippe. Jetzt kann ich auf gar keinen Fall mehr kneifen.
»Wohin gehen wir?«, fragt Marco und sieht sich um. »Diese Gegend hier kenne ich nicht besonders.«
Ehrlich gesagt, ich auch nicht.
»Bummeln wir ein bisschen über die Via Appia? Ich habe gesehen, dass es dort ziemlich viele Läden gibt. Aber wenn es dir lieber ist, können wir auch hier reingehen«, sagte ich, wobei ich auf das Kaufhaus hinter uns zeige.
»Ich laufe lieber«, erwidert er. Also überqueren wir die Straße und betrachten zerstreut die Schaufenster. Wir gehen nebeneinander her, aber wir haben uns nicht viel zu sagen. Kaum, dass wir einen vorsichtigen Vor-

stoß unternehmen, stockt unser Gespräch gleich wieder. Wir finden einfach nicht die richtigen Themen. Unsere Verlegenheit scheint alles zu ersticken. Ich komme mir vor wie bei meinem ersten Date … Aber das stimmt ja nun auch nicht, denn in dem Fall könnte ich mich immerhin hinter den üblichen Fragen verstecken: Wo wohnst du, in welche Schule gehst du, welchen Sport magst du. Je mehr ich versuche, ein interessantes Thema zu finden, umso mehr verweigert mein Hirn die Mitarbeit. Wir laufen an einer Crêperie vorbei und kaufen uns zwei Nutella-Crêpes. Ein kleines Stück weiter bleibt Marco stehen und sieht sich Sneakers an. Ich schaue mich um. Normalerweise komme ich nie in diese Gegend, sie liegt einfach nicht in meiner Ecke, und ich habe keine Freunde, die hier wohnen. Eigentlich weiß ich gar nicht, warum ich mich ausgerechnet hier mit ihm verabreden wollte, vielleicht dachte ich, dass dann das Risiko kleiner ist, Mirko zu begegnen. Auch wenn ich dieses Viertel nur wenig kenne, scheint es gar nicht so übel zu sein. Wir machen einen kleinen Umweg, laufen durch eine Seitenstraße und kehren dann auf die Via Appia zurück. Ich weiß nicht, wie viel Zeit vergeht, aber plötzlich verzieht sich der Nebel in unseren Hirnen, wir setzen uns auf eine Bank und finden die alte Vertrautheit wieder. Ich habe Tränen in den Augen, während Marco mir von einem Sturz mit dem Mofa erzählt, den er vor einiger Zeit hingelegt hat. Wir lachen uns kaputt, als ich ihm von meinem Fauxpas mit dem Typ im Theater erzähle oder davon, wie ich lauthals auf dem Mofa das Stück deklamiert habe. Und während wir dort nebeneinander sitzen, unsere Schultern sich fast streifen, unsere Knie sich berühren, denke ich zum ersten Mal, dass wir vielleicht wirklich Freunde sein können. Alle Zweifel, alle Schuldgefühle und alle Ängste verschwinden. Also stimmt es doch, dass eine Liebe sich in Freundschaft verwandeln kann. Es stimmt, dass die Zeit alle Wunden heilt. Über diese Entdeckung bin ich so glücklich, dass ich ihm am liebsten um den Hals fallen und meine Freude in die Welt hinausschreien würde. Ich tue nichts Verbotenes: Mein Gott, das ist so phantastisch! Also kann ich ihn jetzt, als gute Freundin, danach fragen, warum er mit Martina Schluss gemacht hat?

»Warum lachst du? Hab ich was Komisches gesagt?«, fragt er mich.

»Nein, nein, ich bin nur so happy. Ich dachte nie, dass wir gute Freunde sein könnten.«

Marco sieht mich geheimnisvoll an.

»Du weißt gar nicht, wie glücklich mich das macht«, rede ich weiter. »Mir liegt wirklich viel daran. Und die Vorstellung, dich nie wiedersehen zu können, hat mich fast verrückt gemacht.«

»Also war ich für dich immer nur ein Freund«, sagt Marco.

Verlegen werde ich rot.

»Nein, ganz sicher nicht. Wie kannst du so etwas sagen? Aber bevor ich dich ganz verliere …«, sage ich, ohne ihm ins Gesicht zu sehen.

»Bist du glücklich mit Mirko?«, fragt er mich unvermittelt.

Ich reiße einen Grashalm neben der Bank ab und betrachte ihn aus der Nähe. Muss ich wirklich antworten?

»Ja«, flüstere ich.

Marco starrt vor sich hin.

»Und du?«, frage ich zögernd.

Er streicht sich mit einer Hand durch die immer noch kurzen Haare.

»Ich hatte schon mal bessere Zeiten.«

»Warum hast du mit Martina Schluss gemacht?«

Ich weiß, ich weiß, aber ich kann nichts dagegen tun. Ähm, ich bin nun mal so neugierig!

»Sie hat Schluss gemacht.«

In der Hoffnung, dass er weiterredet, schweige ich. Die Minuten vergehen, und meine Gedanken galoppieren davon: Erstens, sie hat ihn mit einer anderen erwischt … hm, das ist nicht sehr wahrscheinlich, so wie ich Marco kenne. Zweitens, Martina hat sich in einen anderen Jungen verliebt. Genau, das scheint mir die bessere Hypothese zu sein, auch weil er gerade gesagt hat, dass er schon bessere Zeiten gehabt hat. Die dritte Möglichkeit ist, sie hat ihn verlassen, weil Marco eine Null im Bett ist. Ein Lächeln huscht mir über die Lippen. Ich drehe mich weg, um es zu verbergen, und reiße einen weiteren Grashalm ab. Das ist alles nur Martas Einfluss!

»Wieso?«, frage ich schließlich.

»Sie hat gesagt, dass ich sie nicht genug liebe.«

Stumm sehe ich ihn an.

»Und stimmt das?«

Er schaut durch mich hindurch, dann nickt er langsam. Bin ich etwa der Grund dafür? Bin ich schuld daran, dass er sie nicht genug geliebt hat? Was wollte er mir mit diesem Blick sagen? Ganz ruhig, Vale, er hat gesagt, dass ich nichts damit zu tun habe, warum sollte das nicht stimmen? Wenn das nicht so wäre, würden wir jetzt nicht hier sitzen und wie alte Freunde reden.

»Das tut mir leid.«

Er zuckt mit den Schultern.

»Mir nicht so besonders. Im Grunde war ich nie wirklich in sie verliebt. Klar, es ist schon irgendwie schade, wir haben uns gut verstanden, aber ich habe immer gedacht, dass sie etwas anderes will.«

Wow, was für ein hellsichtiger und rationaler Gedankengang.

»Im Augenblick will ich mich einfach nicht ernsthaft binden, ich will Spaß haben. Sieh mich nicht so an, ich hab es satt, das zu sein, was alle von mir erwarten. Jahrelang habe ich selbst gedacht, dass ich so bin, aber dann habe ich plötzlich gemerkt, dass manche Sachen mich nerven und einengen. Schau dir meine Eltern an, für sie ist Marta die Durchgeknallte. Sie hat die Flausen im Kopf, sie macht die unvernünftigen Dinge und verhält sich merkwürdig. Jedes Mal, wenn sie etwas angestellt hat, haben meine Eltern immer gleich gesagt: ›Schau dir deinen Bruder an, nimm dir ein Beispiel an ihm.‹ Und ich hab ohne ein Wort diese Bürde auf mich genommen. Und denk mal an dich, am Ende hast du mir immer vorgeworfen, dass ich viel zu kontrolliert bin.«

Ich nicke.

»Das hat etwas gebraucht, aber schließlich hab ich doch noch begriffen, dass ich meine Gefühle viel mehr ausleben will, dass ich nicht immer das tun will, was die anderen sagen, dass ich nicht immer die Zustimmung und die Bestätigung von den anderen suchen sollte. Martina hat mir dabei sehr geholfen, zu ihrem Leidwesen. Es tut mir ja echt leid, aber ohne es zu merken, hat sie meine Verwandlung angestoßen und inspiriert.«

Doppel-Wow! Ich bin erschüttert.

»Du lieber Himmel, das ist ja eine krasse Offenbarung. Also, neben wem sitze ich hier eigentlich?«, sagte ich und sehe ihn verwundert an.

Er lacht und wirft den Kopf zurück.

»Das kannst du nicht wissen«, erwidert er – mit einem Blick, bei dem mir leichte Schauer den Rücken hinunterlaufen!

10

Seit ich mich wieder mit Marco treffe, bin ich so glücklich wie nie. Ich habe höllisch viel Spaß, und alles läuft wie am Schnürchen. Sogar meine ganzen Verpflichtungen kriege ich geregelt: Morgens Schule, nachmittags Theaterkurs oder Sport, dann Mirko und, wenn ich nicht mit ihm zusammen bin, Marco. Manchmal ist es ganz schön anstrengend, vor allem, wenn sich in diesen dichtgepackten Terminplan auch noch Hausaufgaben reindrängeln. Marta hat mich schon in *Running Girl* umgetauft. Wenn sie mich sehen will, muss sie mich zwischen einer Verabredung und der nächsten abpassen. Mirko scheint unter meinem stressigen Leben nicht besonders zu leiden, aber das hat auch gute Gründe: Erstens mache ich alles, damit unsere phantastische Beziehung keinen Schaden nimmt, und zweitens ist er seit neuestem viel mehr mit seiner Großmutter beschäftigt. Sie hat ihn nämlich gebeten, weiter beim Aufräumen der Wohnung zu helfen.

Mit Marco hingegen geht das Spiel der Verabredungen quer durch Rom weiter: Viale Marconi, Piazza San Giovanni di Dio, Viale Libia, Via del Boschetto, Via Tiburtina, Viale Aventino, Piazza Bologna, Via Tuscolana, Viale Europa. Mittlerweile bewege ich mich nur noch mit Stadtplan durch Rom. Das Schöne daran ist, dass ich so ganz viele Viertel entdecke, die ich noch gar nicht kenne.

Zwischen uns hat sich eine ganz neue Beziehung entwickelt. Zwar ist nicht zu leugnen, dass es auch Momente der Spannung zwischen uns gibt, aber ansonsten sind wir wirklich gute Freunde geworden. So scheint es jedenfalls. Von dem Thema Mirko halten wir gebührenden Abstand, was aber nicht heißt, dass ich ihn nicht erwähnen kann. Manchmal allerdings überkommt mich so eine tiefe Traurigkeit, die ich mir gar nicht erklären kann: Ich habe Sehnsucht nach dem Marco von früher, der mir süße Worte ins Ohr flüsterte und mich leidenschaftlich küsste. Jetzt schaut er mich manchmal auf eine ganz andere Art an. Und dann ist da noch eine Sache, die mich völlig durcheinanderbringt: Das ist das Interesse der anderen Mädchen an Marco. Es scheint, als habe das gesamte weibliche Geschlecht plötzlich nur noch Augen für ihn, und während Marco sich königlich amüsiert und manchmal zurücklächelt oder Witze macht, koche ich innerlich. Aber das sind wirklich die einzigen Wolken, die den Himmel trüben. Marco hingegen zeigt keine verdächtigen Gefühlsregungen. Manchmal allerdings erwische ich ihn, wie er mich anstarrt, und in diesen seltenen Augenblicken bemerke ich seine Blicke, die mich ganz schön verwirren. Aber da ich das, was wir uns gerade neu aufgebaut haben, nicht wieder kaputtmachen will, tue ich so, als wäre nichts, und verhalte mich ganz normal.

Marta sagt zu dem Ganzen nichts, sondern sie hilft mir, dass Mirko keinen Verdacht schöpft. Denn obwohl ich eigentlich ja nichts Verbotenes tue, habe ich ihm gegenüber ab und zu ein schlechtes Gewissen. Hin und wieder, um die Zeit aufzuholen, die wir nicht zusammen verbringen können, rufe ich ihn an, und dann quatschen wir den ganzen Abend. Mir fehlt die Wohnung seiner Großmutter. Sie war unser Rückzugsort geworden, ein Ort, wo wir uns alles sagen und uns von unseren Träumen und Geheimnissen erzählen konnten. Außerdem finde ich seine Großmutter wirklich nett, sie ist neben Tante Mapi einer der tollsten Menschen, die ich kenne, und ich würde gerne mehr Zeit mit ihr verbringen. Daher bitte ich Mirko immer, zu ihr zu fahren, wenn sich die Gelegenheit ergibt, damit sie mir wieder eine von ihren unglaublichen Geschichten erzählt.

Während so eines Besuches hat sie mich neulich tatsächlich in die Studios von Cinecittà eingeladen. Als sie mir das sagte, dachte ich zuerst, das sei ein Scherz. Aber Mirko hat ganz ernst geschaut und mir bestätigt, dass das alles seine Richtigkeit hat. Da wäre ich ihr am liebsten um den Hals gefallen: Ich werde also wirklich

diesen sagenumwobenen Ort besuchen! Das ist so ein phantastisches und wundervolles Geschenk!
Als Marta von dieser Geschichte erfuhr, wollte sie natürlich sofort mit zu diesem Ausflug kommen.

Heute ist der Tag für die großartige Filmstudio-Besichtigungstour unter Leitung von Mirkos phantastischer Großmutter. Um Punkt drei treffen wir uns vor dem Haupteingang in der Via Tuscolana, wo in riesigen Buchstaben *Cinecittà* über dem Tor geschrieben steht. Kaum haben wir die Eingangskontrollen passiert, kommt uns eine kleine, dicke Frau entgegen, die mit starkem norditalienischen Akzent spricht. Es ist eine Freundin von Mirkos Großmutter. Gemeinsam laufen wir durch eine Straße der Filmstadt. Es ist sehr ruhig und nur wenige Leute sind unterwegs. Die Gebäude sind niedrig und es gibt viele Bäume.
»Irgendwie habe ich mir vorgestellt, dass hier mehr los ist«, sage ich zu Mirko.
»Meine Großmutter hat mir erzählt, dass hier seit ein paar Jahren weniger Filme produziert werden. Die großen Filmfirmen drehen lieber in anderen Städten wie Berlin oder Prag, denn die bieten Steuererleichterungen, so dass sie dort weniger zahlen müssen.«
»Echt? Wie schade. Also haben viele Firmen dichtgemacht?«, fragt Marta.
»Nein, es gibt dafür mehr Fernsehproduktionen«, erklärt er.

»Zum Beispiel?«, frage ich neugierig.
»Das werdet ihr gleich sehen«, sagt seine Großmutter, die den letzten Teil unseres Gesprächs gehört hat.
Wir biegen in eine Seitenstraße, und nach wenigen Schritten sieht es so aus, als wären wir in einem Wohnviertel angelangt, voll mit kleinen Häusern, vielen Pflanzen, Blumen und Gartenzäunen.
»Erkennt ihr sie?«, fragt die Freundin der Großmutter.

»Das sind die Häuser von *Ein Arzt in der Familie!*«, kreischt Marta los. Es stimmt, das sind sie wirklich, Gott, wie lustig! Und ich hab immer gedacht, die Häuser in der Serie wären echt. Wir treten an ein Haus heran und berühren die Wand. Sie ist aus Styropor. Ich bin fassungslos – wenn man die Häuser im Fernsehen sieht, schauen sie völlig real aus. Dann hab ich mich immer gefragt, wo die wohl stehen und wem sie gehören. Jetzt weiß ich's.
Wir gehen weiter und kommen zu einer Halle, die von außen schwarz angestrichen ist. Im Inneren ist ein Wohnzimmer aufgebaut, mit allem Drum und Dran: Bücherregal, Sofa, Tisch mit Stühlen. Wir wollen näher ran, aber es ist zu viel los, unzählige Leute hantieren mit Scheinwerfern, Mikrophonen, Kameras herum. Ich entdecke eine Person, von der ich glaube, sie schon mal gesehen zu haben.
»Marta, sieh mal, ist das nicht dieser berühmte Typ?«
Sie dreht sich um, erkennt aber niemanden.

»Das hast du dir bestimmt nur eingebildet.«
Ich sehe noch mal genau hin, gebe dann aber auf, vielleicht habe ich mich auch getäuscht. An so einem Ort denkt man natürlich sofort daran, dass einem irgendein wichtiger Schauspieler oder eine wichtige Schauspielerin über den Weg läuft.
Wir verlassen die Halle wieder, und Mirkos Großmutter und ihre Freundin führen uns durch eine kleine Tür. Als wir die Schwelle überschritten haben, kriegen wir die Münder nicht mehr zu: Wir stehen mitten in den Straßen von *Gangs of New York*, in dem Leonardo DiCaprio mitgespielt hat. Dieser Film wurde komplett in diesen Studios gedreht, selbst die Szenen am Hafen mit den Schiffen. Krass!
»Das ist ja irre«, ruft Mirko. Es ist echt beeindruckend. Doch das Seltsamste ist wirklich, dass von den Häusern nur die Fassaden stehen: Sobald man durch eine Haustür tritt, findet man sich auf der anderen Seite zwischen lauter Metallgerüsten wieder, die alles stützen. Es ist wie der Trick eines Magiers, eine Illusion. Ungläubig fasse ich alles an: bemaltes Styropor, Sperrholz, bezogene Leisten als Wände und Holz für die Stufen. Man erkennt die Eingänge der Häuser, Läden und Werkstätten. Auch die Schilder sind direkt auf das Styropor gemalt. Immerhin ist der Straßenbelag echt, ebenso die Fensterscheiben, Geländer und Türgriffe aus Schmiedeeisen.
»Also, wie findet ihr es?«, fragt seine Großmutter.

»Eindrucksvoll. Aber was passiert mit diesen Kulissen, wenn der Film fertig ist?«

»Die äußeren Bauten bleiben und werden wiederverwendet. Die Innenausstattung wird abgebaut. Diese Kulisse hier kann, wenn ihr genau hinschaut, auch für einen Western genutzt werden, oder mit ein paar kleinen Umbauten zu einer Straße in Paris werden. Zwei, drei Änderungen und fertig ist das neue Set«, sagt die andere Frau, wobei sie über unsere staunenden Gesichter schmunzelt. Ich nehme Mirko an der Hand, und zusammen laufen wir die Straße rauf und runter.

»Das könnte der Eingang zu einem englischen Pub sein. Da muss man nur ein paar Fässer davorstellen und ein Schild anbringen«, sagt er.

»Du weißt ja genau, wie hier gearbeitet wird«, erwidere ich und drücke ihm einen Kuss auf die Wange.

Mirko nimmt mich in den Arm und schiebt mich in eine andere Richtung. »Kommt, gehen wir weiter. Hier lang.«

Wir schreiten durch ein großes Holztor, und kaum sind wir hindurch, ändert sich die Atmosphäre völlig. Hohe Sperrholzwände verstellen uns die Sicht. Wir schieben sie beiseite und kommen zum Eingang eines einfachen Wohnhauses. Drinnen ist ein Treppenabsatz mit schwarzweiß gewürfelten Fliesen, wie in Altbauhäusern, und eine Treppe, die aber nach wenigen Stufen im Nichts endet. Wir gehen weiter und betreten die Wohnung: Es gibt einen Flur mit Bildern an den Wänden, Türen auf der linken Seite und Fenster auf der rechten, von denen man auf andere nachgebaute Hauswände blickt, die so aussehen, als gehörten sie zu den Häusern gegenüber. Ein paar Handwerker vollenden die letzten Arbeiten, während die Techniker die Beleuchtung installieren, so dass alles noch realistischer aussieht.

»Ist es so wie in deiner Erinnerung?«, frage ich Mirko.

»Ehrlich gesagt, ist es nicht mehr so magisch. Wenn man kleiner ist, staunt man viel mehr, aber ich glaube, ich hatte ganz besonderes Glück. In dem Sommer damals wurden verschiedene Filme gedreht, viele davon waren Kostümfilme. Stell dir dieses Studio einfach vor, als wäre es für einen Western ausgestattet, mit Cowboys auf Pferden und Indianern. Oder stell dir ein Stück von einer mittelalterlichen Burg vor, mit Rittern in Rüstung. Da glaubst du wirklich, du bist am Hof von König Artus. Wenn reale Personen darin rumlaufen, wirkt alles noch viel echter. Dann denkt man wirklich, man ist in eine andere Dimension geschleudert worden. Da kann man komplett durchdrehen.«

Wir setzen unsere Besichtigungstour fort, und die Zeit verfliegt. Wir besuchen die Sets von einer Polizei- und einer Familienserie. Die ganzen Räumlichkeiten sind hier aufgebaut: die Weinhandlung, das Wohnhaus, die Schulzimmer mit den Tischen, sogar die Schul-

klos. Ich betrachte die Küche und muss lachen, als ich mir die Hauptfiguren der Serie vorstelle, die sich zwischen diesen falschen Wänden streiten oder durch den Eingang kommen und sich auf das Sofa setzen.
Es wird sechs Uhr. Ich bin schon fix und fertig, meine Beine tun mir langsam weh. Aber wir sehen uns sogar noch das Set von *Big Brother* an und das von einer Serie über das alte Rom. Das sind die eindrucksvollsten Kulissen der ganzen Tour. Das Gelände, wo das antike Rom aufgebaut ist, ist riesig. Die Stadt wurde originalgetreu nachgebildet, einschließlich der heruntergekommenen Viertel, wo die armen Leute gelebt haben. Wir können Privatwohnungen sehen und Werkstätten, doch die Klos irritieren uns völlig. Die befanden sich in der Antike nämlich nicht in den Wohnungen, sondern waren öffentlich. Es waren gemauerte Sitzbänke mit Löchern drin. Unglaublich: Damals haben sich Männer und Frauen da einfach nebeneinander hingesetzt, wie im Wohnzimmer auf dem Sofa!
Aber es gibt noch mehr Überraschungen. Während wir über dieses riesige Gelände laufen, kommen uns zwei Darsteller entgegen, bekleidet mit Toga und Sandalen. Einen Augenblick denke ich, dass ich eine Vision habe. Ich sehe Marta an, dann Mirko, und schon brechen wir drei in Gelächter aus. Also bin ich noch nicht verrückt, die beiden haben die alten Römer auch gesehen, das war keine Einbildung!

»Was meint ihr, Kinder, reicht es?«

»Großmutter, du hattest mir versprochen, mir noch eine Sache zu zeigen«, sagt Mirko und geht zu ihr.

»Stimmt. Aber dann fahren wir nach Hause. Es ist schon sieben, und ich werde langsam müde.«

Wir beenden unsere Besichtigung mit einem richtigen Unterseeboot, ausgestattet mit Periskop, Nasszelle, Schlafbereich, Motor und Kombüse. Während ich durch diese engen und düsteren Gänge gehe, bekomme ich fast einen klaustrophobischen Anfall: Bei der Vorstellung, so viele Meter unter Wasser zu sein, ohne an die frische Luft zu können, auf so engem Raum mit einer ganzen Mannschaft ... ich würde es keine fünf Minuten da drin aushalten!

»Was haben sie hier gedreht?«, fragt Marta, während sie die Beschriftungen auf den Schalttafeln betrachtet.

»Einer der Filme hieß *Die Tiefseetaucher*.«

»Nie gehört«, sage ich und blicke ein letztes Mal auf all die Hebel. Dann folge ich den anderen hinaus.

Die Rückfahrt vergeht schweigend. Jeder von uns ist immer noch mit offenen Augen auf einer phantastischen Reise durch die Filmwelt.

Ich sitze mit meinem Vater im Auto. Wir fahren zum Einkaufen in den Supermarkt. Durch das Fenster beobachte ich den Verkehr. Ich bin nervös, in der Schule habe ich schon wieder nur drei Punkte geschafft, so dass mein Schnitt katastrophal in den Keller gerauscht ist und sich meine Mutter schon richtig Sorgen macht. Eigentlich bin ich deshalb aber gar nicht so aufgeregt. Das passiert schon mal, dass man sich eine Zeitlang nicht wirklich konzentrieren kann, das ist kein Weltuntergang ... aber erklär das mal deinen Eltern, die denken immer gleich an das Schlimmste. Es stimmt schon, seit ich mich mit Marco treffe, bin ich ganz schön abgelenkt und oft gehe ich in die Schule, ohne die Hausaufgaben fertig zu haben. Aber bis zum Ende des Schuljahrs ist es noch lange hin, und ich kann immer noch alles aufholen.

»An was denkst du?«, fragt mein Vater.

»An die Weihnachtsferien.«

»Die sind bald, oder?«

»Zwei Wochen noch.«

»Deine Mutter hat mir gesagt, dass es bei dir in der Schule momentan nicht so gut läuft.«

Ich wusste es. Darum hat er mich also gebeten, ihn zu begleiten.

»Mama übertreibt immer. Ich hab nur zwei Mal drei Punkte geschrieben.«

»In einem Fach?«, fragt er.

Ich beiße mir auf die Lippe und starre nach draußen.

»In Latein und in Geschichte.«

»Vale, in Fächern wie Latein und Geschichte darf man nicht nur drei Punkte bekommen. Bei Latein kann ich es ja fast noch verstehen, aber in Geschichte nicht. Das heißt, dass du nicht gelernt hast.«

Soll ich zu meiner Entschuldigung sagen, dass ich den ganzen Nachmittag vor der Arbeit mit Marco verbracht habe?

»Wie willst du das wieder ausgleichen?«, bohrt er nach.

»Ich dachte, ich lass mich in Geschichte noch mal mündlich prüfen.«

Er nickt.

»Und in Latein?«

»In der letzten Arbeit habe ich acht Punkte bekommen. Also muss ich da nichts machen.«

»Wir sollten mit deinen Lehrern reden.«

»Warum? Vertraust du mir nicht?«, frage ich alarmiert.

»Das hab ich nicht gesagt. Ich will bloß hören, was die meinen.«

Ich schaue weiter aus dem Fenster. Blöde Schule, nervige Lehrer. Ich kann's gar nicht abwarten, dass dieser Stress mal vorbei ist. In der Uni muss man wenigstens nicht immer jede Stunde anwesend sein, und man kann selbst entscheiden, wann man eine Prüfung ablegt.

»Fahren wir in die Berge über die Feiertage?«, frage ich, um mal über was anderes zu reden.

»Das entscheiden wir diese Woche. Wir warten noch auf die Antwort von einigen Freunden, die da eine Wohnung haben.«

»Wo denn?«

»In Roccaraso, in den Abruzzen.«
Ich schließe die Augen und denke an gestern, als ich mit Mirko im Kino war. Den Film haben wir eigentlich nicht geguckt, denn wir haben die ganze Zeit hemmungslos geknutscht, so dass sich irgendwann zwei ältere Herrschaften hinter uns beschwert haben. Sie konnten dem Film gar nicht folgen, weil wir so viel rumgemacht haben. Wir sind dann geflüchtet. Das war so megapeinlich.

»Wann würden wir losfahren?«, frage ich.
»Kurz vor Weihnachten.«
»Muss ich unbedingt mit?«, füge ich hinzu.
»Vale, was redest du da? Du magst die Berge doch.«
»Papa, *du* magst den Schnee. Du weißt genau, dass ich die totale Niete beim Skifahren bin.«
»Dann nimmst du noch ein paar Stunden.«
»Ich mag nicht. Das ist langweilig und kalt.«
»Du könntest Mirko einladen.«
Ich seufze. Glaub man ja nicht, dass er kommt.
Verstört steige ich aus dem Auto, als mein Handy eine SMS ankündigt: *Heute hab ich zu tun, sorry, bis zum nächsten Mal. Marco*
Enttäuscht schaue ich auf das Display. Was er wohl zu tun hat? Fast bin ich versucht, ihn anzurufen.
»Hol mal einen Wagen«, sagt mein Vater.
Ich schiebe eine Münze in den Schlitz des Einkaufswagens, während ich Marco eine SMS schicke: *Gibt es was Interessanteres als mich?*

Seine Antwort lässt nicht lange auf sich warten: *Erzähl ich dir später.*

Jetzt bin ich richtig sauer. Er trifft sich mit einem anderen Mädchen und erzählt mir kein Wort davon? Ungeduldig warte ich auf meinen Vater und würde am liebsten sofort nach Hause fahren. Wer könnte die wohl sein? Ein Eifersuchtsanfall überkommt mich. Da muss ich an Saras Worte zu diesem Thema denken … werde ich jetzt vielleicht auch schon krank? Ich schnappe mir die Sachen aus den Regalen, ohne sie auch nur anzuschauen. Mist, das hat mir grade noch gefehlt, ich habe so sehr an mir gearbeitet, um diese freundschaftliche Beziehung anzunehmen, und was macht er? Er tauscht mich bei erstbester Gelegenheit gegen eine andere aus. Ich stelle die Tomatendose in den Wagen und rolle in die Milchwarenabteilung.

»Denk an die Cornflakes«, sagt mein Vater, als er wieder neben mir auftaucht.

Grummelnd schiebe ich den Wagen weiter. Das macht er absichtlich, er rächt sich dafür, dass ich ihn manchmal ein klitzekleines bisschen anmache. Es stimmt schon, neulich habe ich den Minirock und die Stiefel angezogen, und ich habe bemerkt, wie er mich von Kopf bis Fuß gemustert hat: Hab ich was falsch gemacht? Aber ab und zu mag ich es nun mal, mich weiblicher anzuziehen als sonst. Und außerdem hab ich mich nicht an ihn rangeschmissen! Na ja, ein bisschen wollte ich ihn schon provozieren, aber nicht doll. Ich geb's ja zu, manchmal würde ich ihn gern zu einer Reaktion verleiten, aber nicht immer. Neulich auf dem Viale Libia haben wir uns so mit Wasser aus dem Brunnen bespritzt, dass wir uns schließlich ganz nah kamen. So nah, dass Marco meine Hände auf dem Rücken festhielt, damit ich nicht abhauen konnte. Da hat er mich an sich gezogen. In dem Moment sind mir Gedanken durch den Kopf gesaust, die überhaupt nichts mit Freundschaft zu tun hatten. Aber das war nur ein kurzer Augenblick, das schwör ich! Und der fiese Marco hat meine Verwirrung schamlos ausgenutzt, ist noch näher gekommen und hat mir Wasser in den Kragen tropfen lassen.

Ich kann ihm aber nicht böse sein, schließlich habe ich mit diesem absurden Spiel angefangen, indem ich ihn provoziert und mich mit ihm an den unmöglichsten Orten verabredet habe. Der Rest ist ganz von selbst passiert. Aber von welchem Rest rede ich hier eigentlich? Ich seufze. Die grausame Wahrheit ist, dass ich wieder an seinem Leben teilhaben will, und außerdem habe ich gedacht, dass irgendwas passiert, wenn ich mich mit ihm treffe. Du hast gedacht, dass du schlauer bist als er, stimmt's? Stattdessen schiebst du jetzt einen Einkaufswagen durch den Supermarkt, während er sich mit Wem-auch-immer vergnügt.

Zwei höllische Tage vergehen. Marco ist abgetaucht, und Marta ist auch keine große Hilfe für mich. Ich bin so schlecht drauf, dass ich wegen jeder Kleinigkeit mit Mirko zanke. Der Arme, was hat er damit zu tun? Am dritten Tag halte ich es nicht mehr aus und schreibe Marco eine SMS: *Bist du so beschäftigt, dass du keine Zeit mehr für deine Freunde hast?*

Seine Antwort kommt nach einer Stunde: *Sorry, ich hatte zu tun. Wir hören uns nächste Woche.*

Nächste Woche? Was erlaubt der sich? Was glaubt er, mit wem er es zu tun hat? Das zahle ich ihm heim, denke ich, und in einem Wutanfall lösche ich seine Telefonnummer und alle seine Nachrichten.

Die Tage vergehen. Dann steht auf einmal fest, dass wir Weihnachten in die Berge fahren.

»Warum hast du keine Lust auf die Berge?«, fragt Marta mich an einem Nachmittag am Telefon.

»Ozi feiert bei sich zu Hause Silvester, das will ich nicht verpassen. Und außerdem habe ich keine Lust, so viele Tage von allem weg zu sein.«

»Vielleicht feiern die in den Bergen im Schnee ja ganz besonders Silvester.«

»Ja, aber wir können dann nicht zusammen sein.«

Marta seufzt traurig.

»Warum fragst du deine Eltern nicht, ob du eher nach Hause fahren darfst?«

»Das erlauben die nie. Seit meine Noten im Keller sind, sind sie voll streng geworden.«

»Denk nicht drüber nach. Am Ende wird alles viel lustiger, als du es dir vorstellst.«

»Vielleicht«, sage ich unschlüssig.

»Und wie läuft es mit Marco?«

»Red nicht davon. Wenn du ihn siehst, grüß ihn ja nicht von mir. Er hat sich wirklich dämlich benommen. Findest du es in Ordnung, wenn er einfach so verschwindet, ohne eine Erklärung? Was ist aus der Freundschaft geworden, die er so hochgehalten hatte? Puff, verschwunden im Nichts.«

»Warum rufst du ihn nicht einfach an und sagst ihm das?«

»Was?«

»Das, was du mir gerade gesagt hast. Wenn du willst, gebe ich ihn dir. Er ist eben zur Tür reingekommen.«

Mir gefriert das Blut in den Adern.

»Nein, nein, ich will nicht mit ihm reden.«

»Warum nicht? Er muss doch erfahren, dass er gerade Mist baut.«

»Ich werd es ihm sagen, versprochen, aber nicht jetzt.«

Ich beende das Gespräch und lass mich enttäuscht aufs Sofa fallen. Eigentlich rege ich mich wegen nichts total auf, dabei sind Freundschaften einfach so: Manchmal sieht man sich ganz oft, dann wieder eine Zeitlang gar nicht. Zum Beispiel Giorgio, wann habe ich den das letzte Mal gesehen? Vor über einer Woche. Genau das ist es. Ich muss meine Einstellung ändern, ich habe mich viel zu sehr von Marco einwickeln lassen. Während ich das denke, legt Cocco seinen Kopf auf meine Brust. Ich streichele ihn.

»Mama, ich geh kurz Gassi!«, rufe ich und fühle mich gleich ein bisschen besser.
»Mach aber nicht so lange. Wo gehst du hin?«
»Ich muss noch ein paar Weihnachtsgeschenke kaufen.«
Sie stellt sich in die Wohnzimmertür.
»Kaufst du auch was für deinen Vater? Vergangenes Jahr hast du ihm gar nichts geschenkt.«
»Du vergisst wohl, dass ihr mich da nach London geschickt habt, in die Ferien. Wie es scheint, habe ich mit den Festtagen nie Glück.«
Meine Mutter hebt die Hände.
»Du hast recht, das habe ich vergessen. Entschuldige. Aber zum Schluss hattest du doch Spaß, oder?«, fragt sie und zwinkert mir verschwörerisch zu.
»Erinner mich bitte nicht an diesen Fehltritt, Mama. Wenn ich den nicht begangen hätte ...«, erwidere ich melodramatisch.
»Was soll das heißen?«
»Nichts, schon gut.«
»Gibt es ein Problem mit Mirko?«
Nicht mit ihm, möchte ich antworten.
»Nein, alles gut.«
»Du würdest es mir doch aber sagen, ja?«
Ich nicke.
»Auch wenn es ... sagen wir mal ... um intimere Dinge ginge?«
Verständnislos sehe ich sie an.

»Du brauchst gar nicht so ein Gesicht zu machen, ich weiß genau, dass es in eurem Alter passieren kann.«
Redet sie etwa von Sex? Meine Mutter fragt mich also gerade, ob ich mit Mirko im Bett war?
»Ich weiß auch, dass es passieren kann, Mama, aber glaub ja nicht, dass ich es dir dann sagen würde. Also, ich meine nicht, dass es was Schlechtes wäre, nur … also, das wäre ein bisschen peinlich.«
»Also warst du mit ihm im Bett?«
Ich schüttele den Kopf und hebe eine Hand, um meine Lüge glaubhafter zu machen. »Wie kommst du bloß darauf?«
Sie sieht mich schräg an.
»Versprich mir, dass du mit mir redest, falls du etwas brauchst, ja? Und sei es nur ein Rat.«
Ich nicke und fühle mich gleich viel entspannter.
»Natürlich. Mach dir keine Sorgen. Ich würde nie etwas Unüberlegtes tun.«
Genau, so wie in der Nacht mit Miguel!
»Ist gut. Also geh und denk an das Geschenk für deinen Vater«, sagt sie. »Warte, ich gebe dir etwas Geld, man weiß ja nie.« Dann verschwindet sie.
Sobald ich auf der Straße stehe, rufe ich Sara an, ob sie mich begleiten will, doch seit die Geschichte mit Svein läuft, hat sie für niemanden mehr Zeit. Sie denkt nur noch an ihn und zählt die Minuten, bis sie ihn wiedersieht. Sie ist schon ganz besessen von ihm. Ihr Leben dreht sich nur noch um Svein, so dass er

mir schon richtig auf die Nerven geht. Ehrlich gesagt, finde ich ihn ein bisschen paranoid mit all seinen Macken. Abgesehen von der Sache mit den Mädchen, hat er noch hundert andere Ticks. Er isst nur Bio-Zeugs und benutzt nur Dinge, die ausschließlich ökologisch sind. Seine Kleidung ist hundert Prozent aus Naturfasern und nur mit Naturfarben gefärbt. Außerdem liest er Bücher nur, wenn sie auf chlorfreiem Papier gedruckt sind, und er geht nur in kleine, unabhängige Programmkinos.

Anfangs dachte ich, er macht Witze, er war mir gar nicht so verkorkst vorgekommen. Aber neuerdings habe ich gemerkt, dass er nur selten mit uns was essen geht, er stößt immer erst hinterher zu uns. Und wenn wir ihn ins Kino einladen, lässt er die Einladung meistens sausen. Wenn ich mal vermute, dass er recht hat, und wir in einer Welt leben, in der wir mehr aufpassen müssen und die Umweltverschmutzung unsere Erde zerstört … dann wird das Leben doch zur Hölle! Außerdem frage ich mich, wie man auf der einen Seite so streng sein kann und auf der anderen Seite so locker über Liebesbeziehungen denken kann? Macht er es sich da nicht ein bisschen zu einfach?

11

Ich fahre zu Mirko. Er hat versprochen mir bei dem Geschichtstest zu helfen, den ich vor den Weihnachtsferien noch machen muss. In den vergangenen beiden Tagen habe ich fast nur gelernt, so dass ich mich gut vorbereitet fühle, aber ich brauche jemand, der mich abfragt. Und Mirko ist für diese Aufgabe der perfekte Mensch, denn er ist gut darin, und wenn er sich was in den Kopf gesetzt hat, ist er unerbittlich und strenger als ein richtiger Lehrer!

Ich habe einen hellen Jeansrock an, dicke schwarze Strümpfe und einen Wollpullover mit Ausschnitt, dazu schwarze Militärboots und einen bunt geringelten Schal, der mir bis zu den Knöcheln reicht. Darüber habe ich statt der üblichen langen Steppjacke die kurze weiße Kapuzenjacke angezogen. Da es ziemlich kalt ist, habe ich mir eine schwarze Wollmütze mit Schirm aufgesetzt, die ich vor ewigen Zeiten mal gekauft und fast schon wieder vergessen habe. Mein Spiegelbild im Flur gefällt mir: Ich sehe mir gar nicht ähnlich, ich wirke viel frecher.

Vor der Haustür sehe ich mich um. Ich gehe echt gern spazieren, selbst wenn das Wetter nicht so besonders ist, Hauptsache es regnet nicht. Als ich die Straße überquere, begegne ich Marco, der gerade aus seinem Haus tritt. Es ist, als ob wir uns verabredet hätten. Mein erster Gedanke ist, dass ich mich verstecken muss, der zweite, dass ich ihn erst mal beschimpfen sollte, und der dritte, dass ich ihn nicht mal grüßen werde. Doch die neue Vale beschließt, ihr strahlendstes Lächeln aufzusetzen. Zu irgendwas muss dieser Theaterkurs schließlich gut sein, oder?

»Vale, ich hätte dich fast nicht erkannt«, begrüßt Marco mich nach einem Augenblick der Verwirrung.

»Marco, hallo! Wie geht's? Du siehst gut aus«, erwidere ich und küsse ihn auf die Wange. Dann füge ich hinzu: »Hm, lecker, hast du ein neues Aftershave?«

Verträumt starrt er mich an.

»Ja. Aber du siehst auch toll aus«, bringt er schließlich heraus.

»Danke. Momentan geht es mir richtig gut. Also, was gibt's Neues? Hast du eine neue Flamme?«, frage ich hinterlistig und neige den Kopf ein bisschen zur Seite.

Gott, das ist ja nicht zu ertragen mit mir!

Marco hat sich endlich von der Überraschung erholt und lächelt.

»So einige«, sagt er.

Am liebsten würde ich ihm eine schallende Ohrfeige

verpassen und ihm dieses selbstgefällige Lächeln austreiben. Stattdessen knuffe ich ihn liebevoll.
»Die müssen toll sein, so wie du aussiehst«, erwidere ich und schaue auf mein Handy. »O Gott, entschuldige, ich muss los. Ich bin spät dran, ich hab eine Verabredung.« Dann gehe ich weiter.
»Mit Mirko?«, fragt er und läuft mir hinterher.
Ich lächele wieder.
»Es war schön, dich zu sehen«, sage ich nur.
»Kann ich dich ein Stück begleiten?«, beharrt er.
Ich kichere in mich hinein: Jungs sind manchmal so berechenbar. Damit sie neugierig werden, muss man nur das tun, was sie am wenigstens erwarten. Das hat mir meine Mutter verraten, und wenn ich Marcos Reaktion so beobachte, hat sie recht. Und wenn man bedenkt, dass ich diesen Auftritt nicht mal geplant habe: Ich bin echt gut. Marta wäre stolz auf mich!
»Das würde mich sehr freuen, vielleicht ein anderes Mal. Wir telefonieren bald mal.« Ich werfe ihm ein Küsschen zu und biege um die nächste Ecke.
Gott, ich glaub's ja nicht, dass ich das wirklich getan habe. Ich hab ihn nicht beschimpft und ihm auch keine Szene gemacht. Du bist so cool, Vale! Ich kichere, stecke mir die Ohrstöpsel des iPods rein und biege singend in die Via Marcantonio Colonna. Zwanzig Minuten später komme ich strahlend bei Mirko an. Allerdings sind meine Hände eisig, meine Nase ist rot und fängt an zu laufen.

»Hm … du siehst heute aber echt süß aus«, sagt Mirko, als er die Haustür aufmacht und mich ganz schnell hineinzieht. »Ich hab schon auf dich gewartet«, fügt er hinzu und küsst mich leidenschaftlich.
Ich schlinge ihm die Arme um den Hals.
»Du bist ja eiskalt.«
»Und du kochst«, erwidere ich und küsse ihn noch einmal.
»Komm, gehen wir in mein Zimmer.«
»Ey, ich bin zum Lernen gekommen.«
»Und wie willst du dich dafür bedanken?« Er sieht mich eindringlich an.
»Du bist also käuflich!«
»Na und?«
»Ich könnte dir was schenken.«
»Könnte ich das gleich bekommen?«
Kichernd rücke ich ein Stück von ihm ab, doch er umfasst meine Beine und hievt mich wie einen Kartoffelsack auf seine Schultern.
»He, was soll das denn? Lass mich runter«, protestiere ich und trommle auf seinen Rücken. Aber er lässt mich erst runter, als wir vor dem Sofa stehen.
»Ich nehme mir das, was mir zusteht.«
»Was bist du denn für einer? Der Höhlenmensch?«
Mirko schlägt sich mit den Fäusten auf die Brust und brüllt.
»Ich Tarzan, du Jane«, sagt er abgehackt und wirft sich auf mich. Wir lachen los wie zwei Durchgeknallte, bis

mir einfällt, dass ich noch Jacke, Schal und Mütze anhabe. Giggelnd schäle ich mich aus den Klamotten.
»Du bist ja allein!«
»Klar.«
Zwanzig Minuten später liegen wir immer noch engumschlungen auf dem Sofa.
»Kommst du mich in den Bergen besuchen?«
Mirko knabbert an meinen Fingern.
»Ich muss meine Eltern fragen. Könnte ich bei dir pennen?«
»Natürlich.«
»Hm.«
»Marta hat auch versprochen zu kommen.«
»Wann?«
»Das weiß sie noch nicht. Sie muss auch erst ihre Eltern fragen. Es wäre schön, wenn ihr zusammen kommen könntet.«
»Ich weiß nicht.« Er steht auf.
»Hast du jetzt schon deine Meinung geändert?«
»Nein, ich denke nur, du solltest mit deinen Eltern darüber reden. Vielleicht wollen die das gar nicht.«
»Aber sie vergöttern dich.«
Er lächelt und küsst mich.
»Gibt es denn genug Platz für uns beide?«
»Im Wohnzimmer gibt es ein Schlafsofa. Wenn es dich nicht stört, könntest du dort schlafen.«
»Und Marta?«
»Schläft bei mir und meiner Schwester.«

»Okay. Möchtest du eine Cola?«

Ich folge ihm in die Küche und nehme die Decke mit, die auf dem Sofa lag. Darin eingewickelt setze ich mich an den Tisch. »Weißt du, dass Marta einen Job gefunden hat?«

»Echt? Ich wusste gar nicht, dass sie einen gesucht hat. Wie das?«

Ich denke zwar nicht, dass es einen wirklichen Grund dafür gibt. Aber sie hat erzählt, dass es wegen der ewigen Streiterei mit ihrer Mutter ist, die beschlossen hat, ihr das Taschengeld zu kürzen, weil Marta sich immer draußen rumtreibt und nur Mist macht.

»Sie kommt mir nicht wie eine vor, die draußen Ärger sucht«, sagt Mirko.

»Ich weiß, aber das ist eine alte Geschichte zwischen den beiden. Ihre Mutter hat einfach nicht viel Vertrauen in sie. Und sobald sich eine Gelegenheit ergibt, demütigt sie Marta.«

»Ich verstehe nicht, warum Eltern nie versuchen, uns wirklich zu verstehen«, sagt Mirko. Offensichtlich meint er damit seine eigenen Eltern.

»Dazu kann ich nichts sagen … ich habe in der Beziehung echt Glück. Ich hatte nie große Probleme mit meinen Eltern, sie sind sehr verständnisvoll. Das einzige Mal, dass ich dachte, dass sie mich nicht mehr liebhaben, war vergangenes Jahr, als sie mich nach London geschickt haben.«

Mirko kennt die ganze Geschichte meiner Krise, als

Giulia geboren wurde. Daher muss ich nichts weiter dazu sagen. Er setzt sich neben mich, und schweigend trinken wir unsere Cola.

»Was für einen Job hat sie denn gefunden?«, fragt er nach einer Weile.

»Nichts Besonderes. Sie verteilt Flyer vor einem Club, samstags- und sonntagnachmittags. Ein paar Freunde von Marco haben Mädchen für die Bar gesucht, und Marta hat sich vorgestellt. Wäre sie achtzehn gewesen, hätten die sie sofort genommen. Aber so konnten sie ihr nur diesen Job anbieten. Ich fand schon immer, dass sie voll die Figur für so einen Hostessenjob hat. Sie könnte sogar als Model arbeiten, findest du nicht?«

»Absolut, und außerdem ist sie ganz locker drauf.«

»Genau. An einem der nächsten Wochenenden werde ich ihr helfen.«

»Klar, was für eine beste Freundin wärst du, wenn du nicht hingingest«, fügt Mirko sarkastisch hinzu.

Ich werfe ihm die Decke über den Kopf, und zur Strafe ziehe ich mich wieder an und zerre ihn in sein Zimmer zum Lernen.

Der mündliche Test ist perfekt gelaufen, ich habe acht Punkte bekommen, obwohl der Lehrer mich hasst. Seit dem ersten Schultag können wir uns nicht ab, und keiner von uns beiden hat je etwas getan, um das zu verbergen. Daher sind acht Punkte schon ein großer Erfolg, das heißt, dass ich eigentlich elf Punkte verdient hätte. Es ist schon eine Genugtuung, ihn dabei zu beobachten, wie er diese Note aufschreiben muss. Mein erster Gedanke gilt Mirko, denn ohne ihn hätte ich das nie geschafft. Während ich zu meinem Platz zurückgehe, danke ich ihm im Stillen. Er nickt derweil zufrieden.

Nach dem Unterricht verlassen wir zusammen mit Marta die Klasse und gesellen uns zu Filippo, Matteo und Sara, die uns am Mäuerchen gleich außerhalb des Schulgeländes erwarten. Wir gehen ein Stück zusammen, und ich bin immer noch ganz stolz auf den gelungenen Test. Ich kann es gar nicht erwarten, meinen Eltern davon zu erzählen, dann machen sie sich hoffentlich endlich keine Sorgen mehr um mich.

»Also, wann fangen wir mit den Proben an?«, fragt Filippo Mirko.

»Was für Proben?«, sage ich.

»Das weißt du nicht?«, mischt sich Matteo ein.

Fragend sehe ich Mirko an, und er zuckt mit den Schultern.

»Sie haben eine Band gegründet«, erklärt Sara.

Wovon reden die, bitte? Und warum wissen alle Bescheid, nur ich nicht? Aber Mirko sagt immer noch nichts.

»Nein, ich weiß es nicht. Wie viele seid ihr denn?«, frage ich und tue ganz gleichgültig.

»Vier. Mirko spielt Keyboard, ich und Matteo Gitarre

und mein Freund Edoardo Schlagzeug«, sagt Filippo begeistert.
»Aber das ist doch phantastisch. Kann ich auch mitmachen?«, fragt Marta, die scheinbar genauso viel weiß wie ich.
»Ich wusste gar nicht, dass du ein Instrument spielst«, erwidert Filippo.
»Tu ich ja auch nicht. Aber ich kann singen!«
Wir sehen sie an.
»Ich schwör's euch. Ich bin gut. Vale, sag ihnen, dass ich im Chor gesungen habe.«
Ich nicke, aber die anderen gucken skeptisch.
»Bitte, bitte«, fleht Marta mit gefalteten Händen.
»Marta, meinst du das wirklich ernst?«, frage ich erstaunt.
»Ich hab immer davon geträumt, in einer Band zu singen.«
Stille breitet sich aus. Bis zu diesem Augenblick hat keiner ihre Bitte für voll genommen, aber jetzt, wo sie immer inständiger bettelt, ist es allen peinlich. Ich halte die Luft an und warte, dass jemand etwas sagt. Nichts passiert. »Marta, vielleicht …«, will ich ihr zu Hilfe kommen, doch Mirko berührt mich am Arm.
»Okay«, sagt er. »Gib uns etwas Zeit, damit wir mit Edoardo darüber reden. Dann melden wir uns bei dir.«
Marta stößt einen spitzen Schrei aus, dann küsst sie Mirko, Filippo und Matteo mit Schwung nacheinander ab. Überrumpelt bleiben die Jungs wie angewurzelt

stehen. Sara und ich brechen in Gelächter aus über ihre verlegenen Gesichter. Schließlich laufen wir ganz entspannt weiter.
Doch als ich zu Hause ankomme, bin ich irgendwie verwirrt. Ich freue mich ja für Mirko, denn er wollte schon immer in einer Band spielen. Und auch für Marta freue ich mich, denn sie braucht etwas, das sie begeistert und ihr das Gefühl gibt, irgendwo dazuzugehören. Aber was ich wirklich nicht verstehe, ist, warum Mirko mir nicht ein Wort davon erzählt hat. Gelegenheiten dazu hätte es genügend gegeben, zum Beispiel gestern, als wir uns getroffen haben. Kann es sein, dass er das nicht mit mir teilen wollte? Oder bin ich schon so beschäftigt mit all dem anderen Kram, dass ich gar nicht gemerkt habe, dass sich etwas verändert hat?
Enttäuscht gehe ich in mein Zimmer.

»Warum machst du so ein Drama daraus? Das verstehe ich überhaupt nicht«, sagt Mirko später am Handy.
Ich versuche, ihm meinen Standpunkt klarzumachen, aber er sieht das Problem gar nicht.
»Ich hab einfach nicht daran gedacht. Das ist alles. Das ist überhaupt nicht merkwürdig. Warum musst du deswegen jetzt so einen Stress machen? Ich hätte es dir bei der richtigen Gelegenheit schon noch erzählt.«
»Zum Beispiel gestern?«, beharre ich dickköpfig.

»Ich hab da nicht dran gedacht. Lass es sein, Vale, du übertreibst total. Ich hab doch gar keinen Grund, dir das zu verheimlichen. Manchmal verstehe ich dich echt nicht, du bist total paranoid. Und außerdem, hast du noch nie Sachen mal ganz für dich behalten?«

»Was willst du damit sagen?«, fragte ich misstrauisch.

»Gar nichts, nur so.«

»Das stimmt nicht. Was meinst du damit?«

»Vale, es reicht. Schluss mit dieser Geschichte. Wenn du nicht aufhörst, lege ich auf«, erklärt er genervt.

Ich habe also mal wieder richtig übertrieben. Mirko liebt seine Freiheit und hält es eben nicht für notwendig, alles mit anderen zu teilen. Das weiß ich doch ganz genau. Sonst wäre er ja nicht so geheimnisvoll!

»Okay, entschuldige. Ich fand es bloß blöd, dass ich es nicht von dir erfahren habe.«

»Ist gut. Beim nächsten Mal denke ich dran«, erwidert er, immer noch genervt.

»Was habt ihr wegen Marta beschlossen?«

»Wir haben noch nicht mit Edoardo gesprochen, aber es könnte passen.«

»Habt ihr schon eine Stilrichtung im Kopf?«

»Momentan wollen wir nur *U2* covern.«

»Wow, das ist eine von Martas Lieblingsbands. Cool, ich kann's gar nicht erwarten, euch spielen zu hören. Darf ich zu den Proben kommen?«

»Klar, aber ich glaube, da wirst du dich eher langweilen. Am Anfang geht nämlich immer tierisch viel Zeit drauf, bis man sich mit allen Bandmitgliedern eingegroovt hat.«

»Habt ihr schon einen Probenraum?«

»Matteos Vater erlaubt uns sein Lager in Pietralata zu benutzen. Das steht momentan leer.«

Schweigend höre ich seiner Stimme zu. Begeistert erzählt er, wie sie es machen wollen: die Stücke, die Noten, die Instrumente, die sie mieten wollen. Und während Mirko mir voller Feuereifer die Songs beschreibt, die sie spielen wollen, krampft sich etwas in mir zusammen, was mich erst erstaunt, dann aber völlig überrumpelt. Ich tue alles, um dieses Gefühl zu missachten, aber da drängt es sich schon wieder nach vorn und fordert meine volle Aufmerksamkeit. Mühsam unterdrücke ich die Wut, weil ich so dumm und egoistisch bin. Ich bin wütend, weil ich merke, dass dieser Anfall nichts anderes als Eifersucht ist. Ja, ich bin eifersüchtig, dass ich nicht der Grund für seine Leidenschaft und Begeisterung bin, dass ich kein Teil von all dem bin. Und auch wenn ich ruhig darüber nachdenken will und mir sage, dass er mich ja deshalb nicht weniger liebt, dass ich mich wie eine blöde Zicke benehme, dass es richtig ist, dass jeder von uns etwas Eigenes hat … trotz all dem nagt die Eifersucht tief in mir und geht einfach nicht weg.

Schließlich, nach einer Woche unendlicher und ausgiebiger Proben, in die Marta sich mit Haut und Haaren gestürzt hat, so dass ich ganz sprachlos bin, wird auch sie offiziell als Mitglied in die Band aufgenommen. Ihre Begeisterung über die schöne Nachricht ist so ansteckend, dass mir gar nichts anderes übrig bleibt, als mich mit ihr zu freuen, vor allem seit ich kapiert habe, dass es sinnlos ist, die Band als Rivalin anzusehen.

»Gott, Vale, ich bin ganz besoffen vor Glück!«, kreischt Marta, während wir engumschlungen die Treppe ihres Hauses hinuntergehen.

»Das müssen wir feiern«, sage ich und drücke sie an mich.

»Weißt du, was cool wäre?«

»Nein.«

»Im Meer zu baden.«

Ich lache und schüttele den Kopf.

»Es ist Dezember. Wir holen uns bloß eine Lungenentzündung.«

»Ach was!«, ruft sie begeistert. »Ich hab's«, kreischt sie da. »Ja!!!«

Wir rennen los und krachen voll gegen die halbgeschlossene Eingangstür.

»Autsch, so ein Mist, mein Knie«, schimpfe ich, mit Tränen in den Augen vor Lachen.

»Komm, nicht bummeln«, sagt sie und hakt sich bei mir unter.

»Wo gehen wir hin?«
Sie flüstert es mir ins Ohr: »Wir gehen in den Thermen baden.«
»In welchen Thermen denn?«
»In denen in der in der Nähe von Viterbo.«
»Ich wusste gar nicht, dass es da welche gibt. Und wie kommen wir da hin?«
Sie sieht mich vergnügt an.
»Was hältst du davon, wenn wir Giorgio einladen? Er hat ein Auto.«
Raffiniert!
»Du bist verrückt. Und dahin brauchen wir bestimmt richtig lange.«
»Psst. Sei nicht immer so eine Spielverderberin.«
»Okay, hast recht. Ich rufe ihn an. Wann wollen wir denn los?«
»In ein paar Stunden?«
»So spät?«
»Es ist viel cooler, wenn es schon dunkel ist.«
»Warst du schon mal da?«, frage ich neugierig. »Mit wem?«
»Mit Giacomo, einen Abend«, flüstert sie mir ins Ohr. »Es war großartig. Wir haben es sogar im Wasser gemacht!«
Verblüfft starre ich sie an.
»Nein! Und ich soll also die mit den Geheimnissen sein?!«
Sie lacht, und wir treten aus der Tür.

Zwei Stunden später sitzen wir mit Giorgio und Svein im Auto und düsen über die Autobahn. Zu unserem großen Leidwesen können Sara und Mirko leider nicht mit.

Die Fahrt vergeht wie im Flug, während wir uns Geschichten erzählen. Giorgio ist einfach immer ein Garant für gute Storys. Mit ihm langweilt man sich wirklich nie. Er hat beschlossen, zusammen mit Ozi eine Wohnung zu suchen. Sie wollen das Zusammenleben ausprobieren, auch wenn er Riesenschiss davor hat. Aber er meint, dass es sich lohnen wird. Eine Wohnung zu finden wird allerdings nicht ganz einfach werden, denn beide haben nicht viel Geld, und Giorgio schlägt sich nur mit Aushilfsjobs durch. Die einzige wirkliche Sicherheit ist Ozis Gehalt, das er für seine Arbeit in einem Anwaltsbüro bekommt.

Wir sind schon fast da, als wir darüber reden, warum Svein nur bestimmte Lebensmittel isst. Der Norweger erklärt uns, dass er schon seit langer Zeit den Wunsch hat, die Natur mehr zu respektieren. Aber den Ausschlag zu dem radikalen Schritt gab dann ein Sommer, in dem er in einem landwirtschaftlichen Betrieb vom Vater eines Freundes gearbeitet hat, der nur Bio-Lebensmittel herstellt. Da hat er erfahren, wie die Lebensmittelindustrie wirklich funktioniert.

Vor allem die giftigen Chemikalien scheinen die größten Schäden anzurichten, also die Unkrautvernichtungsmittel und die Insektizide, mit denen alle Insekten, Ameisen und Parasiten getötet werden, die die Ernte schädigen können. Im Laufe der Jahre hat man herausgefunden, dass diese Substanzen aber auch andere Tiere, die Umwelt und den Menschen schädigen. Man weiß jetzt, dass Pestizide Krebs erregen, das Nervensystem schädigen und den Hormonhaushalt durcheinanderbringen können. Die Folgen sind meistens gar nicht absehbar. Aber damit die Hersteller den immer größeren Nachfragen des Marktes entsprechen und in kürzerer Zeit noch mehr produzieren können, haben sie dieses Zeug immer weiter benutzt, ohne dass das entsprechend geregelt wurde.

»Habt ihr noch nie was von GVO, von Gentechnisch veränderten Organismen gehört?«, fragt Svein.

Tatsächlich habe ich diese Abkürzung schon auf einigen Produkten im Supermarkt gesehen und habe mich immer gefragt, warum gentechnische Veränderung eigentlich so schlimm sein soll. Diese GVO sind künstlich erzeugte Organismen, in deren DNS Genstränge von anderen Organismen eingefügt wurden. Aber sind die Wissenschaft und auch die Medizin nicht dafür da, neue Wege auszuprobieren, um das Leben zu verbessern? Es ist schon klar, dass das alles kontrolliert werden sollte, aber ich glaube nicht, dass das alles so schlecht ist. Wenn es das wäre, gäbe es ja gar keine Forschung mehr. Aber Svein nimmt meine Annahme sofort auseinander und erklärt, dass das größte Risiko dieser GVO darin liegt, dass man die Folgen dieser Manipulationen auf die Umwelt und die menschliche Gesundheit gar nicht vorhersehen kann. Bakterien, die normalerweise harmlos sind, könnten sich verändern und gefährlich für den Menschen werden, weil man ihnen Gene eingepflanzt hat, die gegen Antibiotika unempfindlich sind.

Mir schwirrt der Kopf, als wir schließlich nach einer Stunde Autofahrt ankommen. Anscheinend ist es nicht möglich, dass die Wissenschaft nur hilft, ohne auch zu schaden.

»Das macht mich völlig fertig«, flüstere ich Marta ins Ohr.

»Wem sagst du das. Ab heute schaue ich mir jede Packung ganz genau an.«

»Ich auch.«

Wir steigen aus dem Wagen und sehen uns um. Nur ein paar Wohnmobile parken hier. Wir laufen ein kleines Stück auf einer Schotterstraße lang, dann entdecken wir das natürliche Wasserbecken, aus dem Dampf aufsteigt. Es sieht aus wie ein blauer See mit einem weißen Sandstrand darum herum, aber dann merken wir, dass es sich bei dem »Sand« um Schwefelgestein handelt. Als wir näher herangehen, sehen wir ein paar Köpfe aus dem Wasser ragen. Ohne lange zu zögern, ziehen wir uns aus und laufen zum Becken.

»Das kocht ja!«, schreie ich und ziehe meinen Fuß zurück.

»Die Temperatur müsste so bei 58 Grad liegen.«

»Und wie soll man da dann rein?«, frage ich unschlüssig.
Wieder stecke ich den Fuß ins Wasser und versuche, es auszuhalten. Aber das ist verdammt masochistisch! Ich sehe mich nach den anderen um. Ich bin die Einzige, die noch nicht im Wasser ist.
»Komm rein, Vale, denk nicht so viel nach«, feuert mich Giorgio an.
Ich sträube mich noch ein bisschen, aber die kalte Luft beißt immer mehr, und so lasse ich mich ins warme Wasser gleiten. Nach ein paar Minuten spüre ich zumindest das anfängliche Brennen nicht mehr.
»Müsst ihr bei diesem ganzen Dampf nicht auch an einen von Dantes Höllenkreisen denken?«, fragt Marta.
Nicht nur bei dem Dampf, würde ich sagen! Was ist das hier? Eine besonders fiese Art irgendeine Schuld zu sühnen? Sollte das nicht Spaß machen?
Der Geruch erinnert an faule Eier. Und die Farbe des Wassers, die nicht gerade klar ist, ist irgendwie beunruhigend. Ich berühre die Wände des Naturbeckens. Raue, unregelmäßige Felsstreifen wechseln sich mit glatten Teilen ab. Um das Becken herum liegen nur wilde Wiesen. Zum Glück ist es ein wolkenloser Abend, und der Mond schenkt uns sein Licht. Sonst säßen wir hier völlig im Dustern. Bei all dem Dampf habe ich das Gefühl, dass jeden Augenblick ein Alien aus dem Wasser auftauchen könnte.

»Warum lächelst du?«, fragt Svein, der sich neben mich hockt.
»Nur so. Dieser Ort ist so merkwürdig. Findest du nicht, dass er wie ein fremder Planet aussieht?«
»Ja, stimmt. Ich war mal in den Thermen von Saturnia. Kennst du die?«
»Ich hab davon gehört. Die sollen noch schöner sein als die hier.«
»Ja, und viel größer. Da kann man sogar in den Fluss steigen, das ist echt grandios. Es gibt verschiedene zugängliche Stellen. Aber an manchen ist die Strömung ziemlich stark. Wenn du da nicht aufpasst, wirst du fortgerissen.«

»Da muss ich irgendwann mal hin.«
»Ich kann dich begleiten, wenn du willst.«
Verwundert sehe ich ihn an.
»Hab ich was Falsches gesagt?«
»Nein, nein. Wir könnten einen Ausflug machen, mit Sara und Mirko zusammen.«
Svein lacht los.
»Was ist?«
»Dein Gesicht spricht Bände.«
Ich schaue zu Marta und Giorgio, die sich angeregt unterhalten. Also beschließe ich, Klartext mit ihm zu reden.
»Hör mal, Svein, du bist ein sehr netter Mensch, aber ich muss dich daran erinnern, dass ich mit Mirko zusammen bin.«

»Na und? Ich bin mit Sara zusammen, wenn's darum geht. Aber das heißt doch nicht, dass …«

Ich falle ihm ins Wort: »Doch. Ich kenne deine Philosophie über offene Beziehungen, aber ich gehöre nicht zu dieser Sorte von Leuten. Für mich ist das Blödsinn.«

Er legt den Kopf auf den Rand des Beckens und schaut in den Himmel. Das ist ihm scheinbar überhaupt nicht peinlich, denke ich, während ich ihn heimlich beobachte.

»Ihr Italiener seid in Sachen Sex echt ein bisschen verklemmt.«

Ich gehe sofort auf die Palme.

»Was faselst du denn da? Das ist doch nur eine billige Ausrede, damit du es dir bequem machen kannst.«

»Aber ich bin mit meiner Ansicht überhaupt nicht allein. Sara, zum Beispiel, ist mit mir da einer Meinung.«

Klar, wie sollte sie auch nicht! Weil das der einzige Weg ist, an ihn ranzukommen.

»Hör mal, jeder kann machen, was er will, aber ich mag den Gedanken, dass ich für einen Mann etwas Besonderes bin. Sonst würde ich denken, dass ich ihm nicht reiche. Dann wäre ich unzufrieden und würde total unsicher werden.«

»Das kommt darauf an, was man sucht.«

»Oder wie egoistisch man ist!«

Er dreht sich zu mir und lacht los.

»Hey, für so kratzbürstig hätte ich dich gar nicht gehalten. Das macht dich richtig sexy.«
Ich lächele genervt zurück und schwimme zu den anderen. Wir bleiben noch etwas im Wasser, und Svein scheint unser Gespräch völlig vergessen zu haben. So gegen halb zehn steigen wir aus dem heißen Wasser, und so durchgekocht halten wir auch die Kälte aus, bis wir wieder im Auto sitzen. Wie hat Marta es bloß geschafft, an so einem Ort mit Giacomo Sex zu haben?

12

Die Band hat sich gleich nach ihrer Gründung einen Namen gegeben: *The What's Up*. Mirko, der Künstler der Gruppe, hat für alle T-Shirts designt, sogar eins für mich! Da ich nicht genau wusste, was der Name bedeuten soll, und ich mich nicht als Volldepp outen will, weil alle anderen es scheinbar wissen, habe ich nachgeschlagen. *What's up* ist eine umgangssprachliche Frage und heißt so viel wie »wie geht's« oder »was geht ab«.
Jeden Donnerstagnachmittag trifft sich die Band im Lager von Matteos Vater. Einmal bin ich aus reiner Neugierde mitgegangen. Aber da passiert wirklich nicht viel: Sie proben und wiederholen immer dasselbe Stück, mal alle zusammen, mal einzeln mit Kopfhörern auf. Marta übt momentan noch allein zu Hause. Und weil sie eine Perfektionistin ist, hat sie ihre Chorleiterin gefragt, ob sie einmal pro Woche bei ihr Einzel-Gesangsunterricht nehmen kann. Auch die anderen Mitglieder sind Feuer und Flamme und legen sich für die Band voll ins Zeug, inklusive des Schlag-

zeugers Edoardo, einem mageren Typen mit einem langen Pferdeschwanz und einem Ziegenbärtchen, an dem er ständig herumfummelt. Er kennt Filippo seit der Grundschule, und auch wenn sie sich eine Weile aus den Augen verloren haben, verbringen sie jetzt viel Zeit miteinander.

Neulich habe ich übrigens mit Giò telefoniert, und sie hörte sich in Bezug auf Filippo ziemlich niedergeschlagen an. Das Verhältnis zwischen den beiden hat sich überhaupt nicht verbessert, sie zoffen sich nur noch. Und auch wenn sie es mir nicht eindeutig gesagt hat, ist ganz klar, dass sie kurz davor ist, Schluss zu machen.

Noch ganz gedankenverloren setze ich mich an meinen Schreibtisch und betrachte das Chaos in meinem Zimmer. Ich sollte den Koffer für den unsäglichen Bergurlaub packen, aber ich habe überhaupt keine Lust. Ich bin traurig und mies drauf. Meine Eltern haben nicht das kleinste bisschen nachgegeben, sie waren unerbittlich. Selbst an Silvester lassen sie mich nicht nach Rom zurückfahren. Normalerweise sind sie immer so verständnisvoll und erlauben mir alles, und ich würde sie auch um nichts in der Welt eintauschen wollen, aber manchmal sind sie einfach total streng. Der Grund ist wohl, dass sie mehr Zeit mit mir und meiner Schwester verbringen wollen, das verstehe ich ja durchaus und das freut mich auch. Aber wenigstens Silvester hätten sie mir zugestehen können!

Die gute Nachricht ist aber, dass Marta uns zusammen mit ihren Eltern besuchen kommt und wir ein paar Tage gemeinsam verbringen. Die schlechte ist, dass Mirkos Eltern nicht so großzügig sind, daher muss ich mich in den nächsten zehn Tagen mit einem Foto von ihm begnügen.

Auf dem Bett häufen sich meine Klamotten, und lustlos suche ich die raus, die ich mitnehmen werde. Am liebsten würde ich nur eine Jeans und drei, vier Pullover einstecken. Weil ich Mirko nicht treffe, brauche ich mich ja auch nicht zu stylen. Unsere Nachmittage in seinem Geheimversteck fehlen mir unglaublich. Da haben wir stundenlang in den Schränken und Truhen gewühlt oder einfach nur nebeneinander auf dem Riesenbett in der Mansarde gelegen. Zum Glück kehrt seine Großmutter im Februar wieder nach Paris zu seiner Schwester zurück, und wir können uns dann dort wieder austoben.

Ich mache den Koffer auf, und mein Blick fällt auf den inneren Reißverschluss: Ich ziehe ihn auf. In der Tasche finde ich zu meiner großen Überraschung noch einen Slip, der seit ewiger Zeit da drinstecken muss, und den Schlüsselanhänger, den ich Marco zum Valentinstag geschenkt habe und den er mir bei unserer Trennung zurückgegeben hat, auf dem *Mein Herz gehört dir* steht. Was macht der hier? Ich muss ihn auf meiner letzten Reise im Sommer mitgenommen haben. Ich plumpse auf die Erde und drehe den Anhänger in den Fingern, und plötzlich taucht dieser ganze Valentinsabend wieder vor mir auf: Marco und ich im Restaurant, sein strahlendes Gesicht, seine Hände auf meinen, wie er mit den Füßen unter dem Tisch nach mir tastet. Ich erinnere mich sogar daran, wie mein Magen sich vor Aufregung zusammengezogen hat und meine Hände schweißnass waren. Ich drücke den Schlüsselanhänger an die Brust und schließe die Augen. Marco, Marco, warum ist es nicht anders gekommen? Warum konnten wir uns nicht so lieben, wie wir es wollten? Ich streichele das Ding, als wäre es sein Gesicht, und ein kleines Lächeln schleicht sich in meins. Zwischen uns ist es noch nicht zu Ende, das fühle ich, das habe ich in seinen Augen gesehen. Kann es sein, dass sich zwei Menschen so sehr lieben? Oder ist das alles nur Einbildung? Ich kneife die Augen ganz fest zusammen und fahre mit den Fingerspitzen über die Gravur. Ich habe versucht, mit ihm befreundet zu sein, und mit aller Kraft habe ich versucht, die Dinge so zu nehmen, wie sie sind, aber ich habe es nicht geschafft. Immer wenn ich in seiner Nähe bin, spüre ich doch noch dieses Kribbeln, das mir den Rücken herunterläuft. Ich habe versucht, Fehler an ihm zu finden, ihn in einem realistischeren Licht zu sehen, aber trotz allem fühle ich immer noch etwas, das nicht einmal Mirko vertreiben konnte. Und ich kann mich einfach nicht damit abfinden. Trotzdem ist Mirko zweifellos viel faszinierender als

Marco. Das ist alles so irrational. Es ist, als ob der eine total greifbar ist, während der andere unfassbar und flüchtig ist, wie eine Fata Morgana, etwas, das dich anzieht und dann verschwindet, je größer der Wunsch wird es zu besitzen. Mirko ist der Ritter, Marco der Traumprinz. Bei diesem Vergleich muss ich schmunzeln. Ich bin so unheilbar romantisch. Aber es wär so schön, die beiden zu einem perfekten Mann zu verschmelzen!

Die Haustürklingel schreckt mich auf.

»Ja?«, sage ich verwirrt in die Gegensprechanlage.

»Vale, ich bin's, Marco.«

Dem muss es in den Ohren geklingelt haben.

»Hey, ciao!«

»Störe ich?«

Auch wenn ich es nicht sagen sollte: Ich bin so froh ihn zu hören, extrem froh, unsere Gespräche haben mir einfach gefehlt. Seit ein paar Tagen ist mein Groll verschwunden und einem Gefühl des Verlustes gewichen.

»Ich packe gerade meinen Koffer für die Berge.«

»Ich wusste gar nicht, dass du wegfährst. Wohin denn?«

»Nach Roccaraso. Meine Eltern haben da eine Wohnung gemietet.«

»Hast zu Zeit für einen Spaziergang?«

»Ich weiß nicht, ob ich die Zeit für dich habe.«

Marco lacht.

»Verdammt, Vale, immer einen Spruch auf Lager, was?«

Genau, ich hab keine Lust mehr, die zu sein, die ich nicht bin.

»Schenkst du mir vielleicht eine halbe Stunde?«

Auch eine ganze, wenn du mich so fragst, denke ich und seufze vor Wonne. Merkwürdigerweise fühle ich mich verletzlich und nachgiebig zugleich.

»Ist gut, ich komme in zehn Minuten runter.«

Bekanntermaßen braucht ein Mädchen Zeit, um sich vorzeigbar zu machen, und je wichtiger der Mensch für sie ist, umso mehr Zeit braucht sie. Als ich aus der Wohnungstür trete, ist über eine Viertelstunde vergangen. Leicht wie eine Libelle trällere ich das neueste Lied von Kelly Clarkson, springe die letzten Stufen hinunter und lande im Hauseingang, wo Marco an einer Wand lehnt und auf mich wartet.

Vielleicht ist es wegen der Enge, des Halbdunkels, seines Blickes, oder weil er mir trotz allem unglaublich gefehlt hat oder weil ich verrückt bin, vielleicht wegen all dem oder wegen irgendetwas anderem tue ich, ohne nachzudenken und ohne zu zögern, das, wovon ich seit Monaten träume. Ich trete zu ihm und küsse ihn, erst unsicher, dann immer leidenschaftlicher. Eine Sekunde verspannt sich Marco, will zurückweichen, doch dann gibt er nach, zieht mich an sich und erwidert den Kuss. Unsere Vergangenheit kommt wieder hoch und wischt alle Ängste weg. Ich erkenne seine Küsse, seine

Zärtlichkeiten, seinen Duft wieder. Ich fühle mich wie Odysseus, der nach zwanzig Jahren zu Penelope zurückkehrt, ich schmelze in seiner Umarmung dahin, und die Gefühle, die ich schon verloren glaubte, sind wieder da. Ich zittere, während er mich so fest an sich drückt, dass es mir den Atem nimmt, während sein Köper sich perfekt an meinen schmiegt.
Aber ich fühle auch etwas anderes, etwas Neues, Unbekanntes. Ich fühle etwas, was ich noch nie empfunden habe, etwas Stärkeres, das uns verbindet, was nichts mit dem zu tun hat, was wir vorher waren. Wir sind etwas anderes, wir sind mehr, wir sind verändert. Wir sind das, was wir vorher waren, und das, was wir heute sind. In diesen Kuss lege ich mein ganzes Wesen, alles, was ich empfunden, verloren und wiedergefunden habe. Die Tränen, die Trauer, aber auch die Freude und die Liebe, alles, was uns vereint und uns wieder zusammengeführt hat. Wir küssen uns, wir küssen uns ohne Ende, aus Angst vor dem Nachher, aus Angst, dass sich etwas Anderes zwischen uns schieben könnte, aus Angst aufzuwachen und zu entdecken, dass alles nur ein Traum war. Wir küssen uns aus Angst, dass alles wieder verschwindet.
Unsere Lippen kleben weiter aneinander, während wir uns glücklich alles wiederholen, was wir verloren hatten, bis unsere Münder sich aufgrund des »Konstruktionsfehlers« von Mutter Natur trennen müssen und wir atemlos nach Luft schnappen. Unbeweglich,

mit geschlossenen Augen, berühren sich unsere Köpfe an der Stirn, unser Atem vermischt sich, und wir lassen die Stille reden, damit sie sagt, was wir mit Worten nicht ausdrücken können. Wir wiegen uns in den Armen und warten, dass wir unsere Gefühle wieder in den Griff bekommen. Dann öffnen wir langsam die Augen und schauen uns an.

»So eine warmherzige Begrüßung hätte ich jetzt nicht erwartet«, sagt Marco und bricht das Eis.

»Überrascht?«, frage ich, wobei ich meine Verlegenheit verberge.

»Überrascht ist viel zu harmlos. Ich weiß noch nicht, ob ich das nicht alles geträumt habe.«

Ich lache leise, während er mich immer noch an sich drückt. Er trägt keine Manschette mehr.

»Du bist wieder ganz gesund.«

»Deshalb bin ich vorbeigekommen, um dir das zu zeigen.«

Ich sehe ihn leicht entgeistert an.

»Du hast mich nur wegen dieser Kleinigkeit rausgeklingelt?«

Er nickt und grinst schelmisch.

»Das ist alles?«, frage ich.

»Tja, das war eben die passende Ausrede, um mich wieder mal bei dir zu melden.«

»Guter Gedanke.«

Er lacht.

»So leicht kommst du mir aber nicht davon.«

»Was soll das heißen?«

»Ich meine die Tatsache, dass du einfach so abgetaucht bist.«

Marco kichert.

»Das musste ich tun. Ich wurde fast verrückt. Es kam mir nämlich so vor, als würdest du nur mit mir spielen. Ich musste ein bisschen Abstand zwischen uns bringen.«

»Du hast keine neue Freundin?«

Er bewegt die rechte Hand vage hin und her.

»War da eine oder nicht?«

»Da war eine.«

Ich wusste es, irgendwo ist doch immer ein Haken.

»Und ist sie noch da?«, frage ich, beiße mir aber sofort auf die Lippen.

»Ist das wichtig?«

Was ist das denn für eine Frage? Natürlich ist das wichtig!

»Für dich nicht?«

»Mir scheint, dass du auch nicht ganz frei bist, oder irre ich mich?«

Ein Kübel mit eiskaltem Wasser hätte mich weniger umgehauen ... Mirko! Sofort verscheuche ich das Bild aus meinem Kopf.

»Das ist ein Schlag unter die Gürtellinie.«

»Dann reden wir nicht darüber. Drehen wir eine Runde wie üblich?«

Wäre ich vorher mit ihm bis ans Ende der Welt gegangen, so hat sich plötzlich die Wirklichkeit zwischen uns geschoben, und meine Stimmung kippt total. Das Schuldgefühl klopft resolut an die Tür, und auch wenn ich mich verbarrikadiert und zwei Riegel vorgeschoben habe, sprengt es alle Schlösser.

»Ich kann nicht. Ich muss gehen.«

»Bitte, Vale, bleib.«

Als ich mich losmachen will, greift Marco mich am Arm und zieht mich wieder zu sich.

»Jetzt, wo ich dich wiedergefunden habe, lass ich dich nicht mehr gehen.«

»Das ist falsch. Ich kann nicht. Wir haben einen Fehler gemacht.«

»Ich bitte dich doch nur, eine halbe Stunde mit mir zu verbringen.«

»Und so zu tun, als ob nichts geschehen wäre? Nein, ich kann das nicht.«

»Warum nicht?«

Weil der Fluss mittlerweile Hochwasser führt und die Deiche langsam brechen. Warum versteht er das nicht?

Marco, der irgendetwas merkt, verhindert mit einem Kuss, dass ich was sagen kann, und verwirrt mich damit noch mehr.

»Ich kann das nicht tun …« O Marco, Marco … wie hast du mir gefehlt! So sehr, sehr, sehr, ich hab von dir geträumt, dich begehrt und geliebt, wie sonst niemanden … Dein Duft, deine Haut … ich dachte, ich würde sie nie mehr spüren können. Ich mache eine Weltreise und kehre zurück. Ich steuere neue Gefilde an, neue Länder, und hungrig dringe ich bis zum Mittelpunkt der Erde vor, ganz tief unten, zu diesen unbekannten Orten. Ich mache einen dreifachen Salto Mortale, und dann befreie ich mich in der Luft und warte vertrauensvoll, dass das Wasser mich vollständig umfängt. Ich möchte mich treiben lassen …

»Ich dachte, du willst mich nicht mehr«, flüstert er mir ins Ohr.

Wovon redet er? Wie kann er so etwas Dämliches denken?

Wir sehen uns eindringlich an, und es kommt mir vor wie eine Ewigkeit.

»Warum bist du zurückgekommen, Marco?«

»Ich brauche dich. Wenn ich dich eine Zeitlang nicht sehe, geht es mir mies. Es ist wie bei den Seeleuten, wenn sie an Land sind, bekommen sie Sehnsucht nach dem Meer.«

Ein lustiger Vergleich.

»Wirke ich so auf dich?«

Marco nickt.

»Das ist aber nicht nett. In einem ersehnten Land zu sein und sich gleich wieder wegzuwünschen.«

»Das ist ein heilsamer Effekt.«

Ich seufze und mache mich los.

»Ich glaube, es ist besser, wenn ich jetzt gehe«, sagte ich und gebe ihm einen Kuss auf die Wange.

»Wurde ich schon wieder degradiert?«
»Ciao, ciao.«
»Wann sehe ich dich wieder?«
Ich gehe zur Treppe.
»Im nächsten Jahr!« Ich flüchte die Stufen hinauf.
Marco verfolgt mich und hält mich auf dem Treppenabsatz vor meiner Wohnung auf.
»Versprichst du, dass du nicht wieder verschwindest?«, fragt er da.

»Ich weiß es nicht.«
»Versuch es ja nicht, sonst mache ich etwas Verrücktes.«
Ich schließe die Wohnungstür auf, und bevor ich sie hinter mir zumache, ziehe ich Marco zu mir und küsse ihn auf die Nasenspitze.
»Ich liebe Verrücktes«, sage ich.

Die Tage in den Bergen beginnen traumhaft: Ich denke die ganze Zeit an Marco, und er heizt meine Phantasie an, indem er mir unzählige SMS schickt, die mich ganz wuschig machen. Zum Glück liegen so viele Kilometer zwischen uns, dass ich genug Zeit habe, mich immer wieder einzukriegen. Auch wenn das fast unmöglich ist. Morgens stehe ich mit einem Lächeln auf den Lippen auf, stelle das Handy an und mein erster Gedanke gilt ihm. Dann versuche ich, auf die Erde zurückzukommen, gehe duschen und hoffe, dass das Wasser mir hilft, wieder einen klaren Gedanken zu fassen. Ich weiß, dass es verrückt ist, ich weiß, dass diese Situation zu nichts Gutem führt, aber gerade jetzt will ich diese intensiven Glücksmomente einfach nur genießen. Es ist merkwürdig, ich fühle mich, als wäre ich zweigeteilt. Ein Teil von mir ist immer noch mit Mirko zusammen und froh, wenn er sich meldet, und der andere Teil, der, den ich versteckt halte und den nur ich kenne, erzittert allein bei dem Gedanken, wieder von Marco berührt zu werden, und sehnt sich danach. Es ist irre, es ist Wahnsinn, aber so ist es nun mal, ich kann einfach nicht mehr klar denken, aber ich will auf keinen meiner beiden Teile verzichten.

Vielleicht liegt das daran, dass ich immer noch nicht genau weiß, was ich mir eigentlich wünsche. Vielleicht habe ich auch Angst, dass ich mir das mit Marco alles nur einbilde, dass er mich nicht mehr so wie vorher liebt, dass alles nur reine Schwärmerei ist. Denn wenn ich ehrlich bin, hat er mir noch nicht klar und deutlich gesagt, dass er mich wieder zurückhaben will. Er treibt seine Späße, spielt mit mir, schreibt liebevolle Sätze, aber macht keine Anstalten, verbindlicher zu werden. Und gibt es jetzt dieses andere Mädchen oder nicht?

Ich ziehe die dicken Strümpfe und den Skianzug an, heute früh habe ich Skistunde, dabei tut mir noch alles weh von den Tagen zuvor. Wie gern würde ich im Bett bleiben, aber mein Vater ist in diesem Punkt unerbittlich. Er denkt, dass ich ihm in Zukunft dafür dankbar sein werde. Wofür? Für die peinlichen Nummern auf den Brettern und den nassen Hintern? Ich verbringe mehr Zeit im Schnee als auf den Skiern, und der Lehrer brüllt ständig meinen Namen und verdreht die Augen. Was kann ich denn dafür, wenn ich kein Talent dafür habe? Warum muss mein Vater seine eigene Tochter so quälen, nur weil er als kleiner Junge nicht dieses Privileg genießen konnte? Vielleicht hat er mit Giulia mehr Glück, denke ich, und gehe zu meiner Mutter in die Küche.

Auf dem Tisch steht ein Blumenstrauß.

»Mama, wo hast du die denn her, hier in den Bergen?«, sage ich und bestaune sie aus der Nähe.

»Vom Markt. Schön, nicht? Da kriegt man doch gleich Frühlingsgefühle.«

Schön wär's, denke ich, schnappe mir eine kleine Margerite heraus und zupfe die Blütenblätter ab: Er liebt mich, er liebt mich nicht ... Ich setze mich und halte den Atem an, wie es wohl ausgehen wird. Doch da taucht Giulia unter dem Tisch auf und reißt mir die Blume aus der Hand.

»Gib sie mir sofort zurück«, sage ich, aber zu spät: Schon hat sie die letzten Blütenblätter abgefetzt. Nein ... jetzt werde ich nie erfahren, ob er mich wieder liebt!!! Entgeistert schaue ich meine Schwester an, die laut juchzt. Das Erscheinen meines Vaters verhindert, dass ich die Kleine an die Wand klatsche.

»Bereit für den neuen Tag?«, fragt er.
Noch völlig fertig wegen eben schaue ich lustlos aus dem Fenster.
»Papa, es schneit. Ist das nicht gefährlich?«, frage ich und hoffe, dass er es sich noch mal überlegt.
»Nein, ich habe die Wettervorhersage gesehen. Gleich kommt die Sonne raus.«
Ich seufze.
»Wann kommt deine Freundin an?«
»Morgen.«
Zum Glück habe ich dann jemandem, bei dem ich mich ausheulen kann. So alleine drehe ich hier langsam durch.
Zwanzig Minuten später sind wir auf der Piste, und frustriert stelle ich mich meiner nächsten Niederlage.

Gestern ist Marta mit ihren Eltern eingetroffen, und heute gehen wir auf dem See Schlittschuhlaufen. Wir reden ohne Unterlass, ich bombardiere sie mit Fragen. Eigentlich ist sie ziemlich einsilbig, auch wenn sie ständig behauptet, dass sie gar nichts hat. Vielleicht hat sie sich mit ihren Eltern gezofft.
»Wie laufen die Bandproben? Kommt ihr voran?«
»Es ist total cool, ich bin so happy. Die Gesangslehrerin hat gesagt, dass ich mich hörbar verbessert habe, und jetzt gehe ich auch mit den anderen in den Probenraum.«

»Und wie ist das so?«
»Cool, auch wenn es mir manchmal noch etwas merkwürdig vorkommt, wenn ich mit den anderen zusammen probe.«
»Warum?«
»Keine Ahnung. Edoardo kenne ich noch nicht so gut, aber alle anderen, außer Mirko, kenne ich seit Urzeiten, und jetzt so eng auf einem Raum zusammen zu sein, ohne über die üblichen Dinge zu reden, verwirrt mich. Das ist da alles so intim.«
»Magst du das nicht?«
»Das meine ich nicht, aber ich bin das einzige Mädchen, und die Jungs führen oft solche typischen Männergespräche oder reißen ihre Witzchen. Dann fühle ich mich immer ein bisschen fehl am Platz.«
»Bereust du es, dass du da mitmachst?«
»Machst du Witze?«
Sie ist überglücklich, dass sie ihre Leidenschaft für die Musik entdeckt hat, und wenn sie singt, kann sie sich von allen Dingen lösen: Dann gibt es nur sie und die Musik. Das wusste ich auch vorher schon. Immer wenn ich sie nach ihren Chorproben getroffen habe, war sie fröhlicher als sonst und hat den ganzen Nachmittag vor sich hin geträllert.
»Meine Lehrerin hat mir vorgeschlagen, richtigen Gesangsunterricht zu nehmen.«
»Und warum machst du das nicht?«
»Würde ich ja gern. Gestern, als wir hergefahren sind,

habe ich meine Eltern gefragt, aber sie haben mir gesagt, dass sie nicht immer alle meine fixen Ideen unterstützen könnten. Sie glauben, dass ich alles, was ich anfange, auf halber Strecke wieder sausen lasse.«

»Das kommt mir aber nicht so vor. Das ist jetzt das erste Mal, dass du total begeistert von einer Sache sprichst. Soll ich meine Mutter bitten, dass sie mit deiner redet? Sie kennen sich doch so gut, und vielleicht kann ein Erwachsener ihr das besser erklären …«

»Nein, bitte, mach das nicht. Dann würde sie sich nur über mich aufregen.«

Deshalb ist sie also so wortkarg.

»Das tut mir leid. Aber sobald du die Schule fertig hast und arbeitest, könntest du die Stunden selbst bezahlen.«

Sie lächelt ein bisschen, sieht aber gar nicht überzeugt aus.

»Übrigens, hast du schon mit dem Flyer-Verteilen angefangen?«

»Ja, ich habe es ein Wochenende gemacht. Das ist nicht besonders lustig, aber zum Glück bezahlen die einen sofort.«

»Wohin musstest du?«

»Die haben mich vor den Bahnhof geschickt.«

»Ich dachte, du solltest die Flyer vor irgendwelchen Clubs verteilen?«

»Dachte ich auch. Eigentlich war es gar nicht so schlecht, nur die Füße taten mir später weh.«

»Warst du allein da?«
»Nein, Matteo und Mirko waren auch da.«
»Mirko?«
»Ja, hat er dir das nicht erzählt? Die Organisatoren haben mich morgens früh angerufen und wollten wissen, ob ich noch jemanden kenne, weil ein anderer in letzter Minute abgesagt hatte.«
Wo ich jetzt so nachdenke, fällt mir was ein: Mirko muss es mir gesagt haben, aber ich war mal wieder nicht bei der Sache. An was ich wohl gedacht habe …

»Und was gibt's bei dir Neues?«
Ich bin mir nicht sicher, ob ich ihr von der Knutscherei mit ihrem Bruder erzählen soll.
»Was verheimlichst du mir?«, fragt sie und hält mich an einem Arm fest.
»Warum? Glaubst du, ich habe ein Geheimnis vor dir?«
Eine doppelte Gegenfrage als Antwort ist ein ziemlich eindeutiges Zeichen, dass ich sehr wohl etwas verheimliche.
»Ich kenne doch dein Gesicht, wenn dich etwas quält.«
Unentschlossen beiße ich mir auf die Lippen. Aber es nützt ja nichts, ich muss unbedingt mit jemandem darüber reden. Ich kann das nicht alles für mich behalten. Und wem sonst sollte ich das erzählen, wenn nicht meiner besten Freundin?
Sie verschränkt die Arme und sieht mich kichernd an.

»Lass mich raten: Du hast Marco getroffen, bevor du abgereist bist.«

Ich nicke.

»Hm, aber das ist nicht alles. So wie deine Augen funkeln, ist etwas passiert, richtig?«

Wieder nicke ich und lächele.

»Sag mir jetzt nicht, dass …«

Noch einmal nicke ich.

»Du willst sagen, dass …«, stottert sie ungläubig.

Ich kreise mit dem Kopf, als wäre ich im Zirkus.

»Ihr habt euch geküsst?« Marta steht der Mund offen.

Da schlinge ich ihr die Arme um den Hals.

»Jaaa, jaaa. Wir haben uns geküsst und es war phantastisch, ach, was sage ich, es war wundervoll! Gott, Marta, das kannst du dir nicht vorstellen. Verrückt, krass, traumhaft!«

Sie sieht mich überrascht an und sagt für ein paar Minuten kein Wort. Zuerst merke ich das gar nicht, denn ich bin so aufgekratzt und erzähle ihr alle noch so kleinsten Einzelheiten vom Kuss im Hausflur. Ich rede, seufze, rege mich auf, gestikuliere, während ich versuche, meine Gefühle wiederzugeben. Ich lache, während ich mich an die Situation erinnere. Schließlich sehe ich sie an und bemerke ihr Unwohlsein.

»Ist was nicht in Ordnung? Hab ich was falsch gemacht?«, frage ich.

Sie schweigt.

»Weißt du etwas über ihn?«, frage ich weiter, und Angst steigt in mir auf.
»Nein, entschuldige, es ist nur … diese Begeisterung hätte ich nicht erwartet. Also, ich dachte nicht, dass du ihn noch so sehr liebst«, sagt sie, aber es ist offensichtlich, dass irgendetwas nicht stimmt.
»Nun red schon. Wenn es was Schlimmes ist, musst du es mir sagen. Mach schon.«
Sie seufzt und steckt die Hände in die Taschen ihrer Jeans. Diese Geste erinnert mich an Mirko.
»Es gibt nichts, was ich dir über Marco sagen muss. Ich weiß nicht genau, was er in letzter Zeit macht. Wir treffen uns nur selten. Er geht jeden Nachmittag weg und kommt sehr spät zurück, mehr weiß ich nicht. Aber einmal habe ich ihn vor dem Haus mit einem Mädchen gesehen.«
»Ja, ich weiß, er hat es mir gesagt.«
Sie sieht mich noch erstaunter an.
»Ich versteh das nicht, Vale, ich hab das merkwürdige Gefühl, dass ich hier irgendwas nicht mitbekommen habe.«
»Was meinst du?«
»Wie passt Mirko in diese ganze Geschichte? Was hast du mit ihm gemacht? Habt ihr euch getrennt?«, fragt sie zögernd.
»Nein, gar nicht. Er weiß nichts davon und darf auch nichts erfahren.«
»Und wie willst du das machen? Wirst du mit ihm

sprechen, wenn du wieder in Rom bist? Was hast du vor? Willst du mit ihm Schluss machen?«

»Marta, warum reitest du so darauf rum, dass ich mit ihm Schluss machen soll? Ich bin voll durcheinander, ich weiß nicht, was ich will … es ist alles ein komplettes Chaos. Es kommt mir noch viel zu früh vor, um eine Entscheidung zu treffen. Ich weiß ja noch nicht mal genau, was Marco eigentlich von mir will. Ich dachte, du würdest austicken, wenn ich dir davon erzähle.«

Sie lacht.

»Ja, entschuldige, ich freue mich für dich. Es ist nur so, dass Mirko mittlerweile so was wie ein guter Freund für mich ist, und er mir schon ein bisschen leid tut.«

Ich nehme sie in den Arm.

»Wem sagst du das. Deshalb will ich ja gründlich darüber nachdenken, bevor ich Unheil anrichte. Findest du das fies?«

»Kann ich nicht sagen, aber ich verstehe dich … an deiner Stelle wäre ich auch verwirrt.«

»Hilfst du mir, eine Lösung zu finden?«

Sie hakt sich bei mir unter, und zusammen gehen wir weiter.

»Momentan bin ich erst mal nur neidisch, du hast zwei Typen und ich keinen. Findest du das etwa gerecht?«, sagt sie und grinst.

»Stimmt. Du musst dir ganz schnell jemanden besorgen!«, erwidere ich. Dann prusten wir los.

13

Seit ich in den Bergen bin, ruft Mirko mich jeden Tag an und versucht, mich aufzuheitern, allerdings mit kläglichem Erfolg. Er hat Weihnachten mit seinen Eltern verbracht, und seine Großmutter hat ihm ein Flugticket nach Prag geschenkt, damit er Eddie nach Neujahr besuchen kann. Zuerst bin ich ganz unruhig geworden, doch dann habe ich mich wieder eingekriegt: Wie kann ich nur so egoistisch sein und nur an mich denken?

Während die Tage vergehen und ich mich nicht von der Traurigkeit überwältigen lassen will, stelle ich fest, dass die Einsamkeit auch etwas Gutes hat. Nach dem ersten Augenblick der grenzenlosen Begeisterung über Marco, der meinen Geist völlig beherrschte, sehe ich die Dinge nun langsam klarer. Der Kuss war ein Unfall. So ein Fehler kann jedem passieren, wenn man sich alten Erinnerungen hingibt. An dem Nachmittag war ich traurig, ich wollte nicht wegfahren, und Mikro verbrachte immer mehr Zeit mit seiner Band. Betrübt schüttele ich den Kopf, ich lüge mir so

total selbst in die Tasche! Es stimmt, ich fühlte mich von Mirko ausgeschlossen, aber es ist auch wahr, dass Marco mich schon seit längerem völlig wahnsinnig macht, und der Kuss war einfach nichts anderes als der berühmte Tropfen, der das Fass zum Überlaufen gebracht hat. Vielleicht ist es gut, dass Mirko gerade jetzt eine Woche wegfährt. Dann habe ich wenigstens Zeit, um endgültig Klarheit zu schaffen.
Schlagartig fällt mir das letzte Mal wieder ein, als ich bei ihm zu Hause war …

Ich stehe vor Mirkos Gartentor und klingele nervös. Seit unserem letzten Treffen sind so viele Tage vergangen, dass ich mir vorkomme, als wäre es unser erstes Date. Vielleicht liegt das daran, dass man bei ihm nie weiß, was passiert, wie er drauf ist. Oder vielleicht liegt es auch daran, dass ich am Telefon, als ich ihn gefragt habe, ob ich ihn besuchen kann, ein leichtes Zögern in seiner Stimme gehört habe, so als wollte er lieber allein sein. Unschlüssig gehe ich durch den Garten und trete durch die halbgeöffnete Haustür.
»Mirko?«
»Ich bin in der Küche.«
Als ich auf ihn zugehe, dreht er sich um und wir sehen uns an. Es ist mir etwas peinlich, dann durchdringen mich seine stechenden Augen, und ich erschaudere vor Wonne. Bei diesem intensiven Blick kann ich sei-

nen Gesichtsausdruck gar nicht entschlüsseln, während er mich mit Blicken auszieht. Nur ein paar Sekunden bleiben wir auf Abstand, dann springt Mirko mit zwei schnellen Schritten zu mir, hebt mich hoch und wirbelt mich herum.

»Was machst du? Lass mich runter.« Ich kreische.

Langsam lässt er mich an seinem Körper herunterrutschen und küsst mich auf den Mund.

»Herzlich Willkommen.« Mit einem Happs gehöre ich ihm. Und in diesem Moment begreife ich es: Mirko ist ein Jäger, aber auch ein Bändiger. Bei ihm fühlt man sich als Beute, die sich willig in ihr Schicksal fügt.

Glücklich lasse ich mich in sein Zimmer tragen und mir den Pullover ausziehen. Ich erzittere unter den Händen, die die Macht haben, dass ich die gesamte Welt vergesse, die in mir unbekannte, unaufhaltsame Gelüste wecken, Hände, die die unwiderstehlichen Urinstinkte herauskitzeln. Ich presse meine Lippen auf seinen Hals und beiße ihn wie ein Vampir, dann küsse ich seine Brust, seinen Bauch, ich küsse ihn gierig. Wir entledigen uns der restlichen Klamotten, und einen Augenblick später umschlingen wir uns wie Efeu, winden uns wie Wurzeln, kleben wie Saugnäpfe aneinander. Meine Kühnheit treibt mir das Blut ins Gesicht, ich bin so enthemmt, als hätte ich Drogen genommen. Ich berühre ihn, ich streiche über seinen Rücken, ich kralle mich in seine Haut, und als Antwort beißt er mir auf die Lippen und zieht an meinen

Haaren. Wir kratzen uns, wir küssen uns, wir beißen uns, und wir sind verrückt nach dem anderen. Plötzlich zieht er mich hoch, ich bin auf einmal oben. Einen Augenblick ist mir diese Position peinlich, aber Mirko zieht mich wieder an sich, wir rollen auf die Seite und fallen auf die Erde. Wir müssen lachen, vergraben uns aber gleich wieder im anderen. Überwältigt von den Gefühlen, der Lust, dem Vergnügen verliere ich das Zeitgefühl. Wir tanzen weiter, bis wir satt und befriedigt von dem Spiel sind.

»Ich mag es, wenn wir uns eine Weile nicht gesehen haben«, sage ich, während ich erschöpft an seiner Brust liege.

»Ist das jetzt eine nette Art, mir zu sagen, dass du mich nicht mehr so oft sehen möchtest?«

»Das war doch nur so dahergesagt.« Ich knuffe ihn.

»Hm, habe ich dir gefehlt?«

»Ein bisschen ...«

Ich knuffe ihn noch mal.

»Okay, du hast mir sehr gefehlt«, korrigiert er sich.

»Schon besser.«

»Und ich?«

Marcos Gesicht taucht plötzlich vor mir auf, und ich bin heilfroh, dass Mirko es nicht sehen kann.

»Na ja, kommt drauf an. Dies alles hat mir gefehlt«, sage ich und küsse ihn auf die Brust.

Er zieht sich hoch und sieht mich belustigt an.

»Wenn das ein Kompliment sein soll, dass ich es drauf

habe, angenommen. Außerdem wusste ich schon, dass ich gut bin!«, sagt er halbernst.

»He, bild dir bloß nichts ein.«

Er lacht und zieht mich auf sich drauf.

»Na gut, ich gebe zu, dass du mir gefehlt hast.«

»Was genau hat dir von mir gefehlt?«

Ich greife nach meinem T-Shirt, richte mich auf und schlüpfe hinein. Er zieht mich wieder auf seine Brust.

»Ein bisschen alles. Mal sehen, also erst mal deine Stimme, dann deine Augen und last, but not least, mein Liebling, deine Narbe.« Ich knabbere an ihm.

»Lauter materielle Dinge, wusste ich's doch, dass ich dir nicht trauen kann.«

Verlegen schließe ich die Augen.

»Was wirst du in diesen Tagen ohne mich machen?«

Mirko drückt mich an sich. »Ich glaube, ich werde unsere Songs noch mehr üben.«

»Wollte Eddie dich nicht besuchen kommen?«

»Seine Eltern haben leider ihre Meinung geändert. Hätte ich Geld, würde ich zu ihm fahren.«

»Nach Prag?«

»Ja.«

»Echt?«

»Mir fehlen die Nachmittage, die wir zusammen verbracht haben. Wir haben uns im Englischkurs kennengelernt, und dann haben wir uns hinterher immer gegenseitig besucht. Wir hatten einen irren Spaß zusammen. Eddie war so was wie ein Spaßgarant. Jedes Mal, wenn wir weggegangen sind, haben wir ein paar neue Mädchen kennengelernt.«

»Na, dann ist es ja besser, dass ihr euch nicht mehr so oft seht.«

Er lacht.

»Deine Eltern würden dir kein Geld leihen?«

»Wo denkst du hin. Das würden sie nie machen. Sie haben immer irgendetwas zu meckern. Nach der schlimmen Geschichte in Edinburgh verdiene ich in ihren Augen gar nichts mehr.«

Irgendwie erinnert mich das Verhältnis, das er zu seinen Eltern hat, an das von Marta zu ihren Eltern. Da gibt es nur lauter Missverständnisse, zu wenig Gespräche und viel zu viele gegenseitige Beschuldigungen. Und trotzdem sind sie ganz anders: Marta ist lebhaft, strahlend und herausfordernd, Mirko ist scheu, wortkarg und einzelgängerisch. Die einzigen Eigenschaften, die die beiden gemeinsam haben, sind ihre Direktheit und ihre Ehrlichkeit.

»An was denkst du?«

»An dich und Marta.«

Mirko steht ruckartig auf und zieht sich die Jeans an.

»Wo willst du hin? Lass uns doch noch ein bisschen im Bett bleiben.«

Er setzt sich dicht neben mich.

»Und was hast du von uns beiden gedacht?«

»Dass ihr euch ähnlich seid, in gewissen Dingen. Wenn

wir nicht zusammen wären und sie nicht meine beste Freundin wäre, könnte ich wetten, dass ihr ein Paar wärt«, sage ich und kichere.
»Vale, was redest du da bitte?« Mirko steht wieder vom Bett auf.
»Ach, nur so. Es ist doch klar, dass das unmöglich ist. Wenn ich nicht gewesen wären, hättest du sie angebaggert?«
»Daran habe ich wirklich nie gedacht. Ich hatte nur Augen für dich.«
»Nach Federica, logo. Hör mal, darf ich dich was fragen?«
Er hat sich fertig angezogen und nickt.
»Warum warst du mit ihr zusammen?«
»Warum nicht? Sie ist hübsch.«
»Aber sie ist so dumm.«
»Für mich war das nie eine ernste Geschichte.«
»Du wolltest nur mit ihr ins Bett?«
»Ja, mir war klar, dass das bei ihr nicht schwierig werden würde.«
»Das ist ja fies.«
Mirko kniet sich auf das Bett.
»Mit dir war das nicht so. Du bist anders, das habe ich schon begriffen, als ich dich gesehen habe. Ich war gerade erst angekommen, ich wollte nichts Ernsthaftes, also habe ich mich auf sie konzentriert. Außerdem warst du so merkwürdig und bist mir immer aus dem Weg gegangen, hast nie mit mir geredet.«

»Stimmt. Aber dann bin ich zu dir nach Hause gekommen, um dir das Geld wiederzugeben.«
»Um mich auszuspionieren, würde ich sagen. Nach dieser Geschichte dachte ich wirklich, dass ihr nicht ganz bei Trost seid. Wie seid ihr bloß auf so eine Idee gekommen?«
Ich werde knallrot.
»Wir waren eben neugierig. Du warst so geheimnisvoll, schweigsam, bist gleich nach der Schule verschwunden und hast mit niemandem geredet. Auf Fragen hast du immer nur ganz einsilbig geantwortet. Wir waren davon überzeugt, dass etwas ganz Düsteres dahinterstecken musste.«
Mirko lacht aus vollem Hals.
»Du und diese durchgeknallte Marta.«
»Eine Sache habe ich dir nie erzählt.«
Er küsst mich auf den Mund.
»Einmal habe ich nachts geträumt, dass du mich in dein Geheimversteck bringst, wo wir vorher noch nicht waren. Es war eine Hütte am Strand von Ostia. Du hattest ein Zimmer wie einen Salon eingerichtet und überall Kerzen angezündet.«
»Ich mag Kerzen.«
»Zu essen gab es Lasagne.«
»Lecker. Ich krieg langsam Hunger.«
»Also, nachdem wir eine Weile da waren, hast du angefangen zu singen und Gitarre zu spielen und dann …«

Er sieht mich neugierig an.
»Tja, also, wir haben uns geküsst …«
»…«
»… und du hast dich in einen Vampir verwandelt!«
Schon wieder lacht Mirko laut los.
»Großartig, warum hast du mir das nicht früher erzählt? Wie cool! Was ist dann passiert? Hab ich dich gebissen?«
»Nein, am Anfang hast du gesagt, dass du mich auch in einen Vampir verwandeln wolltest, damit wir bis in alle Ewigkeit zusammenleben könnten.«
»Was für ein romantischer Vampir!«
»Genau, aber ich hab's mit der Angst gekriegt und bin an den Strand geflüchtet.«
»Und wie ist es ausgegangen?«
»Das weiß ich nicht, ich bin aufgewacht. Aber ich meine mich zu erinnern, dass mich jemand gerettet hat.«
Voll gelogen. Ich werde rot und schlage die Augen nieder.
»Hm, du hast mich also in einen Bösewicht verwandelt. Also bin ich für dich eine Gefahr«, sagt er bedrohlich, während er wie eine Katze auf mich zugeschlichen kommt.
»Sehr böse.«
»Wie der Wolf bei Rotkäppchen.«
»Genau so.«
»Dann gehörst du also mir.« Mit einem Sprung liegt

er auf mir und beißt mir in den Hals. Ich stoße einen Schrei aus, entwinde mich und spiele das Spiel mit.
»Hilfe, so rette mich doch jemand!«
»Du hast keine Chance, Süße, du gehörst mir. Gib dich mir hin und lass mich dein warmes Blut kosten.«
Ich lache, versuche, mich zu befreien, aber er lässt mir keine Fluchtmöglichkeit, und eine Sekunde später liegen wir schon wieder engumschlungen da.

»Was ziehst du heute Abend an?«, fragt mich meine Mutter und holt mich in die Gegenwart zurück. Verwirrt sehe ich sie ein paar Sekunden an. Dann weiß ich wieder, wo ich bin, und lächele ihr verlegen zu. Als ob sie meine Gedanken lesen könnte!
»Jeans und Pullover, was sonst?«
»Es ist Silvester. Da zieht man sich eigentlich anders an.«
Bedrückt betrachte ich meinen Schrank. Was soll ich schon feiern, bei einem Essen mit den Freunden von meinen Eltern? Marta und ihre Eltern sind leider schon wieder abgefahren und verbringen den Jahreswechsel in Rom. Irgendwie beneide ich sie.
»Auch wenn ich wollte, ich hab nichts anderes mitgebracht.«
Sie tritt neben mich und mustert meine Garderobe.
»Wenn du willst, leihe ich dir was. Hast du einen Rock?«

»Nur den«, sage ich und ziehe den langen Jeansrock heraus.
»Okay. Ich seh mal bei mir nach.«
»Mama, das bringt doch nichts, ich bin nicht in der richtigen Stimmung.«
»Bist du traurig, weil Mirko nicht bei dir sein kann?«
Ich starre weiter in den Schrank.
»Kann ich nicht in meinem Zimmer bleiben?«
»Vale, red keinen Blödsinn. Es wird dir schon gefallen.«
Ich sage nichts, während sie hinausgeht und kurz darauf mit einem schwarzen Top wiederkommt, das sehr hübsch mit Strasssteinen besetzt ist.
»Das müsste dir stehen. Mir ist es ein bisschen zu eng.«
Schließlich lasse ich mich von der guten Laune meiner Mutter mitreißen. Ich ziehe das Top und den Rock an, schlüpfe in schwarze Strümpfe, und als ich zwanzig Minuten später aus dem Zimmer trete, scheine ich eine andere zu sein. Meine Mutter hat mich geschminkt. Sie hat mir pflaumenfarbenen Glitzerlidschatten aufgelegt, schwarzen Kajal und ebenfalls pflaumenfarbenen Lippenstift. Das hat richtig Spaß gemacht. Zur Vervollständigung des Kunstwerks hat sie mir die Haare hochgesteckt und nur ein paar Strähnchen herausgezupft. Als ich mich im Spiegel betrachte, erkenne ich mich kaum wieder.
»Wie findest du's?«, fragt sie zufrieden.

Ich drehe mich nach rechts und links, um mich genau zu betrachten.
»Du bist so hübsch!«, ruft meine Mutter.
»So aufgebrezelt könnte ich nie auf die Straße gehen«, erwidere ich.
»Darum bitte ich auch, dass du nicht so geschminkt herumläufst. Du siehst aus wie zwanzig.«
Geschmeichelt kichere ich. Wenn mich die anderen jetzt sehen könnten!
»Lass uns ein Foto zusammen machen.«
Ich nehme das Handy, drehe es zu uns und drücke auf den Auslöser. Wir müssen lachen, als wir uns auf unserem Selfie sehen: So geschminkt sehe ich meiner Mutter noch ähnlicher. Sie drückt mir einen Kuss auf die Wange.
»Du wächst viel zu schnell. Das tut mir richtig leid.«
»Warum?«
»Weil ich dich nicht mehr so schnuckeln kann wie früher, als du klein warst.«
Sie umarmt mich.
»Jetzt hast du ja Giulia.«
»Stimmt, aber ich würde das gern auch mit dir noch machen, nur bist du schon zu groß dafür.«
Wir wiegen uns noch gegenseitig ein bisschen in den Armen, dann erhebt sich meine Mutter seufzend, und gemeinsam verlassen wir das Zimmer.
Der Abend ist gar nicht so langweilig, wie ich dachte, und ich merke gar nicht, dass es Mitternacht wird. Als

draußen das Feuerwerk losgeht, fängt Cocco wie ein Verrückter an zu bellen und versteckt sich unter dem Sofa, während Giulia vor Aufregungen in die Hände klatscht. Gerade als ich nach dem Hund schaue, bekomme ich eine SMS. Doch die Nummer des Absenders kenne ich gar nicht.

Wollte dir als erster ein schönes neues Jahr wünschen.

Wer bist du?

Finde es heraus. Kannst du einen Moment runterkommen?

Hast du dich vielleicht vertippt?

Sicher nicht. Komm runter.

Verwirrt blicke ich hoch und sehe meine Mutter an. Ich gehe auf den Balkon und beuge mich über das Geländer, doch ich kann niemanden entdecken. Das muss ein Scherz sein.

»Was ist?«, fragt meine Mutter.

»Jemand hat mir eine SMS geschickt.«

»Hm, und?«

»Sie kommt von einer Nummer, die ich nicht kenne.«

»Hat sich jemand geirrt?«

»Ich glaub schon.«

Eine neue Nachricht bimmelt.

Ich warte unten auf dich, und es ist verdammt kalt.

Sorry, du bist hier falsch. Ich kenn dich nicht. Wie heißt du denn? Wen suchst du?

Bist du nicht Valentina?

Huch, der meint wirklich mich.

Doch, und du?

Komm runter und finde es heraus.

»Und?«, fragt meine Mutter noch mal.

»Irgendjemand will, dass ich vor die Tür gehe.«

»Ist Mirko zu Besuch gekommen?«

Plötzlich bin ich total aufgeregt. Sollte Mirko wirklich so verrückt sein und hergekommen sein?

»Was mach ich jetzt?«

Sie sieht mich erstaunt an.

»Du glaubst doch nicht, dass ich dich um diese Uhrzeit rausgehen lasse, wenn ich nicht weiß, wer der Typ ist?«

»Und wenn es wirklich Mirko ist?«

»Sag ihm, er soll raufkommen.«

Enttäuscht simse ich.

Tut mir leid, ich darf nicht runter. Warum kommst du nicht rauf?

Ich glaube nicht, dass das eine gute Idee ist.

Tja, dann nicht. Ciao … Unbekannter!

Irgendwie muss ich kichern, dann gehe ich mit meiner Mutter wieder rein.

Weil ich diese Ungewissheit aber nicht mehr aushalte, rufe ich Mirko an. Kaum, dass er rangeht, höre ich einen Höllenlärm. Also kann er es nicht sein. Wir wünschen uns ein gutes neues Jahr, dann reicht er mich an die anderen weiter: an Marta, Sara, Giorgio, Svein. Im Hintergrund brüllt Ozi etwas zu einer ohrenbetäubenden Musik. Als ich auflege, glaube ich, dass es Marco ist. Ich rufe ihn an, aber er antwortet nicht. Ich schicke ihm eine SMS mit Neujahrswünschen, aber er antwortet nur ganz kurz. Der Typ unten sucht also nach einer anderen Valentina. Ich will schon aufgeben, als eine neue SMS kommt.

Kannst du dich nicht für eine Minute rausschleichen?

Nur wenn du mir sagst, wer du bist.

Okay, komm ans Fenster, Amore mio.

Gerade als ich mich zum Fenster drehe, leuchtet etwas im Baum auf der anderen Straßenseite auf. Ich öffne das Fenster und staune: Tausend kleine bunte Lichter formen ein Herz, in dessen Mitte geschrieben steht: *Frohes neues Jahr, Amore mio, Marco.*

Ich kreische auf und drücke mir die Hände auf die Brust. Verzückt schließe ich die Augen, reiße sie gleich wieder auf. Ich träume, das kann nicht wahr sein. Die anderen kommen neugierig ans Fenster und starren erschrocken auf den Schriftzug. Mein Vater erholt sich als erster von der Überraschung.

»Bist du nicht mit Mirko zusammen?«

Das kann ich jetzt grad gar nicht erklären.

Ohne zu antworten, drängele ich mich durch die Leute und renne wie der Blitz die Treppe hinunter, ich stürme aus der Haustür und laufe ihm entgegen. Ich sprinte über die Straße, da taucht ein Auto mit voller Geschwindigkeit auf. Es bremst, will mir ausweichen und schleudert. Ich schreie, aber kurz bevor es mich anfährt, springe ich zurück. Ich knalle gegen einen

Wagen, der hinter mir geparkt hat, es kracht dumpf, ich sacke auf den Boden. Jemand ruft meinen Namen, dann wird es schwarz.

14

Mir ist fürchterlich kalt, als ich aufwache. Meine Hand berührt etwas, das sich wie ein Laken anfühlt. Ich versuche, die Augen aufzuschlagen, aber ich schaffe es nicht. Langsam bewege ich die Finger über die glatte Oberfläche. Ich liege in einem Bett. Aber es ist nicht meins, das hätte ich erkannt. Ich will mich bewegen, aber mein Körper reagiert nicht … was ist mit mir los? Wo bin ich? Ich denke angestrengt nach, aber mein Gedächtnis ist mir keine Hilfe, ich erinnere mich an absolut gar nichts mehr. Ich fühle mich so erschöpft, als wäre ich den ganzen Tag gerannt. Mühsam schlucke ich und räuspere mich. Träume ich? Wo sind meine Eltern? Vielleicht ist es Nacht und sie schlafen. Aber ich hab so einen Durst, mein Mund ist ganz trocken. Ich denke noch mal nach, aber ich sehe nur verschwommene Bilder. Irgendjemand hat sich wehgetan. Dieser Ort wirkt wie ein Krankenhaus. Vielleicht hab ich mir was getan, warum sollte ich sonst in einem Bett liegen, das ich nicht kenne? Aber es ist merkwürdig, mir tut nichts weh, also kann es nichts

Schlimmes gewesen sein. Ich will weg hier, ich muss raus, ich brauche frische Luft.
Mit einer übermenschlichen Anstrengung reiße ich die Augen auf und stelle fest, dass ich wirklich in einem Krankenhauszimmer liege. Ich schaue auf meine Hände. In meinem Arm steckt eine Kanüle. Ich versuche, mich hochzuziehen, aber ich sacke auf das Kissen zurück. Mir fehlt die Kraft, ich fühle mich schwach. Mit der freien Hand taste ich auf dem Nachttisch neben dem Bett und drücke einen Knopf. Kaltes Neonlicht erhellt das Zimmer.
Es ist klein, und ich bin allein hier. Ich taste mich ab, um festzustellen, dass ich wirklich nicht träume. Ich hebe das Laken, es ist alles noch dran, scheinbar ist auch nichts gebrochen. Was mache ich also an so einem traurigen Ort? Ich entdecke einen anderen Knopf und drücke ihn. Nichts passiert. Nach ein paar Minuten drücke ich noch einmal länger darauf. Ist das nicht der Klingelknopf für die Pflegeschwester? Im Film ist das doch immer so, dass dann gleich jemand angelaufen kommt.
Bis jetzt war ich erst zwei Mal im Krankenhaus. Einmal, als ich Großmutter kurz vor ihrem Tod besucht habe, und das zweite Mal als Giulia geboren wurde. Ich erinnere mich eigentlich nur an den ekligen Geruch von Desinfektionsmittel und an lauter traurige und unpersönliche Zimmer, die alle gleich aussahen. Zum Glück musste ich da nie wieder hin. Bis jetzt.

Ich schaue mich im Zimmer um und entdecke meinen Rucksack auf einem Sessel am Fenster. Wenn ich doch nur an ihn rankäme, dann könnte ich mein Handy rausholen und meine Mutter anrufen. Wie spät ist es? Draußen ist es dunkel. Wie lange bin ich schon hier? Stunden? Tage? Monate? Vielleicht war ich jahrelang bewusstlos und bin jetzt plötzlich wieder aufgewacht, dann hätte sich die Welt ohne mich weitergedreht. Womöglich erfahre ich dann, dass Mirko nach Prag zurückgekehrt und ein weltberühmter Maler geworden ist. Marco hat geheiratet und zwei Kinder bekommen, und Marta ist als erfolgreiche Sängerin mit ihrer Band auf Welttournee. Und ich, was hätte ich alles werden können? Die Managerin einer großen Firma? Ich glaube kaum … eine Modedesignerin? Eher nicht, ich kann ja nicht mal einen Baum zeichnen. Ich hab's, ich wäre Entwicklungshelferin in der Dritten Welt geworden! Ja, das kann ich mir vorstellen, ich könnte reisen und mich gleichzeitig nützlich machen.

Ich muss mich unbedingt im Spiegel ansehen, wenn so viel Zeit vergangen ist, sehe ich ja anders aus, älter. Vielleicht bin ich schon fünfundzwanzig und hab Falten, solche, die meine Mutter immer so bekümmern. Ich streiche mir durch die Haare und merke, dass sie kürzer sind als vorher. Wer hat mir die abgeschnitten? Was erlauben die sich? Noch ganz entsetzt von all den unbeantworteten Fragen fallen mir die Augen wieder zu, und ich schlafe ein.

»Valentina, hörst du mich?«

Irgendjemand ruft mich.

»Valentina, aufwachen, ich bin's, Mama. Schatz?«

Endlich kümmert sich mal jemand um mich.

»Kannst du mich hören?«

Natürlich.

»Wie lange wird es dauern, bis sie sich wieder erholt?«

Von wem redet sie? Mama, ich hab mir nichts getan. Vale, öffne die Augen und zeige dich.

»Das kann man nicht sagen. Aber das MRT hat keinen Hirnschaden und auch kein Hämatom gezeigt.«

Natürlich ist mein Hirn in Ordnung, wie sollte es denn sonst sein? Aber wer redet da denn?

Jemand zieht mein Augenlid hoch, und helles Licht blendet mich. Ich möchte denjenigen am liebsten treten. Was sind das denn für Manieren? Ich schlafe doch noch, kann ich bitte in Ruhe aufwachen?

»Sie reagiert. Wir müssen nur Geduld haben. Reden sie mit ihr, vielleicht erkennt sie ihre Stimme.«

Ein schrecklicher Verdacht zieht mir den Magen zusammen, während ich fühle, wie meine Mutter meine Hand kräftig drückt.

»Schatz, ich bin hier, bei dir. Papa und Giulia kommen auch gleich.«

Es ist wie in einem Film, wo alle denken, du liegst im Koma, dabei hörst du alles, kannst dich aber nicht bewegen. Ich hab mich immer gefragt, wie sich das anfühlen muss, jetzt weiß ich es: ekelhaft. Aber vorher, als es dunkel war, da habe ich ganz sicher die Augen aufgemacht und das Zimmer und meinen Rucksack gesehen. Hab ich das etwa nur geträumt? Die Worte meine Mutter lullen mich ein. Ich döse dahin, wache aber unzählige Male auf. Nach einiger Zeit, die mir unendlich vorkommt, spüre ich ein Kitzeln am Fuß, mein Bein zuckt. Ermutigt von der Bewegung versuche ich, meine Hand zu heben, aber nichts passiert. Also strenge ich mich noch mal an und merke, dass die Augenlider langsam nicht mehr so schwer sind. Ich blinzele und endlich reiße ich die Augen mit aller Gewalt auf. Ja, geschafft.

»Mama«, bringe ich endlich heraus.

Sie bricht in Tränen aus, und erst als eine Pflegeschwester ins Zimmer tritt, hört sie auf zu weinen.

Ich betrachte das Zimmer, aber es ist nicht so, wie ich es erinnere. Es ist größer und heller. Es gibt einen kleinen Tisch mit einem Stuhl und einem Sessel. Hinter einer Tür erkenne ich ein Badezimmer. Was habe ich heute Nacht geträumt? Verwirrt drehe ich mich zum Nachttisch, der nicht da ist. Also habe ich heute Nacht nicht geklingelt. Ich schließe die Augen und öffne sie gleich wieder. Okay, Vale, das war alles nur Einbildung.

Während ich versuche, mich zu erinnern, warum ich hier bin, kommt ein Arzt mit einer Gruppe Studenten rein, die sich im Halbkreis um mein Bett stellen. Er redet, erklärt, dann kommt er näher, er sagt etwas zu mir, und nachdem er mit der Pflegeschwester gesprochen hat, geht er, zusammen mit all den Leuten. Scheinbar braucht mein Hirn etwas länger, um sich wieder zu erinnern.

»Was ist passiert?«, frage ich zögernd.

»Du hattest einen Unfall. Du wolltest einem heranrasenden Auto ausweichen und bist gegen ein geparktes geknallt.«

Davon weiß ich nichts.

»Wo war das?«

»Vor dem Haus.«

»In Rom?«

»Nein, in Roccaraso.«

Verwirrt nicke ich nur.

Kurz darauf treffen mein Vater und meine Schwester ein und freuen sich, dass ich wach bin. Schade, dass sie Cocco nicht mitgebracht haben, denke ich wehmütig.

»Mir geht's gut, danke. Ich fühl mich schon viel besser. Wann kann ich hier raus?«

»He, Mädel, nur die Ruhe. Warum so eilig?«, sagt mein Vater und wuschelt mir durch die Haare.

»Ich mag das hier nicht, ich will nach Hause. Ich hab mir doch nichts getan, oder?«

»Nein, aber du musst noch ein bisschen zur Beobachtung bleiben.«

»Wie lange denn?«, frage ich ungeduldig.

»Mindestens ein paar Tage.«
»Seit wann bin ich denn hier?«
»Seit heute Nacht. Erinnerst du dich, dass wir Silvester gefeiert haben?«
Ich schüttele den Kopf.
»Was hab ich denn gemacht, als ich fast angefahren wurde?«
»Das weißt du nicht mehr?«
»Totales Blackout. Ich wusste nicht mal, dass wir in den Bergen sind.«

Meine Eltern werfen sich einen Blick zu.
»Sie haben uns gesagt, dass das Kurzzeitgedächtnis manchmal Mühe hat zurückzukommen.«
»Aber es kommt zurück?«
»Ja«, sagt meine Mutter und nickt.
»Könnt ihr mir dann bitte mal sagen, was ich vor dem Haus gemacht habe?«
Mein Vater hält meine Mutter zurück.
»Denk nicht dran. Jetzt musst du dich einfach nur erholen.«
Fragend sehe ich meine Mutter an. Da steckt mehr dahinter.
»Verheimlicht ihr mir irgendwas?«
»Nein, wo denkst du hin. Es ist alles in Ordnung.«
»Also weiß noch niemand, was mit mir passiert ist?«
»Nein, das ist ja erst wenige Stunden her«, sagt meine Mutter zögernd.
»Gibst du mir bitte meinen Rucksack?«, frage ich.

»Ja, natürlich, aber das Handy bleibt aus.«

»Ich will nur checken, ob mich jemand angerufen hat.«

»Nein, jetzt nicht. Du musst dich ausruhen«, beharrt mein Vater, wobei er aufsteht und meine Mutter zwingt, ihm zu folgen.

Ich schlafe den ganzen Tag, und als die Pflegeschwester mir etwas zu trinken bringt, lasse ich mir von ihr den Rucksack reichen und komme endlich an mein Telefon.

Ich gehe die SMS der vergangenen Tage durch. Da sind drei neue von Mirko, der schreibt, dass er versucht hat, mich anzurufen, aber das Handy war immer aus, und zwei von Marta. Ich lese die alten Nachrichten. Irgendein Unbekannter wollte, dass ich vor die Tür komme und dann, dass ich mich ans Fenster stelle. Vielleicht bin ich deshalb auf die Straße gelaufen, und da ist es passiert. Aber was? Und wer war der Unbekannte? Marco? Und wenn ja, was hat er dann in Roccaraso gemacht? Gerade als ich seine Nummer wähle, kommt meine Mutter rein, und ich mache ganz schnell das Handy aus.

»Mama, du musst mir die Wahrheit sagen.«

»Schatz, die Ärzte haben gesagt, dass du dich nicht aufregen darfst.«

»Hat Marco was mit der Sache zu tun?«

Sie zögert, dann schüttelt sie den Kopf.

»Mama, bitte. Ist er auch verletzt?«

Wieder schüttelt sie den Kopf, und endlich kriege ich wieder Luft.
»Also, was soll dann diese ganze Geheimniskrämerei? Ich kapier das nicht. Haben wir was gemacht, was wir nicht durften?«
Sie streichelt meine Hand.
»Denk jetzt nicht daran.«
Ruckartig schlage ich das Laken zurück und steige aus dem Bett.

»Ihr seid verrückt, ich werde noch wahnsinnig hier. Lasst mich raus, ich muss es wissen.«
Mama kommt zu mir und befördert mich zurück ins Bett.
»Okay, okay. Ich sag es dir, aber du musst mir versprechen, dass du dich nicht aufregst.«
Meine Angst wird immer größer, aber ich versuche, ruhig zu bleiben. Ich hab doch gespürt, dass da noch etwas ist!
Langsam erzählt sie mir, was an Silvester passiert ist, und versucht, nichts auszulassen, bis zu dem Moment als der Lichterschriftzug im Baum gegenüber aufleuchtete. Und während sie das erzählt, breche ich in Tränen aus.
»O Mama, warum wolltest du mir das nicht sagen? Er hat mir so ein wunderschönes Geschenk gemacht. Du weißt ja gar nicht, wie glücklich ich bin. Seit Monaten macht mich diese Geschichte schon ganz verrückt, ich dachte, so etwas würde nie mehr passieren.«

Sie streichelt mich immer noch und trocknet meine Tränen.
»Das tut mir leid, Schatz.«
»Ich muss ihn anrufen. Ich muss mich bei ihm bedanken.« Ich greife nach dem Handy, aber meine Mutter reißt es mir aus den Händen.
»Nicht jetzt. Morgen.«
Ich sehe sie an. Ihr Gesicht ist ganz verzerrt.
»Du hast mir noch nicht alles gesagt. Es ist ihm was zugestoßen«, sage ich und merke, dass ich schon wieder heulen muss.
Sie rückt an mich heran und umarmt mich.
»Beruhig dich, Vale.«
Ich nicke ernst, aber in mir ist die Hölle los. Er ist tot. O Gott, bitte mach, dass ihm nichts passiert ist, dass es ihm gutgeht. Mir ist schlecht, gleich werde ich ohnmächtig. Hilfe! Hilfe! Marco, wo bist du? Wenn diese Geschichte gut ausgeht, verspreche ich, dass ich immer lieb sein werde … und ich schneide mir die Haare noch kürzer, das schwöre ich!
»Sag mir alles, was du mir sagen musst«, flüstere ich mit zitternder Stimme.
Meine Mutter sieht mich an, ergreift meine Hände und atmet tief ein.
»Es passierte, als du auf die Straße gelaufen bist. Marco kam dir entgegen. Das Auto, das dir auswich, ist ins Schleudern gekommen und hat ihn erfasst.«
Mein Herz hört auf zu schlagen, plötzlich breitet sich

fürchterliche Kälte in meiner Brust aus. Das kann nicht wahr sein, ich glaube es nicht, dass ihm wirklich etwas passiert ist. Das ist ein Scherz, ein schrecklicher und makabrer Scherz. Das ist eine Lüge, all das hier ist nur ein Albtraum. Nein, nein, nein, wie kann das sein? Jetzt, wo wir endlich wieder zusammengefunden haben, wo ich endlich begriffen habe, dass man dem eigenen Schicksal nicht entgehen kann, dass Marco der Mensch ist, den ich will, dass es nichts nützt abzustreiten, dass er meine große Liebe ist … ausgerechnet jetzt muss so eine schlimme Sache geschehen? Warum, warum, warum? Ich schließe die Augen und sinke in das Kissen, mein Mund ist trocken, mein Herz will nicht mehr schlagen. Das ist meine Schuld, nur meine Schuld. Ich hätte nicht so lange warten sollen, ihm zu sagen, dass ich ihn noch liebe, dass ich zu ihm zurück will. Stattdessen habe ich es immer wieder hinausgezögert, ich habe damit gespielt, ich habe ihn sogar provoziert und ihm gesagt, dass ich was Verrücktes von ihm erwarte. Und jetzt … jetzt … o Gott, was hab ich getan? Er hätte nicht herkommen dürfen, und ich hätte nicht nach unten gehen dürfen, und vor allem hätte ich die Straßen nicht ohne zu schauen überqueren dürfen. In einer Sekunde zieht unsere ganze Geschichte an mir vorüber: die Geburtstagsfeier, der erste Kuss, die Mofatouren, sein Lächeln, seine Tolpatschigkeit. Der Moment, als er mir sagte, dass er mich nie verlassen würde, dass er mich bis zum

Wahnsinn lieben würde. O Gott, warum habe ich all die Zeit verplempert, warum?

»Mama …«

»Psst, Schatz, beruhige dich.«

»Lebt er?«

Sie drückt mich noch stärker an sich.

»O Gott, hast du etwa gedacht, er ist tot?«

Mein Herz schlägt wieder und das Blut kehrt in die Adern zurück.

»Mama, o Mama, das ist alles meine Schuld, nur meine Schuld«, sage ich und fange wieder an zu weinen.

»Red nicht so einen Unsinn, daran ist niemand schuld.«

»Er hat das für mich getan, verstehst du? Er wollte mir zeigen, dass er mich noch liebt.«

»Ruhig, Vale, ganz ruhig. Jetzt denk nicht daran, sondern ruh dich aus.«

»Ich muss ihn sehen. Wo ist er?«, frage ich und richte mich ruckartig auf.

»Jetzt kannst du nicht zu ihm. Seine Eltern sind bei ihm.«

Nein, jetzt werden alle erfahren, dass ich schuld bin!

»Ist Marta auch da?«

»Nein, sie ist in Rom geblieben. Ihre Eltern fanden das richtiger.«

»Wann kann ich mit ihm reden?«

»Morgen vielleicht. Wenn ich gehe, schaue ich gleich mal nach ihm. Aber versprich mir, dass du keinen Unfug machst.«

Ich nicke, aber mein Hirn dreht völlig durch.

»Mama?«

»Ja?«

»Was hat er denn?«

»Quetschungen an der ganzen rechten Seite. Scheinbar ist es nichts Ernstes. Die Ärzte sagen, es sei ein Wunder, dass er sich nichts gebrochen hat.«

Innerlich jubele ich: wenigstens etwas.

»Also, ich gehe jetzt. Ich komme später mit Papa wieder. Ruh dich aus, ich möchte es nicht bereuen, dass ich es dir erzählt habe.«

»Mach dir keine Sorgen«, erwidere ich und schließe die Augen.

Das Handyklingeln weckt mich: Mirko. Er hört sich ganz aufgeregt an, denn er hat über Marta von dem Unfall erfahren. Ich lege den Kopf auf das Kissen und erzähle ihm, was ich selbst erfahren habe, lasse aber den Grund für das alles aus.

»Ich komme zu dir«, sagt er.

»Das brauchst du nicht, Mirko. Morgen komme ich schon raus. Ich habe nichts, ich schwör's. Ich bleibe nur zur Kontrolle hier.«

»Warum hast du mich vorher nicht angerufen?«

»Ich konnte nicht. Ich durfte das Telefon nicht benutzen. Und wenn sie mich jetzt erwischen, nehmen sie es mir weg.«

Im selben Moment geht die Tür auf und eine Schwester schaut herein.

»Du musst das Handy ausmachen.«
»Ich war gerade dabei«, sage ich zu ihr. »Mirko, mir geht's gut, ich habe mir nichts getan. Ich habe mir nur den Kopf gestoßen, aber die Ärzte sagen, dass das keine Folgen hat. Außer, dass ich mich im Augenblick an nichts von dem Unfall erinnere.«
»Hm, das ist aber nicht sehr schön. An mich erinnerst du dich aber?«, fragt er und lacht endlich.
»Lass mich mal nachdenken, du bist mein Theaterkollege, den ich das letzte Mal geküsst habe? Du hast doch rote Haare, oder?«
»Du Witzbold.«
Verlegen kichere ich.
»Jetzt muss ich mich verabschieden.«
»Ist gut. Ruf mich an und verschwinde nicht wieder einfach so. Ich schick dir einen Riesenkuss.«
Als ich die Verbindung beendet habe, rufe ich sofort Marta an. Sie meldet sich beim ersten Klingeln.
»Gott, Vale, was ist passiert? Meine Eltern haben fast einen Herzstillstand bekommen, als die nachts um zwei vom Krankenhaus angerufen haben. Was hat Marco in den Abruzzen zu suchen? Ist er deinetwegen dahin gefahren? Du hast mir gar nichts erzählt.«
Haarklein berichte ich ihr alles, was vorgefallen ist, dann frage ich sie, was für eine Version ihr Bruder zu Hause erzählt hat. Angeblich war er gerade von einem Fest mit Freunden gekommen, als er angefahren wurde. Aber ihre Eltern haben das nicht geglaubt. Es

war doch ein zu merkwürdiger Zufall, dass das Fest genau in dem Ort stattfand, wo ich Ferien machte, so weit weg von zu Hause. Also haben sie meine Eltern angerufen und die Wahrheit erfahren. Großartig, jetzt sind wir geliefert!

»Was machst du dir für Sorgen wegen meiner Eltern?«, fragt Marta.

»Sie haben keine hohe Meinung von mir.«

»Na wie auch, manchmal drehst du echt wegen nichts durch.«

»Und was hast du Mirko gesagt?«

»Nur dass du einen Unfall vor dem Haus gehabt hast. Du weißt, dass ich schweige wie ein Grab.«

Nach diesem Gespräch bin ich endlich beruhigt und kann mich entspannen. Das Einzige, was ich jetzt noch herausfinden muss, ist, in welchem Zimmer Marco liegt. Für einen Moment schließe ich die Augen, und schon bin ich wieder eingeschlafen.

An nächsten Morgen wache ich mit einer fixen Idee auf: Ich muss zu Marco. Aber scheinbar haben alle meine Absichten durchschaut und lassen mich nicht eine Sekunde allein. Es ist ein ständiges Rein und Raus. Am schlimmsten ist mein Vater, der mir den ganzen Tag Gesellschaft leistet, bis ich es abends um sechs nicht mehr aushalte und platze.

»Warum darf ich Marco nicht sehen?«

Er schaut von seinem Buch zu mir.

»Hat das deine Mutter gesagt?«

Ich nicke.

»Ihr müsst euch alle beide erholen. Und außerdem will ich nicht, dass du ihn siehst.«

Irritiert schaue ich ihn an.

»Papa, weißt du eigentlich, was du da sagst? Er hat doch gar keine Schuld. Du könntest höchstens auf mich sauer sein, weil ich nicht geschaut habe, als ich über die Straße bin.«

»Ich bin ja auch sauer auf dich.«

Na toll!

»Hör mal, vergiss ihn.«

Mein Vater schaut wieder in sein Buch.

»Warum bist du wütend auf ihn?«, frage ich.

»Bin ich ja gar nicht.«

»Doch, bist du. Dabei fandest du ihn bis vor kurzem noch sehr nett.«

»Ich verstehe nicht, was er hier wollte.«

»Papa, das geht dich nichts an.«

»Wenn er dein Leben gefährdet, schon.«

»Du hast recht, entschuldige.«

»Hast du mit Mirko Schluss gemacht?«

»Papa, was ist das denn jetzt für eine Frage?«

»Ich dachte nicht, dass du so eine bist.«

Wovon redet er bloß? Ich glaub's ja nicht. Er macht mir eine Szene, weil ich mich mit Marco treffe.

»Du weißt gar nicht, wie die Dinge stehen, das ist alles ziemlich kompliziert.«

»Weißt du, jeder verliert mal den Kopf, aber wichtig ist, dass man den Menschen, die man liebt, keinen Schaden zufügt. Im Leben muss man sich korrekt verhalten.«

Ich sehe ihn verwundert an.

»Denkst du, dass ich Mirko betrüge?«

»Tust du das?«

»Nein, überhaupt nicht.«

»Also, dann mach Marco keine falschen Hoffnungen.«

»Papa, er hat mich überrascht, um mir zu sagen, dass er mich liebt.«

»Okay, du hast recht. Vielleicht übertreibe ich es gerade«, brummt er. »Das geht mich nichts an. Es ist nur so, dass ich mich in der Nacht so erschrocken habe, als ihr beide da auf der Erde lagt. Dann bin ich einfach so wütend geworden, wenn man bedenkt, dass der Bursche all die Kilometer zurückgelegt hat, nur um im Krankenhaus zu landen.«

»Das tut mir leid, Papa, aber du darfst ihm nicht böse sein. Das ist nur meine Schuld.«

»Deshalb fühl ich mich jetzt aber auch nicht besser.«

Als mein Vater geht, bleibe ich still im Bett liegen. Er hat noch nie so heftig auf irgendetwas reagiert. Das ist schon ein ziemlich besitzergreifendes Verhalten. Vielleicht hat meine Mutter ja recht, dass der Unfall ihn ganz besonders erschreckt hat. Heimlich greife ich nach meinem Handy und schicke Marco eine SMS.

Sorry, dass ich mich noch nicht gemeldet habe, aber hier sind immer Leute. Mir geht's gut. Und dir?

Er antwortet sofort.

Vale, bin so froh, von dir zu hören. Hab etwas Schmerzen, aber sonst gut. Hab Mist gebaut, tut mir leid.

Ich lächele.

Musst dich nicht entschuldigen. Deine Überraschung war großartig.

Dachte, du wolltest mich nicht mehr sehen.

So leicht kommst du mir nicht davon. Falsch verstanden.

Gut zu wissen.

In welchem Zimmer bist du?

Du kannst nicht kommen. Meine Eltern sind da und schlechter Laune.

☹

Aber um 7 h gehen sie.

☺

Ich schick ne SMS, wenn sie weg sind.

Ok. Bis später.

Um halb acht Uhr simst Marco, dass seine Mutter beschlossen hat, die Nacht bei ihm zu verbringen. Um halb neun habe ich eine Idee und schreibe eine neue SMS.

Kannst du laufen?

Ja, aber nur langsam und mit dem Tropf am Arm.

Ok. Schaffst du es raus, wenn deine Mutter eingeschlafen ist?

Ich versuch's, aber sie ist immer lange auf.

So ein Mist.

Kein Problem. Sobald es geht, sims mir, und ich komme zu deinem Zimmer.
Okay.
Und deine Zimmernummer?
Die weiß ich nicht. Ich schreib sie dir gleich.
Ich muss schmunzeln, denn ich komme mir vor wie in einem Film, in dem die Familien die Liebenden auseinanderbringen wollen, so wie bei Romeo und Julia.

Mit dem Handy auf dem Kopfkissen döse ich ein bisschen vor mich hin, und schrecke sofort auf, als die SMS piept.
102, erster Stock.
Ich mache den Fernseher an und gleich wieder aus, weil es nur den üblichen Blödsinn gibt. Also greife ich nach dem Buch, das Mama mir mitgebracht hat, und fange an zu lesen. Die Pflegeschwester schaut vorbei und fragt, ob ich noch etwas brauche. Sie verschwindet sofort wieder. Es ist zehn Uhr. Ich schreibe Marta eine SMS und frage, was sie so macht. Sie berichtet, dass sie den ganzen Tag geprobt haben und dann zusammen was essen waren. Jetzt ist sie grad auf dem Heimweg mit Mirko und Matteo. Sie hört sich glücklich an, vielleicht weil ihre Eltern weg sind und sie allein ist. Als ich mit Marta fertig bin, schreibe ich Giò, die gleich zurückruft.
»Vor einer halben Stunde habe ich mit Sara gequatscht. Sie hat mir erzählt, was passiert ist. Wie geht's dir?«

Kurz bringe ich sie auf den Stand der Dinge, den Kuss mit Marco eingeschlossen.
»Niemand hat mir irgendwas erzählt, du hättest ja auch mal anrufen können.«
»Du hast recht, aber seit ein paar Tagen bin ich völlig durch den Wind. Aber bei dir, was ist mit Filippo?«
»Es gibt Hochs und Tiefs.«
»Lass dich nicht verrücktmachen, dann kommen die Dinge bestimmt wieder ins Reine.«
Sie seufzt und gibt zu, dass sie gar nicht genau weiß, was sie eigentlich will. In manchen Augenblicken ist sie fest entschlossen, ihn zu verlassen, gleich darauf bekommt sie Panik bei dem Gedanken, ihn nie wiederzusehen.
»Was soll ich nur tun?«
»Kann ich nicht sagen. Aber es ist ganz normal, unentschlossen zu sein.«
»Ja, klar, wenn ich dich das frage, musst du das ja sagen! Du, die Queen of Unentschlossenheit.«
Ich kichere.
»Stimmt, ich kann da keine Tipps geben. Ich bin kein gutes Beispiel.«
»Und was wirst du jetzt tun? Machst du mit beiden Jungs weiter? Hast du gar kein schlechtes Gewissen Mirko gegenüber?«
»Im Moment ist mir nur eins klar geworden: Die Liebe zwischen mir und Marco ist noch nicht zu Ende. Im Gegenteil. Sie ist noch viel stärker geworden.«

»Na also, worauf wartest du noch?«
»Er hat mir noch nicht gesagt, dass er wieder mit mir zusammen sein will.«
»Logo, du bist ja auch mit einem anderen zusammen.«
»Ja, vielleicht hast du recht. Die Wahrheit ist, dass ich nicht den Mut habe, Mirko zu verlassen, selbst wenn das das einzig Richtige wäre.«
»Warum?«
»Ich mag ihn sehr, und er kitzelt immer meine wildesten Seiten aus mir heraus.«
»Ach, so ist das also! Er ist demnach richtig feurig?«
»Feurig ist viel zu harmlos. Ich könnte die ganze Zeit über ihn herfallen, und er über mich.«
Giò bricht in schallendes Gelächter aus.
»Vale, so hör ich dich zum ersten Mal reden. Ich hab dich komplett anders eingeschätzt.«
»Ich mich auch. Das bin ich aber auch nur mit Mirko.«
»Ihr habt also miteinander geschlafen?«
»Ja, und schon mehr als einmal. Giò, es war phantastisch. Ich hab es mir nicht so krass vorgestellt.«
Sie lacht wieder.
»Und warum zweifelst du dann?«
»Weil es keiner so wie Marco schafft, mein Herz höher schlagen zu lassen.«
»Dagegen scheint meine Geschichte mit Filippo ja völlig unspektakulär ...«

»Was redest du da? Ich bin immerhin die Verrückte und Unentschlossene.«

»Aber treib es nicht zu weit, sonst merkt Mirko was, und Marco hat das Warten vielleicht bald satt.«

Ganz offensichtlich hat sie recht, früher oder später muss ich mich entscheiden. Als ich mich von ihr verabschiede, kommt das *GO* von Marco. Mit dem Tropf schiebe ich ins Bad und schaue in den Spiegel: Ich bin nicht gerade in Hochform. Meine Haare sind verwuschelt, und ich hab immer noch etwas Schminke um die Augen von Silvester. Ich wasche mir das Gesicht und kämme meine Haare. Schon besser, auch wenn die Augenringe nicht gerade vorteilhaft sind. Nur die Ruhe, man kann nicht erwarten, in einem Krankenhaus vorzeigbar auszusehen, denke ich und betrachte den Blümchenpyjama und die Pantoffeln mit den Entchen. Vorsichtig stecke ich die Nase aus der Zimmertür, sehe nach meiner Zimmernummer und gehe zum Aufzug. Logischerweise muss ich nach unten. Nervös starre ich auf die Fahrstuhlanzeige, als ich Stimmen vom Ende des Korridors kommen höre. Zwei Pflegeschwestern. Rasch verstecke ich mich im Treppenhaus und warte. Genau in diesem Moment kommt der Fahrstuhl und öffnet sich. Die beiden Schwestern schauen hinein. Er ist leer.

»Wer hat den denn gerufen?«

»Wird wohl ein Geist gewesen sein«, antwortet die andere und lacht.

»Ich glaub, ich brauch einen Kaffee.«
»Ich auch, ich bin nur am Gähnen, seit meine Schicht begonnen hat.«
Endlich verschwinden sie. Bevor die Türen des Aufzugs sich wieder schließen, greife ich mir die Stange des Tropfes und zwänge mich möglichst leise in den Fahrstuhl. Ich drücke die Eins und überlege, was ich sagen soll. Reicht ein Danke? Nein, das ist zu wenig. Dass ich ganz gerührt war, als ich die Leuchtschrift gesehen habe? Nein, dass kann ich ihm nicht sagen, noch erinnere ich mich ja gar nicht selbst daran. Wenn meine Mutter mir das nicht erzählt hätte, wäre meine letzte Erinnerung, dass ich in meinem Zimmer den Koffer packe. Tja, immerhin habe ich den Kuss nicht vergessen. Vielleicht lasse ich besser ihn reden. Genau, das ist die Lösung. Aber soll ich ihm einen Kuss geben oder lieber nicht? Vielleicht auf die Wange. Aber eigentlich darf ich auch nicht so distanziert sein, sonst ist er vielleicht traurig.
Während ich noch über die richtige Annäherungsweise nachdenke, gehen die Fahrstuhltüren auf und er steht vor mir. Erschreckt springe ich zurück und schreie.
»Seh ich so schlimm aus?«, fragt Marco.
»Nein, nein, entschuldige … ich hab mich so erschrocken, weil ich in Gedanken war.«
»Ich hatte schon alle Hoffnungen aufgegeben. Seit einer halben Stunde warte ich auf dich«, flüstert er.

»Entschuldigung«, erwidere ich und winke ihn rein.
»In den Fahrstuhl?«
»Hast du Angst, dass ich dich anfalle?«, frage ich.
Marco lacht und kommt mit kleinen Schritten in den Aufzug.
Die Türen schließen sich, und endlich sehen wir uns an. Er hat ein T-Shirt und eine Pyjamahose an. An den Füßen trägt er Flipflops. Sein Blick ist verstört, seine Augen glänzen und die Haare stehen ihm in alle Richtungen ab. Blaue Flecken kann ich nicht erkennen, dafür aber tiefe Kratzer auf einer Wange und einen Schnitt über Nase und Stirn.
Ich tue so, als würde ich seine Wunden im Gesicht nicht sehen. Hoffentlich behält er keine Narben zurück. Aber auch so ist er verdammt süß …
»Hast du dir sehr wehgetan?«
»Als das Auto auf mich zugerast ist, war ich wie versteinert, ich dachte, es zermatscht mich zu Brei.«
»Aber du hast dir nichts gebrochen, oder?«
»Ja, das war echt Glück. Und bei dir?«
»Ich hab bloß tierische Kopfschmerzen.«
Er nickt, sagt aber nichts weiter. Wir schweigen ein paar Augenblicke. Ich starre auf seinen Tropf, dann auf meinen und muss lachen.
»Was ist so lustig?«
Ich zeige auf unsere beiden Gestalten, dabei muss ich mich an die Aufzugwand lehnen, um vor Lachen nicht umzufallen.

»Bitte, hör auf, ich darf nicht lachen, mir tut sonst alles weh.«

Nur mit Mühe überwinde ich den Lachflash. Die Türen des Fahrstuhls gehen auf, und rasch drücke ich wieder irgendeinen Knopf.

»Tut mir leid, Vale, ich wollte nicht, dass es so läuft.«

»Das beruhigt mich.«

»Ich mein es ernst. Es war eine Schnapsidee herzukommen. Ich hab einen Freund, der ein Auto hat, gebeten, mich herzufahren. Er hat mitgemacht unter der Bedingung, dass wir am nächsten Morgen Skilaufen gehen.«

»Der Arme, wo ist er jetzt?«

»Er ist nach Rom zurückgefahren, nachdem er erfahren hat, dass ich in guten Händen bin.«

»Du musst ihm ein Mega-Geschenk als Dank besorgen.«

Er nickt.

»Mir tut es nur leid, dass es so geendet ist«, sage ich und zeige auf den Tropf.

»Du bist nicht böse?«

»Sollte ich?«, frage ich, wobei ich in seine blauen Augen schaue.

»Keine Ahnung, als ich hier aufgewacht bin und man mir gesagt hat, was passiert ist, habe ich mir ganz schlimme Dinge ausgemalt.«

»Die da wären?« Ich mache einen Schritt auf ihn zu.

»Dass du meinetwegen gestorben wärst«, sagt er langsam.
Ich rücke noch näher an ihn heran.
»Ich habe das Gleiche von dir gedacht«, hauche ich mit kratziger Stimme.
Darf ich ihn küssen? Nur einen kleinen Kuss. Ich verspreche, dass ich ganz lieb sein werde. Seine Lippen locken mich, seine Augen rufen nach mir, eine magnetische Kraft zieht mich zu ihm.
»Wirklich?«, flüstert er.
Ich küsse ihn auch nur ganz zart, ohne Zunge, ich schwör's! Mit zitternden Fingern streiche ich mir durchs Haar, nur um ihn nicht zu berühren.
»Du bist so schön«, sagt Marco.
Mein Widerstand bricht, und ich fasse ihn mit der anderen Hand an.
»Du auch«, flüstere ich.
Unter meinen Fingern spüre ich, wie er zittert.
»Ich will nur dich.«
»Ich will auch nur dich«, erwidere ich wie in Trance.
»Ich … bin nur gekommen, um dir zu sagen …«
»Psst, sag nichts mehr.«
Marco öffnet leicht die Lippen, und alles um mich herum passiert in Zeitlupe: Sein Mund kommt immer näher, bang warte ich, dass er die Entfernung zwischen uns überwindet, diesen Raum, der uns trennt und der mich zum Wahnsinn treibt. Ich halte die Luft an, ich will diesen magischen Moment nicht kaputt machen,

ich will das in vollen Zügen genießen, wonach ich mich so lange gesehnt habe. Denn endlich, endlich ist er es, der mich küsst – nicht ich ihn, wie beim letzten Mal. Er legt mir eine Hand auf den Rücken und drückt mich an sich. Er öffnet die Lippen weiter und presst sie auf meine. Ich rühre mich nicht, sein Atem geht schneller, dann halte ich es nicht mehr aus, ich stürze mich auf ihn und lasse mich von meinen Gefühlen fortreißen.

»Marco«, höre ich plötzlich eine Stimme.

Verwirrt brauche ich ein bisschen, bis ich begreife, woher sie kommt. Wir drehen uns um, und vor uns steht seine Mutter. Ruckartig machen wir uns voneinander los. Ich hab vergessen, noch mal den Fahrstuhlknopf zu drücken!

»Mama!«, stottert er.

»Ich bin aufgewacht, und du warst weg. Ich hab dich gesucht. Valentina, was machst du denn hier?«

»Guten Abend, Signora, also … ich war gerade auf dem Weg in mein Zimmer.«

»Was, bitte, habt ihr hier getrieben?«

»Nichts. Wir haben nur kurz geredet.«

»Im Fahrstuhl?«

»Äh, also, das ist nicht so, wie Sie denken …«, versuche ich zu erklären, aber sie funkelt mich böse an.

»Ihr habt schon genug Schaden angerichtet. Geht ins Bett, aber sofort!«, schimpft sie und ist ganz außer sich.

Verschämt sagte ich nichts mehr. Marco verlässt den

Fahrstuhl, dreht sich kurz um und winkt mir zu. Dann kehrt er mit seiner Mutter im Schlepptau in sein Zimmer zurück. Mit schlechtem Gewissen mache ich mich in mein Zimmer auf. Ich weiß ja echt nicht, wer von uns beiden verpeilter ist!

Die Rückkehr nach Hause war nicht einfach. Wie ein Löwe tigere ich seit einer Woche im Käfig hin und her. Denn meine Eltern lassen mich nicht vor die Tür, ich darf niemanden sehen, weder Marco noch Mirko. Sie sagen, dass ich absolute Ruhe bräuchte. Damit die Zeit schneller vergeht, räume ich mein Zimmer auf und schmeiße alles weg, was ich seit Jahren nicht mehr benutzt habe. Ich bin gerade bei dem letzten Karton, den ich auf dem Schrank stehen habe. Darin finde ich die Fotos von Sperlonga, von dem Sommer, als ich campen war. Ich schaue sie durch und bleibe bei ein paar mit Marta und Giacomo hängen: Da umarmen sie sich im Wasser, da trägt er sie auf den Schultern, da küssen sie sich unter dem Sonnenschirm. Das scheint eine Ewigkeit her zu sein. Seit dieser Zeit haben sich so viele Dinge verändert.
Giulia krabbelt auf allen vieren ins Zimmer und schaut die Fotos an, die ich auf dem Teppich verteilt habe.
»Das ist Marta. Erkennst du sie?«, sage ich und zeige auf meine Freundin, die mit den anderen am Strand sitzt. Ich erkenne Andrea, den Typen, der als erster bei uns landen wollte. Dann finde ich ein wirklich

niedliches Foto, das wir damals gemacht haben: ich und Marta am Lagerfeuer. Wie lustig. Dieser Urlaub war echt phantastisch, abgesehen von ein paar Problemen ... Sofort fällt mir wieder ein, wie ich nachts auf Toilette musste und mir die Klopapierrolle ins Stehklosett fiel. Als ich über diese absurde Szene lache, quietscht auch Giulia vor Freude.

»Du hast vielleicht eine Schwester«, sagte ich und drücke ihr einen dicken Schmatzer auf die Wange.

Ich tue alle Fotos wieder in den Karton, außer das mit Marta. Das stecke ich in mein Tagebuch. Ich sitze immer noch auf dem Boden, als meine Freundin in der Tür erscheint.

»Hey, ich hab dich gar nicht klingeln gehört. Komm, hilf mir mal. Ich räume gerade auf.«

Eine halbe Stunde später liegen wir mit Keksen in der Hand auf meinem Bett.

»Hast du gewusst, dass Mirko nach Prag fährt?«

»Ja, das hat er mir neulich bei den Proben erzählt. Er bleibt eine Woche weg, oder?«

»Genau. Eigentlich sollte er vor dem 6. Januar fliegen, aber ich weiß nicht genau, es muss ein Problem gegeben haben. Jedenfalls reist er übermorgen ab. Ich würde so gern mitfahren. Das wär total cool!«

»Ja, Prag muss wirklich schön sein«, erwidert sie.

»Übrigens gibt's eine gute Nachricht. Er hat mir erzählt, dass seine Großmutter nächsten Monat nach Paris zurückkehrt. Dann können wir endlich wieder in diese Wohnung fahren. Irgendwann musst du mal mitkommen. Die wird dir ganz bestimmt gefallen.«

»Vielleicht. Aber heißt das jetzt, dass dein Gedächtnis zurück ist?«

»Ja, ich erinnere mich wieder an alles. Gott, Marta, du hättest an Silvester dabei sein sollen. Der Baum war komplett erleuchtet, und in der Mitte stand dieser Satz. Es war so romantisch! Schade, dass ich mich gar nicht richtig bei ihm dafür bedanken konnte.«

»Hast du nicht gesagt, dass ihr euch im Krankenhaus gesehen habt?«

»Ja, aber wir hatten nur ganz wenig Zeit. Deine Mutter hat uns quasi sofort erwischt.«

Sie kichert.

»Weißt du eigentlich, dass Giò mit Filippo Schluss gemacht hat?«

»Was? Nein, wann?«

»Vorgestern.«

»Echt? Erzähl mir alles. Und dann musst du mir noch von der Silvesterfeier erzählen, ich will alles wissen.«

Marta entspannt sich und berichtet.

Am zweiten Januar hat Filippo Giò in Florenz besucht. Den ganzen Tag über liefen die Dinge wie am Schnürchen: Sie sind durch die Stadt gezogen, waren im Kino, dann noch mal spazieren. Später sind sie noch in einen Pub gegangen, in den ein paar Freunde von Giò die beiden eingeladen hatten. Scheinbar ist da die Situation in kürzester Zeit aus dem Ruder gelaufen.

Nach ein paar Bier hat ein Typ wohl ein bisschen zu viel mit Giò rumgescherzt, so dass ihm Filippo ein volles Glas ins Gesicht geschüttet und einen fetten Streit vom Zaun gebrochen hat.

»Das hat er doch extra gemacht«, sage ich.

»Ich hab das Gefühl, dass deren Beziehung eh schon auf der Kippe stand.«

»Meinst du? Als sie damals zusammengekommen sind, schienen sie das glücklichste Paar der Welt zu sein.«

»Stimmt, aber diese Entfernung zwischen Rom und Florenz hat ihnen nicht gerade geholfen.«

»Ich glaube nicht, dass es daran liegt. Das ist eher eine Frage des Charakters. Sie sind einfach zu verschieden.«

Schweigend denke ich an Giò: Die Arme, es geht ihr bestimmt total dreckig. Ich muss sie nachher gleich mal anrufen.

»Und was ist mit Sara und Svein?«, frage ich.

»Weißt du das nicht? Er ist nach Bergen zurückgekehrt.«

Verdammt, ich hab ja richtig viel verpasst!

»Wie geht es Sara damit?«

»Sehr gut. Anscheinend hat sie das überhaupt nicht berührt.«

»Ach echt? Wie das denn? Ist was passiert?«

»Das hab ich sie auch gefragt, aber sie ist mir ausgewichen.«

»Und das heißt?«

»Ich hab das Gefühl, dass da irgendwas ist, was sie nicht sagen will.«

»Svein hat wahrscheinlich eine seiner Geschichten abgeliefert und an Silvester mit einer anderen rumgemacht.«

»Ach was, das hätte ich doch gemerkt. Obwohl … o Gott, bei dem Chaos, was da war, könnte ich das, glaube ich, doch nicht beschwören. Wie auch immer, ich muss dem nachgehen. Das hat sie mir noch nicht so richtig erzählt.«

Ich lache über Martas entschlossene Art.

»Habt ihr von Ozis Haus das Feuerwerk gesehen?«

»Ja, wir waren auf der Dachterrasse. Du hättest dabei sein sollen, Vale, die Party war echt denkwürdig. Ganz viele Freunde von Giorgio und Ozi hatten sich verkleidet, einfach unglaublich. Irgendwann haben sie sogar auf dem Tisch getanzt und einen Striptease hingelegt.«

»Hat sich Giorgio etwa ausgezogen?«

»Es war unglaublich, die haben das total professionell gemacht und standen schließlich nur noch im Slip da, so wie die Stripper im Film. Und mitten in der Show haben sie Sara auf den Tisch geholt.«

»Auweia, und was hat sie gemacht?«

»Erst war es ihr total peinlich, aber dann hat sie das Spiel mitgemacht. Sie hat sich die Bluse ausgezogen und sie in die Menge geworfen. Die ist dann auf Mirkos Kopf gelandet. Es war zum Totlachen.«

»Das glaub ich ja nicht! Sie stand im BH auf dem Tisch?«

»Sie hatte zum Glück ein Top an. Aber es war trotzdem lustig.«

Um den Abend dann würdig zu beschließen, sind sie mitten in der Nacht nach Ostia gefahren und haben noch warme Croissants frisch aus dem Ofen verdrückt.

Und während die ihre Orgie gefeiert haben, hab ich das neue Jahr in einem traurigen Krankenhauszimmer begonnen.

15

Mehr als ein Monat ist seit Neujahr vergangen. Seit Mirko aus Prag zurück ist, sehe ich ihn selten, denn die Bandproben lassen ihm kaum noch Zeit. Auch Marta hat aus demselben Grund viel zu tun. Aber ich mache mir keinen Kopf darum, denn die meiste Zeit verbringe ich nun mit Marco, den ich heimlich treffe. Manchmal sage ich das nicht mal Marta. Wir verbringen ganze Nachmittage zusammen, und wenn wir uns mal nicht treffen können, telefonieren wir, so wie in alten Zeiten. Wir reden und reden, der Gesprächsstoff geht uns nie aus. Dabei liebe ich aber die Momente am meisten – ich gebe es zu –, wenn wir uns unsere Geheimnisse anvertrauen. Ich bin richtiggehend süchtig danach, dann sein Gesicht zu sehen. So wie als ich ihm von dem einen Mal auf dem Campo Felice erzählt habe, als ich Martina liebend gern in der Luft zerrissen hätte, oder von dem Abend, an dem wir uns mitten in der Nacht in der Küche seiner Wohnung begegnet sind, als Giacomo gerade mit Marta Schluss gemacht hatte.

»Da wäre ich am liebsten über dich hergefallen.«
»Wirklich? Ich hatte nicht den Eindruck.«
»Vielleicht weißt du nicht mehr, was du anhattest.«
Verzückt kichere ich, als ich mich an Martas Nachthemd erinnere, das kurze mit den Spaghettiträgern. Ein wunderschönes Detail, das ich in Zukunft nicht vergessen sollte.
Das ist nämlich der neue Marco: Er sagt solche Sachen ganz deutlich. Der alte hätte sich das nie getraut.

Ein anderes, sehr nettes Geständnis macht er mir, als er mich an den Nachmittag erinnert, an dem Cocco verschwunden war und er mich heulend vor der Haustür getroffen hat. Er hat zugegeben, dass er den Hund nicht zufällig wiedergefunden hat, er hat getrickst, damit er ihn mir wiederbringen konnte und kein anderer. Bei der Gelegenheit wollte er mir sagen, dass er es noch mal probieren wollte.
»Aber abgesehen von der ersten Begeisterung und dem Kuss bist du mir dann andauernd aus dem Weg gegangen. Sogar noch, als ich dir gesagt habe, dass ich nicht mehr mit Martina zusammen bin.«
»Das verstehst du nicht. Ich war in dem Moment total in Panik. Du warst wieder frei, und ich wusste noch nicht, was ich wirklich wollte.«
»Du kamst mir wie eine durchgeknallte Irre vor. Während ich nach Hause ging, habe ich gedacht, dass du vielleicht nicht mehr dieselbe bist und dass es besser wäre, dass es so gelaufen ist.«

Ich muss lachen, als ich mir das alles noch mal vorstelle: Das Ganze hatte gerade mal eine halbe Stunde gedauert, eben die Zeit, die man braucht, um zur Piazza del Popolo zu kommen und gleich wieder abzuhauen.

»Und wann hast du begriffen, dass Hoffnung besteht?«

»Als du dich mit mir in San Giovanni verabredet hast. Zwar hab ich auch da an deiner geistigen Zurechnungsfähigkeit gezweifelt, aber es war schließlich sehr lustig, sich an neuen Orten zu verabreden. Das würde ich gern wieder tun.«

Doch trotz allem kann ich mich nicht entschließen, mit Mirko Schluss zu machen. Das schaffe ich einfach nicht. Wenn ich nicht bei ihm bin, scheint es ganz leicht zu sein. Aber sobald wir zusammen sind und er mich berührt, geht die Verwirrung wieder los, und ich denke dann immer, dass es das letzte Mal wäre. Aber das ist es dann doch nicht. Ich fühle mich richtig zweigeteilt. Da ist der Teil von mir, der in Marco verliebt ist, der weder Zweifel noch Unsicherheiten verspürt, der weiß, dass Marco meine große Liebe ist. Und da ist der andere Teil, das kleine, böse Teufelchen, das mir tausend Gründe dagegen einredet: Warum sollte ich so einen faszinierenden Jungen wie Mirko verlassen? Einen Jungen, der mich zum Strahlen bringt.

Bin ich am Ende etwa wie Svein? Ach was, ich bin

schlimmer. Er macht sich nämliche einfach keine Gedanken darüber und schon gar keine Vorwürfe, er würde mit allen beiden gehen, ohne diese ganze Paranoia!
Die einzige gute Sache an dieser Geschichte ist, dass ich keinen Hunger mehr habe. Mein Magen ist wie zugeschnürt, und ich habe so abgenommen, dass mir die Jeans schon richtig über die Hüften rutscht. Meine Eltern sind natürlich in Sorge, und auch wenn sie nichts sagen, haben sie kapiert, dass mich irgendetwas bedrückt. Giò sagt, dass Schlussmachen leichter ist, als man denkt, ich muss mich nur zwischen der Liebe und der Leidenschaft entscheiden. Marta hingegen betont immer wieder, dass meine Unentschlossenheit sie total aufregt, und sobald ich davon anfange, wechselt sie das Thema. Auch Sara will nichts davon hören. Scheinbar sind alle beide von irgendetwas genervt.

Donnerstagnachmittag bin ich bei Marco. Wir liegen auf seinem Sofa, alles läuft richtig gut. Wir kuscheln, wir küssen, wir scherzen, als seine Hände immer vorwitziger werden und ich ihn erschreckt von mir schiebe. Beleidigt steht er vom Sofa auf.
»Meine Geduld ist langsam am Ende, Vale. Ich weiß nicht, ob ich deinen Gefühlen trauen kann.«
Ich will ihm erklären, warum ich nicht so unbeschwert sein kann: Eine Sache ist es, sich zu küssen und zu kuscheln, eine andere, miteinander zu schla-

fen. Das mag vielleicht nur eine dumme Kleinigkeit sein, vor allem, nachdem wir uns ewige Liebe geschworen haben. Aber wenn wir es machen, will ich nicht, dass es noch Hindernisse zwischen uns gibt, ich will mich nicht schuldig fühlen oder an jemand anderen denken.

Marco sieht die ganze Sache natürlich nicht so, er glaubt, dass das nur Ausreden sind. Wütend greift er nach meinen Klamotten und wirft sie mir entgegen. Als das noch nicht reicht, zerrt er mich an einem Arm und schmeißt mich auf eine ganz üble Art und Weise aus seiner Wohnung.

»Ich hab die Schnauze voll. Ruf mich erst an, wenn du eine Entscheidung getroffen hast.« Mit voller Wucht knallt er mir die Haustür vor der Nase zu.

Ein paar Minuten stehe ich wie eine Idiotin im Treppenhaus vor der geschlossenen Tür. Dann gehe ich nach Hause. Schweigend betrete ich mein Zimmer, schließe die Tür und werfe mich aufs Bett. Das hast du verdient, du hast es übertrieben, Giò hatte doch gesagt, dass du es nicht zu weit treiben sollst.

Wie ein Gespenst tauche ich am Abendbrottisch auf, ich esse ein paar Bissen, dann schließe ich mich wieder in meinem Zimmer ein. Um zehn Uhr schlafe ich ein, doch schon nach einer Stunde wache ich auf und kriege anschließend kein Auge mehr zu. Endstation, Vale.

Mit aufgerissenen Augen starre ich an die Zimmer-

decke und gehe alle Erlebnisse noch mal durch, um herauszufinden, was mit mir nicht stimmt.
Seit die Geschichte mit Marco angefangen hat, war mir sofort klar, dass es zwischen uns etwas ganz Besonderes ist. Alles, was danach passierte, hat nur dazu geführt, dass meine Überzeugung immer mehr wuchs, dass ich etwas Einzigartiges, etwas Magisches verloren hatte. Immer wenn unsere Wege sich kreuzten, kam dieses Gefühl wieder hoch und wurde immer stärker und mächtiger. Na also, warum dann dem Schicksal nicht seinen Lauf lassen? Habe ich etwa Angst, mich ganz und gar auf diese Geschichte einzulassen? Habe ich Angst, enttäuscht zu werden? Ist es das, was mich eigentlich erschreckt? Traurig seufze ich, tatsächlich kann ich es nicht mehr leugnen. Ich geb es zu, ich bin von der Idee erschreckt, dass auch unsere Liebe vergehen und enden kann.
Um vier Uhr morgens stehe ich auf und wanke ins Bad. Um fünf stelle ich mich ans Fenster, mein Hirn dreht immer noch durch. Um sechs Uhr schlafe ich endlich erschöpft ein. Als der Wecker klingelt, bin ich zwar völlig gerädert, aber entschlossen. Aufgeregt schicke ich Mirko eine SMS: *Heute Nachmittag muss ich dich sehen. Es ist wichtig. V.*
Wenig später antwortet er: *Liege mit Fieber im Bett. Kommst du zu mir?*
Ok. Bin um 4 h da.
Eine halbe Stunde später verlasse ich das Haus.

Nach dem Mittagessen schickt mir Mirko eine SMS und schreibt, dass das Fieber schlimmer geworden und Besuch leider nicht angebracht sei. Einen Augenblick bin ich enttäuscht, aber einen Tag mehr oder weniger macht jetzt auch keinen Unterschied mehr.

Ich simse Marco: *Sorry wegen gestern, du hast recht. Ich wollte dir nicht wehtun. Ich liebe dich. V.*

Den Nachmittag versuche ich zu genießen und frage Marta, ob wir was machen. Aber sie hat Gesangsunterricht. Ich müsste eigentlich zur Theatergruppe, aber heute bin ich einfach nicht in der richtigen Stimmung. Ich rufe Sara an.

»He, was machst du grad? Hast du Lust auf eine Runde in der Stadt?«

»Würde ich gern, aber ich kann nicht. Ich muss auf den Klempner warten. Das Bad steht unter Wasser.«

»Soll ich zu dir kommen?«

Sie zögert.

»Was ist? Gibt's ein Problem?«

»Nein, nein. Die Wahrheit ist, dass ich keine Lust auf irgendwas habe.«

»Wieso das?«

»Nichts Besonderes, ich bin bloß etwas depri drauf.«

»Wegen Svein?«

Sie sagt nichts.

»Sara, du weißt, dass du mit mir reden kannst. Was ist denn los? Marta hat mir erzählt, dass du in letzter Zeit ein bisschen merkwürdig bist.«

»Hör nicht auf Marta. Die übertreibt immer.«
»Manchmal tut Reden ganz gut. Du kannst mir vertrauen, das weißt du.«
»Danke, Vale. Du bist echt eine Freundin. Aber im Moment ist mir einfach nicht danach. Noch nicht.«
Also hat Marta doch recht. Irgendwas ist passiert.
»Ist Andrea wieder aufgetaucht?«
»Nein, zum Glück nicht.«
»Also ist es wegen Svein. Was ist passiert, was du mir nicht sagen willst?«

»Ich muss Schluss machen, der Klempner ist da. Morgen erklär ich es dir. Ciao.«
Ich starre auf das Handy. So traurig habe ich sie noch nie gehört, da muss etwas Schlimmes geschehen sein. Mist, in den vergangenen Monaten habe ich alle Freunde vernachlässigt. Das ist nicht in Ordnung. Freunde sind Freunde, man muss für sie da sein.
Den Nachmittag muss ich also allein verbringen. Doch plötzlich habe ich eine Eingebung: Ich wollte doch noch Mirkos Großmutter besuchen, bevor sie nach Paris zurückkehrt. Wenn ich das heute nicht mache, habe ich morgen nicht mehr den Mut dazu. Ich rufe Mirko auf dem Handy an, aber er geht nicht ran. Also versuche ich es auf seinem Festnetz, aber nach einem ewigen Geklingel lege ich auf. Sollte der nicht im Bett liegen?
Ich rufe wieder sein Handy an, und dieses Mal nimmt er ab.

»Wo bist du?«

»Zu Hause, warum?«

»Ich hab angerufen, aber du hast nicht abgenommen.«

Im Hintergrund flüstert jemand etwas.

»Wer ist da bei dir?«

»Wer soll schon hier sein, meine Mutter. Hast du vergessen, dass ich Fieber habe?«

»Okay, entschuldige, stimmt. Ich wollte dich bloß nach der Telefonnummer von deiner Großmutter fragen. Ich wollte sie besuchen.«

Nach dem Gespräch bin ich etwas verwirrt, doch die lebhafte Stimme seiner Großmutter am Telefon reißt mich aus meinen Wahnvorstellungen.

Eine Stunde später stehe ich vor ihrer Tür.

»Valentina, wie schön, dich zu sehen. Komm rein.«

Ich lächele, endlich duzt sie mich.

In der Wohnung fühle ich mich sofort wie zu Hause. Das wird mir echt fehlen!

»Es ist ja so leer hier.«

»Ja, Mirko und ich haben etwas aufgeräumt. Hier standen wirklich ein paar unnütze Dinge rum. Manche waren von den Würmern schon ganz zerfressen. Die wollte ich loswerden.«

»Wie schade. Hoffentlich hast du den Delphin nicht weggeworfen.«

»Warum? Gefällt er dir?«

»Ich liebe ihn. Das war Liebe auf den ersten Blick.«

Sie lacht und öffnet die Schachtel mit dem Gebäck, das ich vom Konditor mitgebracht habe.

»Er war für eine Theateraufführung von *Pinocchio.*«

»Wieso denn ein Delphin bei *Pinocchio*?«

»Für die Szene im Meer. In der Mitte standen der Wal und Geppetto.«

»Gibt es davon ein Foto? Es wäre toll, wenn man sehen könnte, wofür Sie all diese Dinge früher gemacht haben.«

»Ein paar Fotos habe ich bestimmt. Aber erst trinken wir Tee und essen diese köstlichen Teilchen. Danach suchen wir die Bilder.«

Ich frage sie, wie sie ihren Mann kennengelernt hat. Sie hatte gerade in Cinecittà angefangen, als Aushilfskostümbildnerin. Lachend erklärt sie, dass sie die ganze Zeit nur genäht hat. Eines Tages tauchte dann dieser dunkelhaarige Junge auf, groß, schweigsam, mit einem abwesenden und unruhigen Blick, genau wie Mirko. Da war es um sie geschehen. Er gehörte zum Trupp der Tischler und Elektriker, die an dem neuen Film arbeiteten, der in London spielte. So eine Art *Jack the Ripper* auf modern.

»Und er?«

»Er hat mich nicht mal bemerkt.«

»Was haben Sie gemacht, damit er sich in Sie verliebt hat?«

Sie lacht und trinkt noch einen Schluck Tee.

»Ich hab wirklich alles versucht: Hundert Mal am Tag

bin ich vor seiner Nase langspaziert oder habe ihn mit einer dummen Ausrede irgendetwas gefragt. Aber er hat sich nicht gerührt. Er musste immer irgendwas zusammenhämmern. Alle haben es gemerkt, nur er nicht. Ich verlor schon langsam die Hoffnung, als eines Tages, kurz vor den Aufnahmen, ein Bild Schaden nahm. Ausgerechnet er hatte eine Dose Farbe auf das Bild fallen lassen. Es sah aus, als wäre es komplett hinüber, der Regisseur war stinksauer. Das ganze Filmteam stand dabei, sogar die Schauspieler, aber der Bühnenbildner konnte erst in ein paar Stunden da sein, um das Problem zu beheben. So hab ich schließlich allen Mut zusammengenommen und angeboten, dass ich die Flecken kaschieren könnte, wenn sie das wollen.«

»Und wie ist es ausgegangen?«

»Ich hab zwar kein Wunder vollbracht, aber nach einer halben Stunde hatte ich das vermurkste Bild wieder auf Vordermann gebracht.«

»Wow, und dann?«

»Abends ist er zu mir gekommen und hat sich bedankt und mir Komplimente gemacht. Von dem Tag an hat er mir immer kleine selbstgeschnitzte Holzminiaturen in meine Jackentasche gesteckt.«

»Was für Miniaturen denn?«

»Tiere, Vögel, Fische. Ich hab eine ganze Sammlung davon in Paris. Ich freue mich jeden Morgen, wenn ich sie beim Aufstehen betrachten kann. Sie machen mir immer noch gute Laune.«

Die waren ja süß! Die haben sich bestimmt sehr geliebt.
»Komm, suchen wir den Karton mit den Fotos«, schlägt sie vor und geht in die Mansarde hinauf.
Eine gute Stunde schauen wir uns Fotos an. Zu jedem kann sie eine Geschichte, eine Anekdote oder irgendetwas Witziges über die Schauspieler oder über die Filmcrew erzählen. Zum Schluss bringt sie mich zur Tür.
»Danke, dass du da warst. Wenn du je nach Paris kommst, besuch mich mal. Es würde mich freuen.«
»Ich danke Ihnen. Ihre Geschichten haben mich zum Träumen gebracht. Ich hoffe, dass ich später auch mal so eine schöne Arbeit finde wie Sie.«
»Das wünsche ich dir. Bis dahin gib auf dich Acht und pass auf Mirko auf. Manchmal benimmt er sich wirklich wie ein Flegel«, sagt sie, während sie mich umarmt.
Ich will sie schon fragen, was sie damit meint, aber dann lasse ich es doch.
»Gute Reise und bis bald.«
»Ach, ich hab noch was vergessen. Warte mal kurz.«
Sie läuft ins Zimmer, öffnet ihre Tasche und kehrt dann wieder zu mir zurück.
»Das muss deiner sein. Ich habe ihn auf dem Fußboden in der Mansarde gefunden.«
Sie legt mir einen Ohrring in die Hand. Ich drehe ihn hin und her, wobei sich mein Herz immer stärker

zusammenkrampft. Das ist nicht meiner. Und diese Tatsache gefällt mir gar nicht … was mein Herz aber fast zerreißt, ist, dass ich genau weiß, wem er gehört: Marta!

Ich sehe die alte Dame an, die mir zulächelt, weil sie denkt, dass sie mir eine Freude gemacht hat. Ich versuche, mein Gefühlschaos zu verbergen. Ich bedanke mich noch einmal, verabschiede mich von ihr und gelange irgendwie zur Haustür.

Was macht Martas Ohrring in dieser Wohnung? Sie war hier und hat mir nichts gesagt? Ich umklammere das Ding so stark, dass ich mir wehtue. Mit wild klopfendem Herzen trete ich auf die Straße.

Ich kann es nicht glauben! Ruhig, Vale, entspann dich. Es gibt bestimmt einen guten Grund, warum sie es dir nicht gesagt hat. Ich hocke mich auf mein Mofa. Habe ich etwas verpasst, als ich so in meinem Chaos versunken war? Hat sich was verändert, und ich habe es nicht gemerkt? Marta und Mirko?

Das kann nicht sein. Blinde Wut steigt in mir auf. Ich glaub's nicht. Ausgerechnet die beiden. Das sieht weder ihr noch ihm ähnlich. O Gott, bitte lass das nicht wahr sein. Bitte, sagt mir, dass das bösartig von mir ist und ich mir das alles nur zusammenphantasiere. Nein, nein, nein, ich muss sie fragen, wie ihr verdammter Ohrring dorthin gekommen ist. Wahrscheinlich sind sie nach den Proben dort vorbeigefahren. Was rede ich da? Der Probenraum liegt auf der anderen Seite der Stadt, und die beiden fahren eigentlich nicht gemeinsam da hin.

Ich steige vom Mofa und gehe zu Fuß. Ich bin so eine Idiotin, wieso hab ich das nicht kapiert? Wollte sie deshalb nicht mehr davon reden? Hat sie sich deshalb so aufgeregt, wenn es um Mirko ging? Und er, er … wie konnte er nur weiter mit mir schlafen und in der Zwischenzeit etwas mit meiner besten Freundin anfangen? Was ist das hier? Die Quittung dafür, dass ich ihn nicht verlassen konnte und ihm nicht die Wahrheit gesagt habe? Dann hat Marta ihm also erzählt, dass ich mich wieder mit Marco treffe. Ja, aber warum so? Warum muss es ausgerechnet so enden? Wer weiß noch davon? Vielleicht alle, außer mir. Jetzt verstehe ich, die Proben waren nur ein Vorwand dafür, dass sie sich heimlich treffen konnten. Und ich hab ihm auch noch gesagt, dass sie die Richtige für ihn wäre. Ich Oberidiotin! Unglaublich! Und wenn Marco das gut findet? Vielleicht ist er ja Teil eines Plans, der mich von Mirko fortbringen sollte? Wie lange geht diese Geschichte schon? Eine Woche? Einen Monat? Zwei, drei? Ich laufe wie auf Autopilot durch die Straßen, schließlich setze ich mich erschöpft in ein Bushaltestellenhäuschen.

»Ist das die richtige Richtung zum Bahnhof Trastevere?«

Benommen schaue ich eine Frau an, die mich das gefragt hat … was will die von mir?

Mit zitternden Fingern ziehe ich mein Handy aus dem Rucksack und will schon Sara anrufen. Doch dann lasse ich es. Sonst läuft sie sofort zu Marta.

Ich rufe Giorgio an.

»Du musst sofort herkommen, bitte!«

»Was ist passiert?«

»Ich weiß es nicht.«

»Vale, du machst mir Angst. Geht's dir gut?«

»Nein, es ist so fürchterlich. Bitte, Giorgio, ich muss wissen, ob mich irgendjemand lieb hat.«

»Was redest du da? Viele Leute haben dich lieb. Ist was mit Marco?«

»Nein, mit Mirko. Wusstest du es etwa?«, frage ich plötzlich ganz aggressiv.

»Was soll ich wissen?«

»Dass Mirko was mit Marta hat.«

»Schatz, du bist ja verrückt. Wie kommst du denn auf so eine hirnrissige Idee?«

Stimmt, das ist total hirnrissig. Wer würde denn sofort daran denken, dass er von den liebsten Menschen betrogen wird?

»Gott, Vale, jetzt mach ich mir aber ernsthaft Sorgen. Reiß dich mal kurz zusammen und sag mir, wo du bist.«

»Viale Trastevere, in der Nähe von der Tankstelle.«

»Siehst du zufällig eine Lokomotive?«

Was zum Teufel ... huch, er hat recht, genau vor mir steht eine alte Dampflok.

»Ja.«
»Gut, in zwanzig Minuten bin ich bei dir. Rühr dich nicht vom Fleck.«
Dazu hätte ich auch gar nicht die Kraft.

Giorgio versucht, mich wieder aufzuheitern, allerdings mit wenig Erfolg. Er drückt mich an sich, während ich wie ein kleines Kind flenne, und wartet, dass ich mich beruhige. Traurigkeit wechselt sich mit mörderischen Wutanfällen ab. Gemeinsam gehen wir die vergangenen Monate durch, und immer wieder entdecke ich etwas, das meinen Verdacht bestätigt. Aber das kann nicht vor so langer Zeit begonnen haben, beschließe ich mit Giorgio, wahrscheinlich geht das erst seit Jahresanfang. Vielleicht seit der Silvesternacht.
»Erinnerst du dich wirklich nicht daran, ob in der Nacht was vorgefallen ist?«, frage ich.
»Da verlangst du echt zu viel. An dem Abend hatte ich entschieden zu viel getrunken. Ich weiß ja nicht mal mehr, wie ich ins Bett gekommen bin.«
»Und Ozi oder Svein, könnten die sich an was erinnern?«
»Frag mich was Leichteres. Wir waren alle so angeschickert … keine Ahnung, ich kann es probieren, aber ich glaube nicht, dass das der richtige Weg ist.«
»Wenn es an dem Abend passiert ist, hat Sara bestimmt was gesehen.«
»Meinst du?«

»Ihr entgeht nie etwas. Weißt du, was mir am meisten wehtut?«
Giorgio nickt.
»Dass ich geglaubt habe, dass mich nichts und niemand von Marta trennen könnte. Wir waren wie Schwestern.«
»Und seit ihr das jetzt nicht mehr?«
»Wie soll ich ihr denn noch ins Gesicht sehen und ihr glauben?«
»Wir alle machen Fehler, du ganz besonders. Was ist denn das mit deiner Geschichte mit Marco?«
»Ich weiß, du hast ja recht. Dabei bin ich sonderbarerweise gar nicht so sehr auf Mirko wütend, sondern viel mehr auf Marta.«
»Du solltest mit ihr reden.«
»Das kann ich jetzt nicht. Mir geht's zu schlecht.« Und wieder weine ich hemmungslos. Ein Mann will schon anhalten, doch dann sieht er Giorgio und hält sich zurück.
»Was sagt Marco denn?«
»Ich hab es ihm noch nicht gesagt. Ich dachte, dass er Teil einer Verschwörung ist, um mich von Mirko wegzubekommen.«
»Na, das ist ja lustig. Wenn das so wäre, wäre Marta die schöne Spionin aus dem James-Bond-Streifen, die die Männer umschwärmt, um dann böse Rache zu üben.«
Zum ersten Mal muss ich lachen.

»Wenn es dich beruhigt, denen ergeht's am Ende immer schlecht!«

Ich lache weiter.

»Okay, ich hab's übertrieben. Marco hat damit nichts zu tun.«

»Das glaube ich auch.«

»Was würdest du an meiner Stelle denn machen?«

»Ich würde mit beiden reden.«

»Zusammen?«

Giorgio sieht mich schräg an.

»Vielleicht wollte Marta es dir sagen und hat nicht den Mut gehabt. Vielleicht ist der Ohrring auch nur zufällig dort gelandet.«

»Ich weiß nicht. Ich fühle mich total leer. Auf diese Nachricht hätte ich echt gut verzichten können.«

»Aber entschuldige, ist das nicht letztendlich auch was Gutes? Das Schicksal hat für dich entschieden.«

»Was willst du damit sagen?«

»Du hast immer gesagt, dass du es nicht schaffst, Mirko zu verlassen, richtig? Tja, jetzt ist die Messe gelesen. Du kannst nicht mehr zurück. Das war es doch, was du eigentlich wolltest, oder?«

»Und das ist der Preis, den ich dafür zahlen muss?«

Er antwortet nicht.

»Das ist so schwierig. In den vergangenen Monaten hat Marta mein ganzes Leben mitbekommen, ich hab ihr alles gebeichtet, es gibt kein Geheimnis, das ich ihr nicht anvertraut habe. Soll ich da etwa nicht denken, dass sie nur mit mir gespielt hat, während ich vor ihr einen Seelenstriptease hingelegt habe? Und Mirko, der hätte wenigstens eine andere nehmen können ... und als ich ihn danach gefragt habe, hat er doch glatt gesagt, dass er nie daran gedacht hätte. Er hat sich immer als eine loyale Person ausgegeben. Wie kann er mir das dann nur antun? Nein, das ist wirklich das Schlimmste, was mir je passiert ist. Von dieser Enttäuschung werde ich mich nicht so schnell erholen.«

»Jetzt hast du dich aber genug gequält. Vielleicht stimmt das ja alles gar nicht. Komm, ich bring dich nach Hause.«

»Nein, danke, ich hab das Mofa vor dem Haus von Mirkos Großmutter stehen.«

»Okay.«

»Versprich mir, dass du mit niemandem darüber redest.«

»Ich werde stumm sein wie ein Fisch ... aber Ozi kann ich es doch erzählen, oder?«

Ich verpasse ihm einen Klaps.

Als ich am nächsten Morgen aufwache, weiß ich immer noch nicht, was ich tun soll. Ich bin noch völlig fertig von dieser Geschichte. Wie gewöhnlich verlasse ich die Wohnung, doch kurz bevor ich die Schule erreiche, beschließe ich, dass ich da heute nicht hin will. Ziellos verbringe ich den Vormittag in der Stadt.

Nach dem Mittagessen habe ich keine Lust zu Hause zu bleiben und mache das, was schon lange fällig ist: Ich lass mir die Haare schneiden. Das hatte ich mir ja geschworen, als ich im Krankenhaus in den Bergen lag: Wenn Marco nichts passiert, werde ich immer lieb sein und mir die Haare schneiden lassen. Weil ich es aber noch nicht schaffe, ein besserer Mensch zu sein, müssen jetzt wenigsten die Haare dran glauben. Meine Mutter will mich davon abbringen, aber Abmachungen müssen eingehalten werden. Zusammen fahren wir mit dem Auto zum Friseur. Kaum, dass ich über die Schwelle des Ladens trete, will ich auch schon kehrt machen, so sehr bereue ich die Entscheidung. Aber das Mädchen vom Tresen lässt mir keine Zeit für den Rückwärtsgang und legt mir einen Umhang um. Meine Mutter, die hier offensichtlich öfter herkommt, nutzt die Gelegenheit, um mal wieder die Spitzen ein wenig schneiden zu lassen. Während ich darauf warte dranzukommen, wird mir eins ganz klar: Ich brauche einen komplett neuen Look.
Zwei Stunden später trete ich zufrieden aus dem Laden. Merkwürdig, dass man innerliche Veränderungen im Leben auch immer mit äußerlichen Neuerungen bezeugen muss, als ob das die Sache greifbarer machen würde.
Wir gehen noch beim Bäcker vorbei, bevor wir nach Hause fahren, und meine Mutter versucht, mich über mein Gefühlsleben auszuhorchen. Doch meine knap-

pen Antworten lassen das Gespräch sofort wieder einschlafen. Ich bin noch nicht so weit, dass ich reden will. Die Vorstellung von Mirko und Marta, die sich küssen, macht mich immer noch ganz kirre. Aber es ist sonderbar, ich bin gar nicht so sauer, wie ich eigentlich sein sollte, und auch nicht total verzweifelt. Ein Teil von mir fühlt sich viel eher erleichtert. Gleichzeitig hat mir die Tatsache, dass meine beste Freundin – die einzige Person auf der ganzen Welt, der ich blind vertraut habe – mich betrogen hat, mir den Schlaf geraubt. Giorgio hat vollkommen recht, wenn er sagt, dass alle mal Fehler machen, aber deshalb muss man noch nicht gleich jedem verzeihen.
Vor dem Haus wartet Marta auf mich. Ob ihr die Ohren geklingelt haben?
»Gott, Vale, was hast du mit deinen Haaren gemacht?«, ruft sie, nachdem sie meine Mutter begrüßt hat.
»Neues Leben, neuer Look!«
Sie sieht mich aufmerksam an.
»Steht dir gut. Ja, ich mag kurze Haare … und so kurz bis zu den Ohren sieht das auf jeden Fall besser aus, als das eine Mal, als du sie meinetwegen abschneiden lassen musstest.«
Trotz allem muss ich lächeln.
»Hast du Lust auf einen Spaziergang?«, fragt sie.
Ich habe keine Lust, aber vielleicht will sie mir ja etwas sagen. Und jeder verdient doch eine Chance, oder?
»Hast du was dagegen, wenn Cocco mitkommt?«

»Überhaupt nicht.«
Ich gehe mit meiner Mutter hoch und hole den Hund, der glücklich mit dem Schwanz wedelt. Wir laufen bis zum Park der Engelsburg. Dort lasse ich Cocco von der Leine. Marta und ich setzen uns auf eine Bank.
»Wieso warst du heute nicht in der Schule?«
»Heute Nacht habe ich nicht so gut geschlafen.«
»Du siehst auch schlecht aus. Ist was passiert?«
Was für eine Frage! Sie tut so, als wüsste sie von nichts.
Mühsam unterdrücke ich meine Wut und schaue in eine andere Richtung.
»Nein, ich bin nur müde. Ich hab die ganze Nacht kein Auge zugetan«, presse ich heraus. Wieder steigt Wut in mir auf. Ich atme tief ein und aus. Ich muss mich beherrschen.
Marta, die mit meiner Antwort zufrieden zu sein scheint, wechselt das Thema und erzählt mir, dass ihre Gesangslehrerin sie so ins Herz geschlossen hat, dass sie mit ihrer Mutter gesprochen hat. Anfangs hat die sich noch gesträubt, aber dann hat sie sich von der Begeisterung der Lehrerin anstecken lassen.
»Also melden sie dich an?«
»Ja, im September.«
An einem anderen Tag wäre ich ihr vor Freude um den Hals gefallen, aber jetzt ist mir das fast egal.
»Marta, das ist echt eine schöne Nachricht«, sage ich und versuche, ehrlich zu klingen.

»Vale, denk nur: Ich werde eine richtige Gesangsausbildung machen.«

Ich beobachte sie. Sie sieht so entspannt aus. Wie macht sie das? Wie kann sie so dreist lügen und ihre Gefühle so gut verstecken? Vor was hat sie Angst? Vor meiner Reaktion? Immerhin gibt es jetzt kein Zurück mehr. Aber logo, jetzt hab ich's. Sie will, dass ich Mirko verlasse, so dass sich die Dinge von selbst regeln. Wie blöd bin ich eigentlich, dass ich das nicht vorher geschnallt habe?!

»Weißt du, es ist ganz unglaublich. Wenn ich singe, hört sich meine Stimme völlig anders an.«

Warum, Marta? Warum hast du nicht eine Sekunde daran gedacht, dass du alles kaputt machst, was wir uns in den vergangenen Jahren aufgebaut haben? Wer bist du eigentlich? Eine Lügnerin – so wie ich im Übrigen!

»Du hörst mir ja gar nicht zu.«

»Nein, doch, entschuldige, ich hab mir dich grad auf einer Bühne vorgestellt«, sage ich.

Sie lacht fröhlich, und in ihren Augen sehe ich Ehrlichkeit. Ohne zu wissen warum, ziehe ich den Ohrring hervor und halte ihn ihr hin.

»Ist das deiner?«

»Klar ist das meiner. Die haben wir doch zusammen gekauft. Erinnerst du dich nicht mehr? Wieso hast du den denn?«

»Den hab ich gefunden.«

In ihren Augen blitzt ein unruhiges, dunkles Licht auf.

Ich hab dich erwischt, Marta, jetzt kannst du es nicht mehr leugnen.
»Wo?«
»In der Mansarde von Mirko.«
Sie rutscht auf der Bank hin und her.
»Und was hat er da zu suchen?«
»Ich hoffte, dass du mir das sagen könntest.«
Sie sieht mich erstaunt an, dann bestürzt, schließlich wird sie blass. Sie springt wie von der Tarantel gestochen auf.
»Ich muss gehen. Das kann ich dir jetzt nicht erklären.«
Was? Alles, was du kannst, ist abhauen?
»Marta, bitte …«, flehe ich sie an.
»Ich hab zu tun, Vale. Ich erklär es dir später. Vertrau mir.«
Vertrauen? In welchem schlechten Film bin ich denn jetzt gelandet?
»Geh nicht, Marta. Tu's nicht.«
Sie kann mir nicht in die Augen sehen.
»Ich muss. Ich ruf dich später an.«
Sie rennt los und verschwindet. Überwältigt von den Gefühlen breche ich in Tränen aus und bleibe auf der Bank sitzen, bis Cocco mir klar macht, dass es Zeit ist, nach Hause zu gehen. Ich fühle mich, als hätte jemand mich verprügelt. Nicht mal die neue Frisur hat diese Wahrheit weniger schlimm gemacht. Zum Glück habe ich Marco, wenigstens ist seine Liebe ehrlich.

Zwei Stunden später ruft Marta mich an, aber ich gehe nicht ran. Jetzt habe ich keine Lust, ihr zuzuhören. Die Gelegenheit zu reden hat sie gehabt.

Am nächsten Morgen versucht sie, mich vor der Schule abzupassen, aber Mirkos Erscheinen rettet mich. Während des Vormittags beobachte ich die beiden aufmerksam, um zu sehen, ob sie sich durch ihr Verhalten verraten. Nach der Schule drückt Mirko mich an sich, und mir dreht sich der Kopf. Zufällig begegne ich Martas Blick, bevor ich die Augen zukneifen muss, weil mir schon wieder die Tränen kommen. Warum quäle ich mich so? Was will ich damit erreichen? Das Einzige, was ich eigentlich noch tun kann, ist, mit beiden offen zu reden und ihnen die Pistole auf die Brust zu setzen. Denn auch, wenn ich beschlossen habe, mit ihm Schluss zu machen, finde ich das Ganze demütigend und beleidigend. Wenn ich mich wenigstens bei Marco ausheulen könnte … aber wir haben seit dem letzten Streit nicht mehr miteinander geredet. Er hat auch nicht auf meine letzte SMS geantwortet. Und selbst wenn ich wollte, könnte ich es ihm nicht sagen, denn es geht hier schließlich um seine Schwester. Er würde sofort in ihr Zimmer laufen und ihr alles erzählen.

Nach dem Mittagessen kriege ich eine SMS von Marta:
Es ist wichtig, ich muss mit dir reden.
Ich reagiere nicht und werfe mich mit dem iPod auf

das Sofa. Irgendwann döse ich weg, und erst das Telefonklingeln weckt mich: Schon wieder Marta. Was ist? Machen sich jetzt doch Schuldgefühle bei ihr breit? Ich gehe nicht ran. Nach einer Weile klingelt es an der Haustür.

»Lässt du mich rauf?«, fragt Mirko.

»Was machst du hier? Probt ihr heute etwa nicht?«

»Später. Mach auf.«

»Ich will dich nicht sehen.«

»Warum?«

»Hau ab, Mirko.«

Ich hänge den Hörer der Gegensprechanlage auf, aber er ist hartnäckig und klingelt so lange, bis ich mich wieder melde.

»Vale, mach diese Tür auf oder ich trete sie ein!«

Da ich darauf keine Erwiderung weiß, drücke ich den Türöffner. Mach keinen Scheiß, Vale, übertreib es nicht sofort wieder. Er muss es nicht gleich raffen. Wenn er versucht, dich auszufragen, tu so, als sei nichts passiert. Ganz ruhig, tief einatmen, genau so, ganz langsam. Ich versuche, mich an die Atemübungen vom Stretching zu erinnern, aber die Klingel der Wohnungstür lässt mich aufschrecken. Ich öffne, und ein riesiges Etwas versperrt mir die Sicht.

»Mirko?«

»Wer denn sonst? Puh, Mann, ist das schwer. Hilf mir mal, das reinzutragen.«

»Was ist das?«

»Keine Ahnung, ist für dich. Fass mit an«, sagt er schnaufend.

Ziehend und schiebend wuchten wir ein riesiges Paket in den Wohnungsflur.

»Wie hast du das hergebracht?«

»Ein Freund hat mich mit einem Transporter hergefahren. Warum wolltest du mich nicht sehen?«

Ich antworte nicht und schaue weiter das Paket an.

»Ist das wirklich für mich?«

Er berührt seine Narbe, und ich wende den Blick ab.

»Das schickt dir meine Großmutter. Es ist ein Geschenk von ihr.«

»Ich habe aber gar nicht Geburtstag.«

»Ich weiß, aber sie wollte, dass ich es dir so schnell wie möglich bringe.«

»Neulich, als ich sie besucht habe, hat sie mir nichts davon gesagt.«

»Dann wird sie es vergessen haben.«

Er zieht die Jacke aus und legt sie auf das Sofa.

Mit zitternden Händen berühre ich das Geschenk. Ich hebe ein Stück des Packpapiers an, in das es eingehüllt ist, und reiße es an einer Ecke vorsichtig auf. Das reicht mir schon, um zu wissen, was in dem Paket ist.

»Das kann ich nicht annehmen«, sage ich gerührt.

»Du weißt, was es ist?«

Ich nicke, aber der Kloß in meinem Hals verhindert, dass ich noch ein Wort herausbringe. Mirko lugt in die aufgerissene Ecke.

»Ich glaub's ja nicht! Sie hat dir den Delphin geschenkt«, schreit er begeistert.
Vor Freude möchte ich ihm am liebsten um den Hals fallen. Ich vergesse alles andere und klatsche in die Hände.
»Mach es auf, Vale. Wenn du das Papier nicht gleich runterreißt, mach ich es.«
Ich darf nicht zulassen, dass seine Anwesenheit diesen tollen Augenblick kaputt macht. Ich muss mich nur auf das Geschenk besinnen, nur das ist jetzt wichtig. Mit zittrigen Händen reiße ich das Papier weg, anfangs noch ganz vorsichtig, dann immer schneller und hektischer. Schließlich schaut mich der Delphin mit seinem großen, strahlenden Auge an. Unglaublich, dass sie ihn mir geschenkt hat. Das ist vermutlich das wertvollste Geschenk, das ich je bekommen habe. Ich streiche über seine Schnauze, die Flossen und den ganzen Körper. Mit der Hand fahre ich über die gesamte Oberfläche und zeichne dann noch mal seine Flossen nach. Tränen steigen mir in die Augen, und ich drehe mich weg, damit Mirko es nicht sieht.
»Er ist wunderschön. Sag ihr vielen Dank von mir«, presse ich heraus.
Als ich das Bild umdrehe, entdecke ich eine Widmung: *Für Valentina: Lass nicht zu, dass kleine Unannehmlichkeiten dich von der Suche nach dem Glück abhalten. Elisa Salvati, Mirkos Großmutter.*
Was soll das … Jetzt verstehe ich, was sie mit *Flegel*

meinte. Sie wusste es. Er war mit Marta in der Wohnung, als sie noch da war. Also wusste sie, dass der Ohrring nicht mir gehörte.

»Was will sie damit sagen?«

Ich kann nicht mehr. Ruckartig drehe ich mich um, meine Wangen brennen.

»Dass du ein Arschloch bist!«

Mirko wird blass, als hätte ich ihm ins Gesicht geschlagen.

»Aber was …«

»Raus aus meiner Wohnung, ich will dich nie wieder sehen. Es tut mir nur unendlich leid, dass die riesige Freude über dieses Geschenk von deiner Anwesenheit gestört wird.«

Er sieht mich wütend an. Aber weil ich mich merkwürdigerweise ganz stark fühle, trete ich ganz dicht und drohend an ihn heran.

»Willst du etwa behaupten, dass es nicht stimmt?«

In seinen schmal zusammengezogenen Augen funkelt das Grün, das mich immer noch in Erregung versetzt.

»Wovon redest du?«

»Das weißt du genau.«

Mirko sieht mich betroffen an, ohne sich zu rühren.

Plötzlich explodiert meine unterdrückte Wut.

»Ich hasse dich, ich hasse dich!«, schreie ich, während mir die Tränen die Wangen hinunterlaufen. Ohne sie zu verstecken, knalle ich ihm eine. Eine schallende Ohrfeige, die richtig wehtut.

»Wie konntest du nur? Ausgerechnet du, der immer gesagt hat, dass Treue und Aufrichtigkeit mehr zählen als alles andere auf der Welt. Los, sag schon, was hat dich so weit getrieben? Die Neugierde? Der Spaß? Hast du dich unwiderstehlich gefühlt? Oder war einfach nur der Moment gekommen, um zu Nummer drei auf der Liste zu wechseln?«

Mirko ballt die Fäuste.

»Ich dachte, du wärst anders als die anderen. Stattdessen bist du auch nicht besser. Was ist? Ist dir plötzlich die Zunge eingefroren?«

»Ich ...«

»Ja? Suchst du nach einer Entschuldigung, aber dir fällt nichts ein? Schade, selbst dein Hirn verweigert dir also die Hilfe.«

Und ich dumme Kuh wollte nicht, dass er leidet.

»Ich weiß nicht, wovon du sprichst.«

Schwer atmend wische ich mir die Tränen aus dem Gesicht. Soll er doch vor Wut kochen.

»Weißt du, Mirko, ich kenne dich schon eine Weile, und wenn du wirklich denken würdest, dass ich verrückt bin und gerade einen Nervenzusammenbruch habe, dann wärst du völlig ausgeflippt. Und hättest mich am Arm gepackt und mich gefragt, wie zum Teufel ich so etwas sagen könnte. Dann hättest du auf die Wand eingedroschen, um deine Wut loszuwerden. Aber jetzt stehst du nur da, mit geballten Fäusten, und kriegst den Mund nicht auf. Jetzt schießt dir gerade durch den Kopf, dass du nicht genau weißt, was ich weiß und wie ich es rausbekommen habe. Außerdem hast du Angst, einen Fehler zu machen, indem dir irgendetwas rausrutscht. Ich versteh dich sogar, selbst wenn das Kind längst in den Brunnen gefallen ist, wie meine Mutter sagen würde«, schließe ich.

»Du phantasierst.«

»Mir geht's tatsächlich nicht so gut, aber auch nicht so schlecht, wie ich dachte. Momentan bin ich nur unglaublich sauer und gekränkt!«

Ich atme noch mal tief ein und reibe mir die Augen.

»Ich will dir helfen. Ich lass dir einen Ausweg: Verschwinde hier und wenn du den Mut hast, von dem du immer behauptet hast, dass du ihn hättest, klingel noch mal und erkläre mir, wie du das alles hast machen können, was du gemacht hast. Ansonsten geh, und das war's dann.«

Ohne seine Antwort abzuwarten, schnappe ich mir seine Jacke, werfe sie ihm zu, dann öffne ich die Tür und warte, dass er geht. Ich knalle sie hinter ihm zu und lehne mich erschöpft dagegen. Langsam rutsche ich auf den Boden. Cocco, der sich bis zu diesem Moment verkrochen hatte, kommt langsam zu mir und legt sich mit seinem ganzen Gewicht auf meine Beine. Und da heißt es immer, dass Hunde unsensibel sind. Diese Idioten.

16

Nach zehn Minuten stehe ich auf und starre das Bild vor mir an. Es ist wunderschön, ich muss es irgendwie in mein Zimmer schaffen. Ich will morgens mit diesem Anblick aufwachen. Wieder streichele ich den Delphin, als wäre er lebendig.

»Findest du ihn nicht auch herrlich, Cocco? Macht er dir auch so gute Laune?«

Noch einmal lese ich die Widmung. Ich weiß nicht, ob die Worte von Mirkos Großmutter das sagen wollten, was ich gedacht habe. Ich glaube es eher nicht, aber das ist nicht wichtig. Sie haben mir geholfen diesen so schwierigen Schritt zu tun. Jetzt muss ich nur noch warten, dass Marta kommt. Denn das erste, was Mirko mit Sicherheit macht, ist, es ihr zu sagen.

Ich stelle mich unter die Dusche, und das Wasser spült die ganze Anspannung der vergangenen Tage weg. Es reicht, Vale, jetzt musst du auch zeigen, dass du ein besserer Mensch geworden bist. Schluss mit der Unsicherheit, werd erwachsen und lass dich endlich ganz und gar auf diese Geschichte mit Marco ein.

Du hast so ein Chaos angerichtet, du bist allen so auf die Nerven gegangen mit dem, was du für ihn empfindest, also los … jetzt geh und sieh zu, was daraus wird. Die Zeit der billigen Ausreden ist vorbei. Was willst du mehr? Welche Sicherheit brauchst du denn noch, dass du nur ihn willst? Du bist ja wegen Mirko nicht mal mehr verzweifelt. Ist dir etwa immer noch nicht klar, dass er es nicht ist? Hast du diese ganzen Lügen, Ausflüchte und Rechtfertigungen nicht endlich satt? Willst du etwa noch länger warten und dann erleben, dass Marco endgültig die Geduld verliert, auf dich zu warten? Die Dinge halten nicht ewig, das solltest du schon mal gelernt haben. Schlag endlich eine neue Seite auf und genieß diese Liebe, nach der du dich so lange gesehnt hast!

Ich steige aus der Dusche und rufe ihn an.

»Du hörst dich so anders an. Ist was geschehen?«, fragt er, nachdem wir uns begrüßt haben.

»Ja.«

»Willst du es mir erzählen?«

»Wenn wir uns wiedersehen.«

»Sag mir nur, ob es schön oder schlecht ist.«

»Eine Sache ist sehr schön, eine andere nicht so schön.«

»Betrifft das mich?«

»Ja und nein.«

»Spann mich nicht so auf die Folter. Kannst du mir nicht wenigstens einen Tipp geben?«

Ich kichere.
»Neugierig, was?«
»Sehr.«
»Ich hab eine Idee.«
»Du bist gefährlich, wenn du Ideen hast.«
»Was hältst du davon, wenn du morgen Abend zum Essen zu mir kommst?«
»Ich glaube nicht, dass dein Vater mich sehen will.«
»Hm, ehrlich gesagt dachte ich an ein kleines Dinner nur für uns zwei.«
»Krass, das ist mal eine interessante Einladung.«
»Ich kann dir noch nichts versprechen, aber ich könnte auch was kochen.«
»Meinetwegen können wir uns auch zwei Pizzen holen.«
»Vielleicht ist das besser. So vertun wir nicht so viel Zeit mit essen.«
Marco lacht aus vollem Hals.
»Ich wünschte, es wäre schon morgen.«
Na, und ich erst!
»Sobald meine Eltern weg sind, schicke ich dir eine SMS.«
»Okay, bis morgen.«
Bis morgen, Liebster.
Ich gehe zurück ins Bad und föhne mir die Haare. Als ich damit fertig bin, zeigt das Handy drei verpasste Anrufe an: von Sara, Marta und Mirko. Ich beschließe, die am wenigsten Anstrengende anzurufen.

»Ciao, wie geht's?«, begrüße ich sie.

»Vale, ich hab dich gesucht. Wo warst du?«

Was ist das denn für ein aufgeregter Ton? Hat Marta etwa auch sie angerufen?

»Ich war im Bad. Und du? Geht's dir besser?«

»Na ja. Ich wollte wissen, ob wir uns heute vielleicht sehen könnten, selbst wenn's nur ganz kurz ist.«

»Hm, ich bin heute nicht in der richtigen Stimmung. Das ist die Revanche für neulich«, sage ich im Scherz.

»Wieso?«

»Das erzähl ich dir später.«

Sie ist aufgeregt.

»Ist was mit Mirko?«

Ich habe den Eindruck, als wollte sie mir etwas beichten. Bestimmt hat Marta ihr gesagt, dass sie warten soll, bis wir miteinander gesprochen haben.

»Nein, nichts.«

Feige Kuh!

»Na gut, dann bis morgen. Aber vergiss es nicht.«

»Nein, natürlich nicht. Küsschen.«

Kaum habe ich das Gespräch beendet, klingelt das Handy schon wieder: Marta. Bin ich etwa ein Callcenter?

»Hey, wo steckst du? Ich hab millionenmal versucht, dich zu erreichen, und hab dir tausend SMS geschickt.«

»Ich war unter der Dusche. Und du?«

»Bei der Bandprobe. Wir warten auf Mirko. Der ist irgendwie verschwunden. Ist er bei dir?«

Also hat er ihr noch nichts gesagt?
»Er war kurz hier, ist dann aber wieder fort. Er hat gesagt, dass er zu euch wollte.«
»Okay, dann kommt er bestimmt gleich.«
»Wahrscheinlich, mach dir keine Gedanken.«
»Nach der Probe komme ich gleich zu dir. Ich muss mit dir reden. Es ist sehr wichtig. Versprichst du mir, dass du auf mich wartest?«
»Sag es mir ruhig am Telefon. Ich hör dir zu«, fordere ich sie auf.
Offenbar hält sie die Hand auf ihr Handy und flüstert etwas.
»Es geht um Mirko. Aber jetzt kann ich nicht reden. Die anderen sind schon da.«
»Wie du willst. Bis später.«
Ich lege auf, und das Handy klingelt schon wieder: Mirko.
»Ja?«
»Ich klingele jetzt seit zwanzig Minuten an deiner Tür. Willst du nicht endlich mal aufmachen?«
»Ich komme. Ich war unter der Dusche.«
Als ich die Wohnungstür öffne, sitzt er auf den Treppenstufen. Scheinbar hat er sich nicht von der Stelle gerührt. Ich möchte zu ihm gehen und diesen traurigen Ausdruck aus seinem Gesicht vertreiben, aber ich zwinge mich, daran zu denken, warum er hier ist.
Mirko kommt rein, zieht sich die Jacke aus und setzt sich aufs Sofa. In diesem Moment merke ich, dass ich

noch im Bademantel dastehe. Ich entschuldige mich, laufe in mein Zimmer und bin zehn Minuten später angezogen zurück.

»Willst du einen Saft?«

»Nein, danke.«

»Okay«, sage ich und setze mich auf den Sessel vor ihm. Die Stille zwischen uns kommt mir vor wie ein unendlicher Ozean, der uns trennt. Irgendwie möchte ich ihm gern helfen, aber gleichzeitig habe ich auch überhaupt keine Lust, ihm entgegenzukommen. Schließlich halte ich es doch nicht mehr aus und breche das Eis.

»Ich will nur eins wissen: warum?«

Er schlägt die Hände vors Gesicht, dann steht er auf und geht zum Fenster, sieht in die Dunkelheit hinaus, dreht sich wieder um und schiebt die Hände in die Hosentaschen.

»Ich hab das nicht absichtlich gemacht, das musst du mir glauben. Das Letzte, was ich wollte, war, dir wehzutun.«

Ich lege den Kopf auf ein Kissen und schließe die Augen. Endlich hebt sich der Vorhang.

Alles hat in der Silvesternacht angefangen, genau wie ich es mir gedacht habe. Nur ein Kuss, mehr nicht, bis zu seiner Rückkehr aus Prag. Dann reichte ein Blick, um zu begreifen, dass keiner der beiden die Sache einfach so vergessen hatte. Sie haben sich noch zweimal getroffen. Aber ihre Schuldgefühle waren zu stark. Ich

stand immer zwischen ihnen. So beschlossen sie, sich nicht mehr zu sehen.
»Aber das war schwierig. Wir sehen uns ja jeden Tag in der Schule und konnten da einfach nicht voneinander fernbleiben. Du musst mir glauben, Vale, wir haben es mit aller Kraft versucht, aber es war einfach nicht zu machen. Es war stärker als wir.«
Er macht eine Pause.
»Wir haben uns verliebt. Das ist die Wahrheit. Aber keiner von uns beiden wollte das, ich schwöre es dir. Wir haben immer wieder darüber geredet, wir haben uns jeden Tag schuldig gefühlt, wochenlang. Wir haben versucht, es zu beenden, aber es genügte ein Blick, und wir schmolzen dahin. Entschuldige, ich hätte nie gewollt, dass so etwas geschieht. Ich wollte dir das nicht antun. Du bist ein wunderbarer Mensch und sie … sie ist eine von deinen Freundinnen. Entschuldige, entschuldige.«
Still bleibe ich mit geschlossenen Augen im Sessel sitzen. Es ist also alles wahr, ich habe es mir nicht eingebildet. Einen Moment hatte ich noch gehofft, dass er mir sagt, dass nichts geschehen wäre, stattdessen ist es tatsächlich geschehen …
»Du hast sie zu deiner Großmutter mitgenommen?«
Er nickt.
Ein Stich durchfährt mein Herz. Es muss also was Ernstes sein.
»Es tut mir leid, Vale, es tut mir unendlich leid.«

»Wann hättest du es mir gesagt?«
»Ich weiß nicht, sie wollte es dir sagen. Sie hat mich gebeten, nichts zu sagen, bis sie den Mut dazu aufgebracht hätte.«
»Wie konntest du nur weiter mit mir schlafen, wenn du doch sie liebst?«
Er kniet sich vor den Sessel.
»Alles, was ich für dich empfinde, stimmt auch immer noch. Ich bin gern mit dir zusammen, ich mag dich, ich habe Spaß mit dir, und ich habe noch nie mit einem Mädchen geschlafen und dabei an eine andere gedacht, das musst du mir glauben. Das ist die Wahrheit. Ich habe das nicht absichtlich gemacht, Vale … es ist einfach passiert. Zum ersten Mal im Leben habe ich mich verliebt. Ich begreife eigentlich immer noch nicht, dass das wirklich so ist. Manchmal wache ich auf und denke, dass ich das alles nur geträumt habe.«
Ich starre auf meine Hände.
»Und hast du je daran gedacht, wie das für mich ist, wenn ich das herausfinde? Marta ist meine beste Freundin, nicht eine von vielen, sie ist keine Unbekannte. Das ist der Mensch, dem ich am meisten vertraue. Wie konntet ihr daran so überhaupt nicht denken? Du hättest sofort mit mir Schluss machen und den Mut haben müssen, zu mir zu kommen und mir zu sagen, dass du sie liebst. O Mirko, meine ganze Welt ist zusammengebrochen, als ich das rausgefunden habe.«

Ich schlage die Hände vors Gesicht.
»Äh, sorry, aber was hat Marta damit zu tun? Ich rede die ganze Zeit von Sara.«
Sara? Ich nehme die Hände weg und schaue ihn verwirrt an. Sagt er mir etwa gerade, dass er sich in Sara verliebt hat? Mein Hirn versucht, diese Nachricht zu verarbeiten ... dass Marta gar nichts damit zu tun hat? Ich verstehe gar nichts mehr. Wie kann das denn sein? War Sara nicht mit Svein zusammen? Es stimmt schon, das war ja eher eine offene Beziehung, aber daran habe ich eigentlich nie wirklich geglaubt. Deshalb war sie in den vergangenen Tagen so merkwürdig, und deshalb wollte sie mich sehen und mit mir über Mirko reden. Aber Marta: Warum hat sie zugelassen, dass ich an ihr zweifele? Warum hat sie vorgestern nicht alles erklärt, anstatt einfach abzuhauen?
»Hast du etwa gedacht, es wäre Marta? Wie kommst du denn darauf?«
»In der letzten Zeit wart ihr immer zusammen beschäftigt, bei den Bandproben. Und dann hat deine Großmutter mir einen Ohrring gegeben, den sie in der Mansarde gefunden hatte. Der gehört Marta, ich hab ihn wiedererkannt, und sie hat es mir bestätigt.«
»Den hat sie an Silvester Sara geliehen. Sagt Sara.«
Ich sehe ihn ungläubig an. Jetzt fällt bei mir der Groschen: Als ich vorgestern Marta den Ohrring gezeigt habe, hat sie sofort eins und eins zusammengezählt. Doch bevor sie ihre Schlüsse zog, wollte sie das erst

checken. Das hätte ich an ihrer Stelle ja genauso gemacht.
Ich bin sprachlos. Ich weiß nicht, ob ich weinen oder lachen soll. Zu wissen, dass Marta es nicht ist, verändert alles. Sara ist zwar auch eine Freundin von mir, aber das ist was anderes. Von Marta betrogen zu werden, war viel härter zu akzeptieren und zu verdauen. Ich hab mich schon so gefühlt, als hätte ich keine Schwester mehr, ich war innerlich schon wie tot. Ein Leben ohne sie konnte ich mir gar nicht vorstellen, ohne unsere Beichten, ohne ihre Ratschläge, ohne ihr Lachen, ihre schmutzigen Witzchen, oder auch ohne ihren Leichtsinn, ihre Kühnheit, ihren Scharfsinn. Ohne sie hätte ich mich nur als halber Mensch gefühlt. Merkwürdig wie wenig alles andere zählt, wenn man herausfindet, dass das, was man gerade für das Schlimmste auf der Welt gehalten hat, gar nicht stimmt. Verzeih mir, Marta, dass ich dich verdächtigt habe, verzeih mir. O Gott, wie konnte ich nur solche Dinge von ihr glauben? Ich habe auch nicht eine Sekunde daran gedacht, dass ich mich irren könnte, der Ohrring war ein viel zu offensichtlicher Beweis. Und doch hätte ich mir denken können, dass ein Mensch wie du nicht einen Tag gewartet hätte. Aber in der vergangenen Zeit wolltest du nichts mehr von Mirko hören, du hast mich immer nur als Egoistin bezeichnet! Entschuldige, ich hätte meinen Gefühlen nicht erlauben dürfen, die Oberhand zu gewinnen. Wie üblich ist

meine Phantasie mit mir durchgegangen, wie du mir ja immer vorhältst, oh meine süße, wiedergefundene Freundin!
Ich sehe Mirko an, dann umarme ich ihn heftig und lache laut los.
»Du weißt gar nicht, was für eine Last du von mir genommen hast.«
Er erwidert die Umarmung, versteht aber offensichtlich gar nichts.
»Willst du damit sagen, dass du nicht mehr sauer auf mich bist, weil du jetzt weißt, dass es Sara ist?«
»Nein, nein, das meine ich nicht. Aber von Marta betrogen zu werden, hätte ich nicht überlebt.«
Sara hingegen kann ich mit der Zeit vielleicht sogar verzeihen. Klar, ganz sicher sogar, aber nicht jetzt, sondern später. Und außerdem, wer außer mir kann besser verstehen, was mit zwei Menschen passiert, die sich ineinander verlieben? Wie könnte ich so hart zu den anderen sein und so nachgiebig gegen mich selbst?
Er nimmt mich in den Arm und führt mich zum Sofa.
Jetzt ist also mein Moment gekommen.
»Setzt dich zu mir, Mirko. Jetzt muss ich dir ein Geständnis machen.«
Ich schließe die Augen und sammele mich. Wenn ich ihn dabei ansehen muss, bringe ich den Mut nie auf.
»Vor Weihnachten habe ich Marco wiedergesehen, und die Liebe, die ich für ihn empfand, ist neu ent-

flammt, aber so stark, dass sich sie nicht einfach ausblenden konnte. Am Anfang habe ich versucht, sie in Freundschaft umzuwandeln, aber das ging nicht. Dieses Gefühl kam immer wieder, und es wurde immer stärker. Und so habe ich erkannt, dass ich zu ihm zurückkehren muss, weil unsere Geschichte einfach noch nicht vorbei war. Aber es war so schwer zu akzeptieren, du bist so ein toller Mensch, voller Überraschungen, du bist so faszinierend, so geistreich, und ich habe so schöne Momente mit dir erlebt. In diesen Monaten gab es keinen langweiligen Augenblick, ich mag deine Spontanität, deine Neugierde, deine Abgedrehtheit und die Nachmittage mit dir in deinem Geheimversteck. Die werden immer zu den schönsten Augenblicken in meinem Leben gehören. Ich habe dich begehrt, wie ich es bei einem Jungen nie für möglich gehalten habe. Und ich habe dich sogar schon für eine Droge gehalten, von der ich nicht mehr runterkomme. Aber alles, was ich empfunden habe, war keine Liebe. Das weiß ich heute ganz sicher.«

Mirko rührt sich nicht.

Ich hole Atem. »Du musst mir glauben, Mirko«, rede ich weiter, »ich hab versucht, es dir zu sagen, ich hab mit all meiner Kraft versucht, bei dir zu bleiben, aber das Einzige, was ich zustande gebracht habe, ist, dass ich dich belogen habe, wie ich es nie wollte. Jetzt, wo ich weiß, dass du mich mit Sara betrogen hast, fühle ich mich ein bisschen weniger schuldig, aber das heißt ja nicht, dass ich keinen Fehler gemacht habe, und dafür bitte ich dich um Entschuldigung. Ich mag dich, Mirko, und ich hoffe, dass nichts das kaputt macht, was zwischen uns war. Vielleicht wird das nicht möglich sein, vielleicht bin ich nur eine Träumerin und will das Unmögliche, und in ein paar Monaten haben wir uns gegenseitig vergessen. Oder ich stehe morgen auf und hasse dich mit ganzem Herzen.«

Mirko sagt immer noch nichts, seine Augen sehen wie zwei riesige Seen aus, er wirkt wie ein verlassenes Tier. Ich fürchte, dass er aufsteht und geht, ohne noch etwas zu sagen. Plötzlich hat sich die Situation umgedreht, jetzt bin ich die Schuldige und er ist das Opfer. War das verkehrt? Hätte ich nicht so offen zu ihm sein sollen? Hätte ich ihn in dem Glauben lassen sollen, dass ich unschuldig bin? Aber ich habe geschworen, dass ich ein besserer Mensch werde, da konnte ich doch nicht den Schwanz einziehen, nicht jetzt und nicht bei ihm. Auch wenn er mich mit einer Freundin betrogen hat, will ich doch nicht mit dem unangenehmen Gefühl zurückbleiben, dass ich nicht ehrlich zu ihm war. Das hat er, trotz allem, nicht verdient. Und wie Giorgio mir immer predigt, jeder kann mal einen Fehler machen.

Mirko streicht sich durch die Haare und setzt sich endlich neben mich auf das Sofa.

»Wenn das alles nicht geschehen wäre, wann hättest du es mir dann gesagt? Hättest du dich weiter mit

Marco getroffen, während wir zusammen gewesen wären?«

»An dem Tag, als du Fieber hattest, wollte ich zu dir nach Hause kommen und es dir sagen.«

»Warum hast du so lange damit gewartet?«

»Ich habe gewartet, bis ich den Mut hatte, auf dich zu verzichten.«

»Das glaube ich nicht! Und ich habe mich die ganze Zeit total schrecklich gefühlt. Ich konnte dir gar nicht mehr in die Augen schauen.«

Er schweigt lange, dann fügt er hinzu, als würde er mit sich selbst reden: »Ich habe vom ersten Tag, an dem ich dich gesehen habe, gewusst, dass du mir wehtun würdest.«

»Sag das nicht. Bitte, Mirko, sieh mich an. Ich wollte das nicht, es tut mir leid. Verzeih mir.«

Ich umarme ihn fest.

»Bitte«, wiederhole ich.

»Ich bin völlig fertig.«

Er rührt sich nicht und hat die Augen geschlossen. Ich lege den Kopf auf seine Brust.

»Auf eine gewisse Art haben wir uns geliebt.«

Minuten verstreichen, sie kommen mir unendlich vor, schließlich nimmt auch er mich in den Arm.

»Ja, du hast recht«, flüstert er, und ich kriege einen Kloß im Hals.

Ich möchte ihn nicht gehen lassen, ich möchte zum letzten Mal die Gefühle erleben, die uns vereint haben.

Wir küssen uns, erst zärtlich, dann leidenschaftlich. Wir umarmen uns so stark, bis uns die Luft wegbleibt, und mit derselben Geschwindigkeit, mit der wir uns gesucht haben, rücken wir voneinander ab. Ich sehe ihn immer noch an. Ich strecke eine Hand aus und berühre seine Narbe, dann seine Lippen, seine Wange und schließlich seine Augen.
»Du wirst mir fehlen.«
»Du mir auch.«
»Jetzt geh, oder ich breche in zwei Minuten in Tränen aus.«
Mirko bleibt unentschlossen sitzen, küsst mich wieder auf die Lippen, dann steht er auf, und ohne sich noch einmal umzusehen, geht er für immer aus meinem Leben.

Dank

An meine Eltern, die immer an mich geglaubt haben.
An meine Schwester, die sich eines Tages über mein Tagebuch amüsieren kann.
An meine unschätzbare Freundin, die mir von Anfang an bei diesem verrückten Abenteuer zur Seite gestanden hat.
An alle Mädchen, die mir auf meinem Blog schreiben und denen ich nicht die Zeit widme, die sie verdienen: Danke für die Zuneigung und die Aufmerksamkeit, die ihr meinem Leben schenkt. Ich hoffe, ihr könnt mir verzeihen, dass ich mich euch nicht zeige und euch nicht so antworte, wie ihr es euch wünscht. Meine Zuneigung zu euch ist ehrlich und aufrichtig, auch wenn ich sie nicht so ausdrücken kann, wie ich es gerne möchte.
Ein Dank geht an: Alessandra, Alessia, Alessia, Alice, Aly, Andrea, Angy, Anna, Anne, Bea, Benedetta, Camilla, Cate, Ceci, CeLe, Chiara, Chloe, Ciccina, Claudia, Cle, Daniela, Darketta, Deborah, Diddina, Ele,

Elena, Eleonora, Elettra, Eva, Fabiola, Federica, Fedina, Francesca, Francy, Gaga, Gaia, Germana, Gessica, Giada, Giancarlo, Gitta, Giugia, Giulia, Ila, Ilaria, Ily, Jaflossina, Jegiuzza, Jessica, Kary, Kary, Kikka, Kixxoli, Klaretta, Ladybird, LaLee, Lalla, Lally, Laretta, Laretta, Laura, Lella, Lesley, Lucrezia, Lulli, Lydia, Maria, Marina, Marissa, Martina, Marty, Memuccia, Miry, Mishel, Morgana, Nanà, Nicole, Noemy, Nutellina, Paoletta, Priscilla, Roberta, Roby, Rosalie, Sabrina, Sara, Serena, Silvia, Simona, Simona, Sissi, Stea-viky, Stellina, Sweet angel, Tania, Taty, Tressolina, Valentina, Vero, Vicky.

Dank an Sergio Fanucci, der mir in den schlimmsten Momenten beratend zur Seite stand und mir den Weg in diese phantastische Welt der Bücher eröffnet hat.

An Alfredo Lavarini, für sein aufmerksames Lektorat, und dem ganzen Verlag, der das hier möglich gemacht hat.

Schließlich noch ein ganz besonderer Dank an Federica für ihre wertvollen Ratschläge.

fi 80895 / 1